아웃 사이더

아웃사이더

초판 1쇄 인쇄 · 2021년 11월 27일
초판 1쇄 발행 · 2021년 12월 5일

지은이 · 이덕화
펴낸이 · 한봉숙
펴낸곳 · 푸른사상사

편집 · 지순이 | 교정 · 김수란, 노현정 | 마케팅 · 한정규
등록 · 1999년 7월 8일 제2-2876호
주소 · 경기도 파주시 회동길(서패동) 337-16
대표전화 · 031) 955-9111(2) | 팩시밀리 · 031) 955-9114
이메일 · prun21c@hanmail.net
홈페이지 · http : //www.prun21c.com

ISBN 979-11-308-1858-0   03810
값 19,000원

푸른사상
소설선

이덕화 장편소설

아웃 사이더

 푸른사상
PRUNSASANG

코로나 시대를 거치면서 많은 변화가 있었다. 그중 가장 큰 것은 시간 절약이다. 회의다, 세미나다, 직접 발걸음을 해야 했던 것이 줌 (ZOOM)으로 대체되면서 그만큼 절약이 된 것이다. 대신 집에 머무는 시간이 많아지면서 집 안에서의 가사 노동이 증가하게 되었다. 어떤 상황이든 양면성은 항상 존재한다. 그동안 알지 못했던 삶의 이면성을 새롭게 인식하게 된 소중한 경험이었다. 꼭 필요하다고 생각한 것들이 있었는데, 그것 없이도 살아갈 수 있다는 것을 깨달았다. 그러니까 자신도 모르게 주변 정리가 되고 있었다. 어쩌면 그것은 자신이 채 인식하지 못한 가운데 일어나는 것일지도 모른다.

『아웃사이더』를 쓰면서도 삶의 이면성에 대해서 생각을 많이 했다. 문 대통령이 당선되던 첫해 김정은과의 남북한 정상회담이 가시화되면서 온통 나라가 들썩였다. 그 당시는 '나' 개인의 삶이 희생될 것을 각오까지 하면서 통일에 대한 보랏빛 꿈을 꾸는 나날이었다. 그러나 역시나였다. 김일성이나 이승만의 역량을 초월한, 남북을 통합할 민족

대통령이 될 만한 인물이 과연 나올 수 있을까? 가능성의 꼬리를 잡고 이런 경우, 저런 다양한 생각을 많이 해보았다. 한동안 그 생각이 머리를 떠나지 않았다. 그때 머릿속에 돌던 생각의 끄나풀이 결국 『아웃사이더』로 나오게 되었다.

이 소설은, 한 인간의 개인의 삶은 혹은 국가는 어떤 것이 되어야 하나, 내 나름대로 정리한 글이다. 일천한 경험과 제한된 독서에 의해서 부족한 면이 많은 어설픈 글임을 고백하지 않을 수 없다. 아무리 잘하려고 하지만 그 능력의 한계는 뛰어넘지 못하는 것 같다. 그런 한계를 표출하면서까지 쓰지 말아야 할 것이다. 그러나 글쓰기는 나의 살아 있음의 지표이다. 살아 있는 한 쓸 것이고 최대한의 노력을 할 것이다. 오직 희망은 더 폭넓은 생각을 하고 더 많은 공감대를 얻고 싶다는 것이다. 그동안 노력하지 않고 얻은 공덕을 이제는 노력하며 얻는 공덕이 되게 할 것이다.

한 편의 작품이 나오기 위해서, 작품의 흐름과 오탈자 교정 등 여러 작가들의 도움뿐만 아니라 이웃의 도움까지 받았다. 또 남편부터 며느리, 손녀까지 동원, 교정과 표지까지 의뢰, 특히 손녀 민재의 그림으로 표지를 할 수 있어 더욱 기쁘다. 이분들 모두에게 감사의 말씀을 올린다. 항상 원고를 받을 때마다 흔쾌히 책 출판을 결정해주신 한봉숙 대표님에게 감사드린다. 편집을 맡아 수고하시는 편집자에게도 감사드린다.

가을 어느 날 평창 자작나무골에서
이덕화

작가의 말　5

1

코비드-19와의 만남

코비드-19와의 만남

주삿바늘이 들어가는 따끔한 아픔에 눈을 떴다. 방호복을 입은 의료진들이 언제 들어왔는지 눈앞에 서 있다. '이제 좀 어떠세요? 열은 많이 내린 것 같은데.' '일없시오.' 주미의 말에 눈이 동그래진다. '아, 괜찮다구요.' 주미도 당황한다. 가끔 튀어나오는 북한 말투에. '아, 탈북민?' 대답도 하기 전에 바로 문을 여닫는 소리와 함께 음압기 돌아가는 소리가 윙 하고 들린다. 주미는 아직 제대로 떠지지 않는 눈을 창문 쪽으로 돌렸다. 어둠을 감춘 희뿌연 여명의 빛이 유리창에 아지랑이처럼 아른거린다. 어젯밤에는 열이 거의 40도까지 높게 치솟았다. 헛소리에 망상까지 보였다. 그것도 잠시, 숨이 차오르며 가슴이 무언가 누르는 듯 답답했다. 부산스럽게 떠드는 소리와 발자국 소리, 몸이 흔들리는 소리와 함께 다시 의식을 잃었다.

날카롭고 흰 불빛이 잠에서 주미를 깨웠다. 이어서 들려오는 언니의 비명 소리! 오마니 동무는 두 명의 인민복을 입은 사람들에게 끌려 문을 나서고 있었다. 오마니 동무를 뒤따라가며 울부짖는 언니의 모습. 그동안 전혀 떠오르지 않았던 영상이 어지럽게 떠올랐다 사라지고는 다시 떠올랐다.

또 하나는 계속 누군가 주미에게 속삭였다. 아바이 동무였다. 계속 괜찮다, 괜찮을 거다. 걱정 마. 북조선에서 해주던 식으로 계속 찬 물수건을 갈아주고 있었다. 잠시 의식이 들었다 또다시 혼몽 속으로 빠졌다. 혼몽 속에 잠시 본, 마스크와 방호복으로 무장한 의료진들은 공중에서 부유하는 우주인 같았다. 새벽이 되어 열이 내리고 잠이 들었나 보다. 훨씬 숨 쉬기가 가벼워졌다. 아바이 동무가 집에 있을 때는 시간은 항상 멈춰 있었고, 세상은 완벽했다.

불과 2주 전에 폐렴 환자를 돌보던 간병인의 일을 했던 그때가 주미는 까마득히 느껴진다. 기저질환이 있는 섬유증 환자가 폐렴을 앓으면서 호흡곤란으로 중환자실에 입원했다. 3개월을 중환자실과 일인실을 반복하며 겨우 안정을 찾은 할아버지였다. 중환자실에서 일인실로 옮기자 밤과 낮이 바뀌어 섬망증으로 현실과 환상을 혼동했다. 아들 며느리, 딸 사위의 얼굴조차 알아보지 못했다. 자기 가족들을 보고 자신을 데리러 온 저승사자라며 나가라고 고함을 질러대었다. 자신의 아내조차 알아보지 못했다. 그러면서 한번 시작했다 하면 멈추지 않는 밭은기침을 쏟아냈다. 보는 사람들이 절박할 정도였다. 연하제 탄 물을 마시면 그때에야 겨우 진정이 되었다. 수시로 주미는 입이 마르지 않게 입술을 물수건으로 축여주었다. 어느 순간 갑자기 어리둥절한 채 한참 이리저리 둘러보았다. 아들딸 이름을 차례대로 불러대었다. 위기를 넘기자 자녀들은 일상으로 복귀하고 대신 간병인인 주미가 돌보고 있었다. 일인실로 옮기면서 폐렴기는 사라졌다. 섬망증 치료를 위해 좀 더 지켜봐야 한다. 주미가 24시간 토요일까지 할아버지를 돌보고 있었다.

새벽에 한차례 난리를 치더니 할아버지는 혼곤히 잠이 들었다. 이제 태양이 창문 위로 새 각시처럼 부끄러운 듯 들여다보고 있다. 주미는 밤새 어질러놓은 물수건이랑 휴지 등을 줍고 침대와 탁자 주위를 정리했다. 아침 식사를 가지고 올 시간이다. 바로 드르륵 하고 문 여는 소리가 들린다. 아줌마는 살짝 문을 열고 들어왔다. 식기를 탁자 위에 올려놓고는 주미에게 손가락질로 문을 가리킨다. 주미는 아줌마를 따라 탕비실로 갔다. 문을 닫자마자 '이야기 들었어?' 한다. 주미는 눈을 동그랗게 뜨고 뭐이? 하는 뜻으로 고개를 들었다.

'지금 신종 코로나 바이러스……'

말을 하려다 주미의 얼굴을 살핀다. 주미가 텔레비전은 일체 안 본다는 사실이 생각난 모양이다. 일전에 한참 유행하던 드라마 이야기를 주미에게 하다가 멍한 채 주미가 반응이 없자, '넌 텔레비전도 안 보냐, 하기야 병원에서 맨날 지새니 언제 텔레비전 볼 틈이 있겠냐' 하고는 그릇들을 주섬주섬 챙겨 나갔다. 이북 해주가 고향이라는 아줌마는 가족도 없이 홀로 사는 주미가 그저 안쓰럽다며 이것저것 알뜰히 챙겨주었다.

"그러니까 중국에서 괴질 같은 것이 퍼졌대. 거기 갔다 온 대구 신천지 교인이 그 괴질을 우리나라에 퍼뜨려, 온 천지가 난리가 아니란다. 하루 몇백 명씩 환자가 나온대. 벌써 죽은 사람이 나왔대. 넌 뉴스라도 좀 틀어봐! 세상하고는 담을 쌓고 살면서 어떻게 아버지를 찾는다고 지랄!"

아줌마는 혼자 마음이 급하다. 그러고는 얼른 먼저 탕비실을 나간다. 주미는 아줌마가 하는 소리가 중국에서 어쩌구 하는 몇 마디와 아줌마가 말끝마다 붙이는 지랄 외에는 무슨 소리인지도 분명하게 알 수는 없지만, 무슨 나쁜 병이 돌고 있다는 정도로 이해를 했다.

몇 시간 후 다시 간호사에게 같은 이야기를 들었다. 그때야 정말 심각한 상황이 벌어지고 있다는 것이 몸으로 느껴졌다. 이 방을 정밀 소독해야 한단다. 폐렴에 섬유증까지 있는 환자에겐 특별히 주의할 바이러스!

"바이러스가 뭐디요?"

주미가 물었다.

"응, 그건 간단히 말하면 병균, 그래 지독히 나쁜 균. 새로 생긴 바이러스라, 문제는 치료약이 없고 전파력이 강해 조심해야 해. 병원 감염이 제일 많다잖아. 치료약이 없기 때문에 스스로가 이겨내면 살아날 수 있고 그렇지 않으면 죽어! 다들 벌벌 떨고 있잖아."

간호사가 병실을 다녀간 이후 병원이 갑자기 부산스러워졌다.

의사, 간호사의 걸음 소리가 말발굽 소리처럼 따닥따닥 이어졌다. 식사도 이제 간병인들이 직접 탕비실에서 갖다 먹어야 했다. 식사 배분 담당 아줌마부터 환자 가족들조차 모든 외부인은 출입 금지시켰다. 의료진과 간병인 한 사람 외에는 병원을 출입할 수 없었다.

주미는 정신을 차릴 수가 없었다. 이런 난리는 북조선에서 공안이 시장 바닥에 나타나 꽃제비들을 잡아갈 때와 같았다. 꽃제비들은 공안에 잡히지 않으려고 지하실에서 바퀴벌레들 도망가듯 뿔뿔이 흩어졌다. 잡히는 사람은 다리나 허리 등이 불편한 사람과 나이 많은 할마이, 할바이 동무들이었다. 주미는 그 이후 그 사람들을 생각하면 자주 공포를 느낀다. 그때 무지막지하게 회초리에 맞아 이마에 피를 흘리며 발발 떨며 끌려가던 할마이, 할바이 동무들을 생각하면 몸이 오그라지며 소름이 돋았다. 공안들은 대부분 괴팍하고 미친 사람들이었다. 주미를 끌고 가려다 무지막지한 손으로 바지를 벗긴 사람도 있었다. 그들은 미친 듯이 웃으며 '따먹으려면 더 익어야디' 하며 주미를 확 밀치고 옆에 있던 언니의 머리채를 질질 끌고 갔다.

병원이 법석을 떤 그날부터 할아버지가 열이 다시 오르기 시작했다. 점심 먹고 재었을 때는 37도 정도, 4시쯤 재었을 때는 37.5도였다. 간호사에게 이야기하려다 좀 더 기다려보기로 했다. 밤 8시에 다시 재었다. 39도 가까이 올라갔다. 전날 밤에 잠을 자지 않고 또 한차례 섬망증 때문에 난리를 쳤다. 방을 소독하느라고 몇 차례 이동식 침대로 옮기고 난리를 쳐도 그때는 코까지 골면서 잤다. 열이 오를 이유가 없다. 주미는 얼른 간호실로 전화를 했다. 간호사가 달려와 열을 재더니 의사한테 알려야겠다며, 주미에게 이것저것 물었다.

할아버지는 밤새 열과 오한으로 춥다고 담요를 끌어당겼다. 주미는 담요를 한 장 더 얻어 담요 위에 포개 덮어주었다. 밤새 헛소리를 했다. 새벽에는 호흡곤란까지 왔다. 인공호흡기를 다시 부착하고 중환자실로 옮겼다. 패혈증과 신종 코로나가 의심된다는 것이다. 확실한 것은 검사 후 알게 된다고 했다. '신종 코로나 사태로 병원 전체가 흉흉한데, 안정기에 들었던 이 환자까지 왜 이러지? 간호사는 혼잣말처럼 하다 말을 끊고 주미의 눈을 꿰뚫어 본다. '그건 아니겠지? 간호사는 어두운 표정으로 말을 씹으며 사무실로 갔다. 주미에게 빨리 간호사실로 오라고 한다. 제일 직급이 높다는 수간호사가 다가왔다.

"주미 씨는 열이 나거나 설사, 오한 같은 것은 없어요?"

주미는 고개를 흔들었다.

"그래도 일단 할아버지나 주미 씨도 신종 코로나 검사를 받아보라고 하니, 조금 있으면 차가 올 거니까 거기서 검사 받고 와요. 이 병원에 들락거리는 간병인은 우선적으로 검사를 받기로 했으니까."

병실로 돌아오고 얼마 있지 않아 바로 응급차가 왔다고 연락이 왔다. 어찌해야 할지 몰라 주미가 병실에 그대로 서 있었다. 다시 독촉 전화가 왔다. 빨리 준비해서 사무실로 오라고 한다. 2층의 식사를 가져다주는 아줌마가 확진 판정을 받았다는 것이다. 헉! 주미에게 신종 코로나 바이러스 어쩌구 제일 먼저 알려준 아줌마다. 그 아줌마랑 10분 이상 탕비실에 같이 있었다. 간호사는 주미에게 그 아줌마가 혹 너더러 교회 가자고 안 해? 했다. 없다요. 왜요? 간호사가 고개를 갸웃거렸다. 일인실이 있는 2층을 모두 폐쇄해야 한다는 것이다. 그러면 환자는요? 환자도 다른 층으로 옮기든지 다른 병동 중환자실로 옮겨야 한다는 것이다.

주미가 대충 세면도구를 챙겨 밖으로 나가자 마치 불난 집 같았다. 의사, 간호사들이 뛰어다니고 환자들, 간병인들이 병실을 뛰쳐나오고 원무실 아저씨까지 고함을 지르면서 긴급상황임을 알리고 다녔다.

주미는 1차 검진에서 음성을 받았다. 2주간 격리 중 1주일 만에 열이 오르고 설사가 나, 검사한 결과 확진 판정을 받았다. 아파트에 동거하던 친구와 얼굴을 대면한 적이 없다고 해도 같은 공간에 있었다는 이유로 그 친구도 검사를 받았다. 친구는 음성 판정을 받고도 2주간 격리되었다. 주미는 국립의료원 음압병동에 입원했다. 격리된 다음 할아버지와는 완전 단절되었다. 할아버지는 패혈증 진단을 받았다. 주미는 열이 많이 나고 머리가 깨지는 고통 속에서 설사까지 하루에 몇 번씩 화장실로 달려가야 했다. 온몸의 근육도 마치 강한 침판으로 누르는 것처럼 따갑고 아팠다. 의료진이 주는 약들이 독한지 언제나 몽롱한 상태가 되었다.

생전 보지 않던 텔레비전을 잠자리에 들기 전까지는 계속 틀어 놓았다. 어느 순간 텔레비전 소리마저도 온통 고함을 지르는 소음처럼 고막을 때렸다. 동거하는 친구 말이 '너 텔레비전이라도 좀 봐. 그렇게 일도 모르는 애는 처음 봤어. 너랑은 말을 섞을 수가 없디.' 그 친구는 빨리 남조선 말투를 따라잡겠다고 매일 텔레비전에 나오는 말투를 연습, 남조선의 말을 곧잘 흉내 낸다. '너나 잘하라우, 난 일없시니깐.' '넌 동무들의 말 못 들었디? 넌 북조선이 아니라 산속에서 굴러다니다가 온 꽹이라지 않디? 일도 모르면서 눈치 하나로 다 넘겨 짚는다고.' 주미는 그것도 틀린 말이 아니라 아무 말을 안 했다. 꽃제비가 눈치 없으면 일일이 공안에게 끌려가니까. 하나원 교육관에서 교육을 받을 때, 교육관이 꽃제비라는 말 아무에게도 하지 말라고 했다. 이유는 묻지 않았지만 쓸데없는 오해를 살 필요는 없다고 했다.

이 음압병동이라는 곳은 화장실, 냉장고, 텔레비전, 모든 것을 혼자 사용할 수 있다. 이런 편한 곳에 있으니 아바이 동무와 같이 살았던 그때의 안락함이 가슴을 저며왔다. 주미는 이제야 자신으로 되돌아온 것 같았다. 주미는 꿈속에서도 북한 공안들이 또 태국에 자신들을 팔려고 한 나쁜 사람들이 쫓아왔다. 북한에서는 배를 움켜쥐고, 쓰레기를 뒤지고, 공안에게 쫓기고 쫓기는 속에서 오직 살아남아야 한다는 것만이 지상의 목표였다. 사람들이 무서워 시장 거리로 나가지 않고 주워 온 것을 아끼며 일주일까지 버틴 적도 있었다.

여름에는 가져온 음식이 상해 밤새 설사를 한 적도 있었다. 그때는 개천의 물을 마셔도 설사했다. 몇 날 며칠을 물 한 모금도 마시지 않고 비몽사몽간에 별만 보았다. 그렇게 별이 주먹만 하게 보인다는 것을 처음 알았다. 시간이 갈수록 별이 더 많아져, 마치 수놓은 듯 별 천지가 되어가는 것도 보았다. 몸이 아프니 더욱더 아바이 동무나 오마니 동무가 그리웠다. 비몽사몽간에 의식이 멀어짐과 동시에 자신의 몸이 확장되어 온 천지로 퍼져나가는 것 같았다. 온 세상이 자신을 감싸는 따뜻한 기운이 몸속으로 서서히 퍼졌다. 그때 아바이 동무가 들려주는 음악이 들리면서 주미의 주위를 부드럽게 에워쌌다. 가끔씩 떨어지는 별똥별을 세며 의식이 멀어지는 것을 느꼈다. 주미는 며칠이 지났는지 몰랐다. 바람 부는 소리가 싸아, 하며 나뭇잎들이 주미 위로 쏟아졌다. 주미는 그때서야 눈을 떴다. 기운은 없지만 의식이 맑았다. 요동치던 배가 조용해져 있었다.

하나원 생활을 할 때 탈북인들까지 자신을 마치 벌레 보듯 피하며 서로 간에 눈짓을 했다. 그들과 함께 다니지 않고 피해 다녔다. 그러나 학습 시간이 되면 머리가 맑아졌다. 태어나서 공부라는 것을, 또는 학습이라는 것을 처음 했다. 처음 들어보는 것들이 어떻게나 재미있는지, 동무들은 '한글도 모르는 간나가 알긴 뭘 알갔디, 아는 체하는 것이디.' 했지만 공부라는 것이 그렇게 재미난 것이라는 것을 처음 알았다. 그다음부터는 책만 들고 다녔다. 그리고 하나원에서 교육하는 내용 중에 모르는 단어가 있어도 몽땅 다 외웠다. 시험을

칠 때마다 1등을 했다. 그래도 그들은 주미를 보면 삐죽거렸다.

영미 언니와 인신매매단을 따돌리기 위해 죽을힘을 다해 달릴 때는 정말 죽고 싶다는 생각까지 들었다. 북조선 프락치가 중국의 창녀촌에서 미리 돈을 받고 언니와 주미를 창녀굴에 팔았다. 중국에서 자신들이 처음 도착한 집이 태국과 연결된 창녀굴이었다. 주인 남자가 알아듣지도 못하는 말로 영미와 주미에게 말했다. 그때도 창녀촌이 뭔지 몰라 언니에게 물으려고 입을 떼려는 순간 영미는 자기 검지 손가락을 입에 대어 아무 말을 못 하게 했다. 그 남자가 북조선에서 여자들을 데려와 태국 창녀촌에 다시 판다는 것이다. 그날이 바로 태국을 떠나는 날이라고 한다. 북조선에서 미리 온 여자들이 네 명 더 있었다. 그 언니들은 영미보다 더 나이가 많았다. 그 언니들이 계속 자신들이 들었던 이야기를 해주었다.

자기들은 미리 와서 중국 남자들에게 엄청 괴롭힘을 당했다는 것이다. 제일 나이 먹은 듯한 언니가 '저놈들이 얼마나 쑤셔대었는지 지금도 욱신거리디! 종간나 새끼들' 어두워서 시꺼먼 동굴 같은 안쪽에 대고 주먹을 날렸다. 영미가 주미를 언뜻 보더니 주미의 귀를 막았다. 말한 언니가 민망한지 '야도 여기까지 오려면 산전수전 겪지 안갔디? 하기야 아직 그런 거 알기에는 아직 어리디, 야 이런 곳에서는 나이가 상관없디! 조심하라우.'

그날 점심을 상에 가득할 정도로 차려주었다. 국물에 기름이 둥둥 뜨는 돼지고기와 두부, 비계만 있는 고깃덩어리 등 많기는 해도 주미는 아무것도 먹을 수 없었다. 밤새 몇 번씩 빠져가면서 허겁지겁 따라오느라고 잠을 한숨도 못 잤다. 밥상 앞에서도 졸리기만 했다. 반찬 없이 밥만 퍼먹고는 주미는 먹는 척, 눈을 감고 앉은 채 잠을 잤다. 쉬라고 들여놓은 방에 들어가서도 죽은 듯이 잠을 잤다.

얼마나 잤는지, 어둑해지자 이제 출발한다고 했다. 떠나기 전에 약을 하나씩 주며 먹으라고 했다. 먹고 자고 일어나면 태국에 도착할 거라고 했다. 영미가 주미의 손에서 약을 뺏었다. 먹으면 안 된다고 눈짓한다. 주미는 약을 안 먹어도 계속 졸리다. 좁은 공간 뒷좌석에 주미까지 다섯 명이 앉았으니 모두 몸을 밀착하지 않으면 불편했다. 주미는 영미 무릎에 앉다시피 포개었다. 차가 출발하고 한 시간쯤 지나 영미 언니가 갑자기 웩웩거렸다. 멀미가 나는 것 같다며 다른 언니들을 오른쪽으로 밀치고 왼쪽 창문 쪽으로 옮겼다. 운신하기가 좀 편해졌다. 중간에 있을 때는 잠에 취한 언니들이 몸을 이쪽저쪽으로 흔들며 계속 부딪쳐 힘들었다. 다른 언니들은 수면제 탓인지 자느라고 정신이 없다.

두 시간 정도 지나 펑 하는 소리가 났다. 앞에 앉은 두 남자가 내렸다. 남자들이 바퀴 아래를 내려다보며 격론을 벌이고 있다. 영미는 남자들이 있는 반대편 문을 조용히 열었다. 그러고는 남자들 눈치를 살폈다. 남자 둘은 차 트렁크 쪽으로 갔다. 뒤트렁크가 열려 이쪽 시야를 막아주었다. 틈을 타 영미는 얼른 주미의 손을 잡고 끌어당겼다. 다른 언니들은 주미가 거칠게 부딪쳐도 잠에 취해 움직임조차 없다. 영미가 먼저 내리고 주미를 안아 내렸다. 오줌 마려운 시늉을 하며 어두운 산속으로 올라갔다. 두 사람은 타이어를 꺼내는지 한참 낑낑거리는 소리가 났다. 영미는 차와 거리가 생기자 주미의 손을 꼭 잡고 달렸다. 산길이라 차가 올 수 없는 길을 택해 무조건 앞으로 달렸다.

달리다 몇 번씩 돌에 걸려 주미는 넘어지면서도 죽을힘을 다해 달렸다. 주미는 그들이 곧 자신들의 덜미를 잡을 것이라고 생각했다. 뛰고 있는 건 주미가 아니고 한 쌍의 발과 다리였다. 주미는 오직 다리를 따라갈 뿐이었다. 주미는 생명 자체가 달리고 있는 것 같았다. 수도 없이 넘어지기도 했다. 몇 시간 동안 헉헉거리며 달렸다. 주미가 숨이 차 팍 꼬꾸라졌다. 이제 더 이상 못 달릴 것 같다. 꽤 추운 날인데도 등이 땀에 흠뻑 적었다. 영미도 흙바닥에 대자로 누워버렸다. 그때 주미는 달리고 도망 다니는 것만이 주미의 삶의 모든 것이 되었다는 것을 알았다. 아바이 동무와 오마니 동무가 주미에게서 사라진 이후.

억만겁의 시간이 지난 듯 겨우 정신을 차렸다. 다리를 질질 끌며 천천히 걸어 한 시간쯤 다시 갔다. 마을의 불빛을 보고 어느 집으로 숨어 들어갔다. 그 집 부엌에서 밤을 새웠다. 잠에 취해 있는 주미를 영미가 깨웠다. 주미를 일으켜 세우며 그 집 사람들이 일어나기 전에 나가야 한다며 새벽 거리로 나왔다. 안개 낀 푸르스름한 고불고불한 산길을 몇 시간을 걸었는지 모른다.

음압병동에서는 밥도 도시락으로 7시, 12시, 6시, 세 번 가져다 주었다. 쓰레기조차 우주복처럼 방호복을 입은 의료진이 다 처리해 주었다. 그 사람들이 들어올 때는 '마스크 쓰세요. 들어갑니다' 하고 크게 소리를 지른다. 어떤 땐 음압기 돌아가는 소리 때문에 못 들을 때도 있다. 노크도 크게 소리를 낸다. 노크 소리를 들을 때마다 주미는 적응이 되지 않아 깜짝깜짝 놀랐다. 처음에는 경황 없이 검사 받고 들어와서 이틀쯤 지나자 몸속에서 마치 반란을 일으키는 것처럼 온몸 어디 안 아픈 데가 없었다. 어떤 음식도 전혀 맛을 느낄 수가 없었다. 이틀 정도 끼마다 국물 외에는 손도 대지 않았다. 그러자 의료진이 식사 때마다 다 먹어야 빨리 이곳을 나갈 수 있다고 했다. 밥을 먹지 못해 기운이 없어도 주미는 이 거창한 음압기 돌아가는 소리로 꽉 찬 듯한 병실과 방호복을 입은 의료진을 볼 때마다 위로가 된다. 자신을 따뜻하게 보호해주던 오마니 동무나 아바이 동무처럼 아늑하게 느껴졌다.

단지 산에서 맞이하는 찬란히 빛나는 별의 축제, 새벽의 찬 공기 속에서 맞이하는 빛 부채를 거느리고 나타나는 황홀한 햇살, 주미가 새록새록 잠이 들었을 때마다 함께 들리는 산의 숨소리가 너무나 그리웠다. 그러나 여기에서는 산속에서보다 아바이 동무가 들려주는 음악 소리가 귀에서 떠나질 않았다.

날이 갈수록 좋아지고 있다는 의료진의 말에도, 여기 갇혀 있다 아바이 동무를 만나지 못할까 차츰 불안해졌다. 산속에서 남자들에게 쫓기는 꿈을 계속 계속 꾸었다. 열과 설사는 금방 그쳤는데 근육통은 계속되었다. 그리고 기침도 조금씩 나는 것 같고 눈도 충혈되는 것 같다. 여기저기 몸이 조금씩 아프다는 생각도 들었다.

심리적으로 불안하니 할 일은 텔레비전 보는 것밖에 없었다. 드라마나 떠드는 만담 같은 것보다 조용한 음악이 마음을 편안하게 해주었다. 늦은 시간 텔레비전을 여기저기 돌리다 귀에 익은 음악이 들렸다. 주미는 소리를 높였다. 아, 이건 아바이 동무가 열심히 듣고 자신들에게 들려주던 그 음악이다. 밑에 자막이 흐른다. 쇼팽의 〈녹턴〉(야상곡)이라고 나온다. 아바이 동무는 음악을 들을 때는 아주 작은 소리로 튼다. 그래서 음악이 항상 소곤거리는 소리 같다. 아바이 동무는 동네 사람들 들리지 않게 조용하고 낮은 음악만 틀었다. 퇴근 후 음악을 틀어놓고 한두 시간 영미와 주미랑 놀아준다. 거실 한쪽 구석에는 책상 아래도 책상 위에도 많은 책이 쌓여 있다. 식사 후에는 항상 책을 읽거나 무언가를 쓰고 있다. 주미가 자다가 화장실을 갈 때 어떤 땐 책에 걸리기도 했다. 주미의 기척에도 아바이 동무는 쓰는 데 집중하고 있었다.

오마니 동무가 있을 때는 음악을 틀지 않는다. 오마니 동무는 '부르주아 음악은 듣지 마라우' 하며 녹음기를 꺼버린다. 한번 녹음기 끄는 것을 아바이 동무가 못마땅해하여 두 사람이 말다툼을 한 적이 있었다. 아바이 동무가 '여보, 제발 이건 내 숨통이라우'라며 사정하는 소리를 들었다. 오마니 동무는 '혁명사업 하는 사람의 정신이 저 따위로……' 하며 못마땅해했다. 오마니 동무는 그런 음악은 부자들이 듣는 노래라고 싫어했다. 오마니 동무가 부녀회 행사로 늦게 들어오는 날이면 그때는 내내 음악이 조용하게 호소하듯 흘러나왔다.

북조선에서나 중국에서 공안에서 쫓기던 생활을 하다 이렇게 시간이 멈춘 듯 병원에서 갇혀 있으니 그동안의 모든 것이 맥락 없이 들쑥날쑥 떠오른다.

아바이 동무가 남조선에 간 이후 집도, 가구도, 모든 것을 다 빼앗겼다. 오마니 동무는 공안으로 끌려갔다고 했다. 언니는 노상 아바이 동무를 '반동 간나 새끼'라고 했지만, 주미는 아바이 동무가 들려준 음악과 다정했던 목소리가 뚜렷하게 기억난다. 이미 20년의 세월을 훌쩍 넘겼다. 이름도 생각이 안 나고 얼굴도 희미한데! 영미는, 아바이 동무가 우리들을 버렸기 때문에 우리가 개고생한다는 것이다. 버린 쓰레기를 뒤지거나 길거리에 떨어진 것을 주울 때마다 오마니 동무가 생일날 끓여준 미역국과 따뜻한 밥이 얼마나 눈앞에 아른거리던지. 미역국만 보면 오마니 동무를 만난 것 같다.

하나원에서 교육관이 물었을 때는 전혀 대답할 수 없었던 것들이 새삼 음압병실에서 하나하나 떠오른다. 교육관들은 주미가 무슨 말을 하면 그때가 언제냐고 묻는다. 주미는 자신의 기억이 온통 뒤죽박죽인 것을 안다. 몇 살 때냐고 물으면 언제나 헷갈린다. 아바이 동무가 남조선으로 간 다섯 살 때부터, 언제가 일곱 살 때이고 언제가 아홉 살 때인지 기억이 들쑥날쑥이다. 단지 중간중간 단편적인 기억만 문득문득 떠오른다. 꽃제비 생활에 요일도 나이도 필요 없었다. 단지 그날 하루 공안을 피해 어떻게 살아남느냐만 있었다. 입만 떼었다 하면 아바이 동무를 '남조선 아바이 간나 새끼'라고만 해보기도 싫었던 영미까지 이제는 그립다.

오마니 동무가 끌려가기 전에, 자신이 끌려가면 여기서 기다리라며 영미와 주미에게 가르쳐준 어느 건물 지하였다. 며칠째 비가 내려 어두컴컴하고 축축한 지하에 오마니 동무가 두고 간 것은 이미 다 없어졌다. 건물 주위의 밭으로 나가 주운 것도 거의 바닥을 보일 때였다. 지하로 내려오는 계단 밑으로 물줄기가 주룩주룩 흘러내렸다. 언니는 서둘러 방이라고도 할 것도 없는 거처의 바닥에서 옷 보따리를 선반 위로 올렸다. 다시 쭈글쭈글해진 감자 몇 알과 다 말라비틀어진 무뿌리 몇 개가 들어 있는 빗물에 반쯤 젖은 박스를 번쩍 들었다. 언제나 덩그러니 혼자만 눈을 부릅뜬 것처럼 무섭게 서 있는 검은 장 속에 있는 잡동사니로 비집고 쑤셔 넣었다. 주미보다 머리 하나는 더 큰 영미는 언제나 용감하고 씩씩했다.

이제 남은 유일한 피붙이인 영미 언니가 마치 아지랑이처럼 어른거린다. 눈을 비비며 주미는 밖을 쳐다보았다. 반짝 하고 햇볕이 드는지, 지하의 계단에 가늘고 긴 빛줄이 그어졌다. 영미는 밖을 쳐다보려고 발돋움하며 창 사이를 비집고 눈을 맞추었다. 주미는 영미의 허리춤을 잡고 발돋움했다. 아아, 저기 무지개! 무지개가 뭐래? 내래 보고 싶어! 간나 너래 키가 작아 볼 수 없지비!

주미는 그날 영미가 설명해주고 연필로 그리기까지 해준 무지개를 머릿속으로 상상했다. 영미는 저 무지개가 아바이 동무가 있는 남조선에도 가겠지, 반동 간나이 새끼! 왜 우리를 두고 남조선에 가서 우리를 이렇게 거지 새끼를 만드네! 내래 저거 타고 아바이 동무한테 가서 복수할 것이지비! 오마니 동무는? 오마니 동무는 어디로 갔는 줄 모르지비!

오마니 동무가 여기서 기다리라고 했지비! 먹을 게 하나도 없지비. 내래 오늘 나가서 먹을 것을 찾아볼 테니, 넌 여기서 기다리면 꼭 돌아올 기니께 알갔디? 내래 같이 가면 안 되갔디? 오마니 동무 말 못 들었네? 둘 다 잡혀간다고 안 그러디! 싸게 올 거니까 기다리고 있으라우. 알갔디.

언니는 돌아오지 않았다. 몇 날 며칠을 지하에서 쭈그러진 생감자와 말라비틀어진 무를 씹으며 허기를 견뎠다. 자다가 말다가 바람 소리나 무슨 소리만 나면 깜짝깜짝 놀라며 일어났다. 언니나 오마니 동무가 오나 하고 기다려도 오지 않았다. 차츰 허기가 져서 걸을 수도 없었다. 점퍼를 뒤집어쓰고 바닥에 누워서 자다가 깨다가를 반복했다. 오줌이 마려워 기어서 잡동사니 쌓인 창고 속에 구멍만 파진 화장실로 갔다. 새까만 벌레들이 사람 소리를 듣고 산지사방으로 흩어졌다. 그날 이후 주미는 혼몽한 의식 속에 그 벌레들이 자신의 몸을 타고 기어오르는 꿈을 계속 꾸었다.

그즈음이었다. 아바이 동무가 언제나 저녁이면 들려주었던 음악 소리가 희미하게 들려왔다. 주미는 그 음악을 들으니 아바이 동무가 보고 싶고 오마니 동무도 보고 싶어 눈물이 그치질 않았다.

남조선에 왔을 때 제일 먼저 아바이 이름을 물었다. 그때 처음 아바이 이름을 생각하려고 했지만 기억이 나지 않았다. 지금까지 북조선에 있을 때나 중국에 있을 때는 누구 하나 이름을 물은 적이 없었다. 하기야 다섯 살 이후 한 번도 아바이 동무 이름을 들어보지 못했다. 영미는 '반동 간나이 새끼'라고만 아바이를 불렀다. 그러니 주미가 어떻게 아바이 동무 이름을 기억하겠나. 오직 아바이 동무가 남조선에 갔다는 것만 머릿속에 있다. 하나원의 교육관도 북조선에서 반동으로 몰기 위해 일부러 남조선에 갔다고 거짓으로 그렇게 말할 수도 있다고 했다. 아바이 동무 한 사람 때문에 영미 언니조차 뿌리치고 남조선까지 왔는데. 주미는 오마니 동무보다 아바이 동무가 더 보고 싶다.

북조선에서 꽃제비로 있을 때나 중국에서 공안에게 쫓겨 다니며, 텔레비전을 보기는 커녕 그런 것이 있다는 것도 몰랐다. 남조선에 와서 처음으로 하나원에서 보았다. 주미는 남조선에서 보는 모든 것이 신기했다. 하나원에서 처음에 한글도 모른다고 구박을 받았다. 하나원 선생이 딱하다며 그 근처 대학생을 시켜 한글을 가르쳐주었다. 덕분에 주미는 하나원에서 한글을 다 뗐다. 교육을 받으면서도 주미는 마치 스펀지마냥 그대로 빨아들였다. 다른 탈북

학생들은 북조선에서는 어떠니 하고 불평도 했다. 주미는 북조선에서 학교를 안 다녔기 때문에 남조선에서 교육을 받는 그대로 받아들였다. 그래서 교육관들이 주미를 특히 귀여워했다.

문제는 취업이었다. 기술이나 전공한 것이 없으니 취업이라 할 수도 없었다. 탈북자들도 웬만하면 다 대학을 나왔다고 했다. 자신들의 부모들도 당의 중요 직책에 있었다고 말한다. 그러나 하나원 선생들은 아무도 그들이 말하는 것을 믿지 않는다. 물론 꽃제비 출신인 주미의 아버지가 교수였다는 것도 믿지 않았다. 교육관은 주미더러 낮에 일을 하고 밤에 야간학교라도 다니라고 했다. 머리가 너무 아깝다고 했다. 주미는 아바이 동무를 만나기 위해서 얼마만큼 버텨야 할지 모르기 때문에 우선 취업을 해야 한다고 생각했다.

주미가 할 수 있는 일은 파출부밖에 없었다. 그런데 파출부는 신분 보증을 요구하고, 남조선에서 탈북민을 원하는 가정이 없었다. 할 수 없이 요양보호사 자격증 공부를 하고 자격증까지 땄지만 거기 선생님들은 고개를 갸웃거렸다. '그 몸으로 간병인을?' 면접에서 떨어질 것이라고 했다. 가끔 24시간 토요일까지 간병인이 붙어 있기를 요구하는 곳이 있었다. 그냥 환자 옆에 붙어 있어 주는 간병인이면 오케이였다. 24시간 토요일까지 근무할 간병인은 좀체 없었다. 주미는 무조건 오케이였다. 남한에 정착하기 위해서 독립할 수 있는 어느 정도의 돈은 모아놓아야 한다고 하나원 선생님들이 입이 닳도록 이야기했다. 정착금도 여기까지 주미를 데려다준 브로커가 가져갔다. 하나원에서 나오면서 주미는 다시 빈털터리가 되었다. 정부에서 탈북민이 정착하기 전까지 주는, 두 명이 같이 쓰는 임대 아파트는 첫날 외에는 가서 잔 적이 없다.

주미는 사람들이 호기심에서 자꾸 물어보는 말들이 무섭다. 아바이 동무가 교수였다는 것도, 심지어 주미가 탈북민이라는 것도 거짓부렁이라고 했다. 김일성 동무와 김정일 수령은 탈북민이면 다 아는 것을 모른다는 것이다. 그래서 탈북민도 남조선 사람도 무섭다. 다른 사람과 함께 있으면 무서워, 아바이 동무가 들려주던 음악도 들리지 않았다. 음악이 들리지 않으면 불안하고 초조해 심리적으로 안정이 되지 않았다. 그건 주미에게 한때는 자신도 가족이 있었음을 알리는 위로였고, 음악을 통해서 아바이 동무를 조금이라도 가까이하고 싶었다.

영미 언니랑 살던 지하에서 빠져나와 산속에서 잘 때부터 알지 못하는 음악이 귓속에 반복적으로 들려왔다. 그 음악은 마치 자장가 같기도 했고 자신을 위로하는 것 같았다. 그래서 그 음악만 있으면 어디든 무섭지 않았다. 시커먼 숲속에서 자신을 에워싸는 싸늘하면서도 으스스한 검은 기운도, 시도 때도 없이 울어대는 짐승들의 포효 소리도 음악 속에 젖어 있으면 무섭지 않았다.

대부분 병원 가까이에 있는 남조선의 자그마한 산은 북조선에서 가족들이 오순도순 살 때의 뒷산 같았다. 남조선은 병원에서 조금만 나가면 가까이 있는 숲을 발견할 수 있다. 어떤 병원 근처는 산도 있었다. 산에서 잠이 일찍 깬 새벽에는 산의 숨소리가 들리는 듯했다. 새벽 숲 사이로 퍼지는 햇빛과 나뭇잎에 맺힌 이슬방울마다 다르게 그려지는 빛의 곡예는 이 세상 어떤 아름다움보다 더 찬란하였다. 이제는 아침마다 재재거리며 잠을 깨우는 참새의 소리도 다 알아듣게 되었다. 알지 못하는 큰 새가 옆으로 올 때의 위험을 알리는 소리가 좀 더 날카롭고 연속적으로 재재거렸다. 그럴때 주위를 두리번거리면 꼭 이름도 알지 못하는 큰 새가 참새 떼를 노리고 있었다.

어느 날 잠결에 어디선가 풍겨오는 꿈같이 아름답고 달콤한 향기에 눈을 떠보니 그동안 보지 못했던 하얀 꽃들이 여기저기 피어 있었다. 나중에 간호사에게 물었더니 아카시아꽃이라고 했다. 남조선의 병원 근처의 작은 숲속에는, 북조선에서 보지 못하고 알지 못했던, 매일 다른 기적들이 일어난다. 주미에게는 북조선에서 공안에게 쫓겨 다닐 때에 비하면 남조선에서 간병인 일을 끝내고 찾는 토요일 저녁의 숲속이 훨씬 평화롭고 아늑하다.

반동 동무가 득실거리는 남조선에 왜 가냐고 영미는 붙들었지만, 주미는 남조선 자체가 아바이 동무 같았다. 아바이 동무는 남조선의 따뜻함을 그대로 가지고 있었다. 아바이 동무는 항상 주미와 가족에게 다정다감했다. 혁명사업을 한다면서 오마니 동무는 영미와 주미를 몰라라 했지만 아바이 동무는 동네에서 제일 먼저 퇴근했다. 영미와 주미에게 언제나 중국에서 가져왔다는 유성기에 판을 걸어 음악을 틀어주기도 했다. 음악은 오마니 동무가 없을 때만 틀었다. 김치볶음밥도 만들고 계란말이도 해주었다. 영미가 말하는 반동 간나 새끼가 아니었다. 아바이 동무를 만날 수 있을 때까지 견딜 수만 있으면 되었다.

아바이 동무가 사라진 이후에도 그가 들려준 음악은 언제나 주미에게 흐르고 있었다. 그 곡들이 어떤 곡인지, 누구 것인지 모르지만 주미 몸속을 흐르고 흘러 피와 살이 되어 있다. 남조선 버스에서 흘러나는 소리가 익숙하다 했더니 아바이 동무가 들려준 바로 그 음악이었다. 주미에게 익숙한 음악은 모두 아바이 동무가 들려준 음악이다. 버스에서 그 음악을 듣고 옆에 있는 남학생에게 그 곡의 제목을 물으려고 고개를 돌렸더니 그 남학생은 자리에서 일어났다. 그 음악을 알면 아바이 동무를 찾을 수 있을 것 같은데.

침대에 누워 있으면 근육이 여기저기 욱신욱신 쑤시고 몽롱한 가운데, 음악을 듣고 있으면 마치 아바이 동무가 자신을 어루만지는 것 같다. 열은 진작 내리고 설사도 그쳤는데 근육통은 쉽게 없어지지 않았다. 그것도 참을 만큼 욱신거렸다. 그래도 아바이 동무가 떠난 이후 머릿속에서만 맴돌던 음악을 듣고 있으면 언제나 어떤 아픔도 참을 수 있을 것 같다. 아바이 동무와 함께 들었던 음악을 들으면 마치 아바이 동무를 다시 만난 것 같다. 아바이 동무는 이것 말고도 조용한 음악을 많이 들려줬다. 제목을 알았으니 이제는 유튜브로 검색해 쇼팽의 〈녹턴〉을 반복해서 들었다. 가끔 음압기 돌아가는 소리에 방해가 될 때는 큰 소리로 들었다. 그럴 때 북조선이 아니라 남조선이라는 것이 너무 좋았다. 음악도 부르주아 음악이라고 마음대로 들을 수 없게 하는 북조선에서 아바이 동무는 불행했을까. 쫓겨 다닐 때는 배를 채우기 위해 먹었다. 음압병동에 와서 가족과 헤어진 후 처음으로 제대로 된 식사를 한 것 같다. 쫓기면서 먹은 것은 먹이지 식사가 아니었다.

음압병동에서 비로소 자신에 대해 생각하기 시작했다. 그래서인지 그동안 꽁꽁 머릿속에 숨어 있었던 기억들이 '나 여기 있지' 하고 들쑥날쑥 튀어나왔다. 아바이 동무와 오마니 동무와 함께 행복했던 추억이 마치 어제 일처럼 생생하게 떠올랐다. 주미는 아바이 동무를 떠올리기 위해 기억을 더듬었고 머릿속으로 그동안의 삶을 엮어내었다.

문득 한 장면이 떠올랐다. 주미가 감기로 열이 심해, 다니던 유치원도 빠졌다. 오마니 동무는 동원령이 내렸다고 점심을 잠시 챙겨주고는 저녁 먹을 때에도 돌아오지 않았다. 아바이 동무가 물수건을 찬물에 적셔 이마에 얹어주고 있었다. 오마니 동무가 돌아왔다. 아픈 주미는 아랑곳없이 아바이 동무에게 고함을 질렀다. '동원령이 내린 것 모르디는 안캤디? 빨리 혁명광장에 나오지 안캤시오?' '열이 펄펄 나는 아이는?' '그까짓 감기! 날래 낫기요. 아이보다 혁명과업이 더 중요하디요.' 그러면서 아바이 동무를 일으켜 세우려 했다. 아바이 동무가 오마니 동무의 손을 확 뿌리쳤다. 오마니 동무는 얼굴이 빨개지며 자신의 화를 다스리지 못해 씩씩거렸다. 문턱에 서서 아바이 동무를 바라보며 '혁명광장에 나가서 자아비판하기요. 알갔시요!' 하고 고함을 지르며 현관문을 꽝 닫고 나갔다. 오마니 동무는 그날 집에 돌아오지 않았다. 주미는 밤새 심한 열이 났다. 온몸에 열꽃이 피었다. 목소리도 나오지 않았다. 그날 아바이 동무는 주미 때문에 대학을 나가지 못했다. 아버지가 대학에 근무했다는 생각도 이제 분명히 났다. 그 생각까지 미치자 주미는 '그래, 아바이 동무는 남조선에 온 게 확실해' 하는 확신이 들었다. 아바이 이름을 기억해내자. 퇴원하면 하나원 교육관을 찾아가보자. 북한에서 대학교수였던 분이 남조선에 오신 분들이 많지 않을 것이다. 곧 아바이 동무를 뵐 수 있을 것 같은 예감이 든다. 조용한 공간에 갇혀 있으니 아바이 동무 생각이 더 간절하다.

그 생각을 마치고 자려고 텔레비전을 끄려는 찰나였다. 뉴스가 나오며 속보라는 자막이 떠올랐다. 이번 코로나 바이러스로 북한에서 온 K대학 교수였던 공순국 씨 중태! 북한에서 온 공순국 씨가 신종 코로나 바이러스에 감염, 일주일째 혼수상태에 있다는 것이다. 주미는 벌떡 일어났다. 분명 아바이 동무다. 주미의 성이 공씨가 아닌가. 그러자 어느 방송에서는 아바이의 모습이 보이는 영상까지 나왔다. 얼굴이 인공호흡기로 가려 있다. 병상 사진이라 확실하게 알아볼 수 없지만 큰 키와 갸름한 얼굴! 온몸에 소름이 돋는다. 이런 것을 기적이라고 하는가. 자신의 간절한 소망이 하늘에 닿은 것이다. 안절부절못했다. 당장 달려가고 싶다.

주미는 안타까웠다. 아바이 동무까지 신종 코로나로 입원. 운명의 장난이누만. 주미는 어쩔 줄을 몰라 이리 왔다, 저리 갔다 하며 의료진에게 연락을 할까 하고 비상 전화를 들었다 놓았다를 반복했다. 이럴 때일수록 좀 더 마음을 차분히, 심호흡을 반복했다. 그러나 중태라는 말에 도저히 참을 수가 없다. 간병인으로 있으면서 얼마나 많은 중태에 빠진 환자들을 보아왔는가. 병원 들어온 지 하루도 안 되어 돌아가시는 분도 있고, 몇 달을 버티다 완치되는 분도 계시다. 아바이 동무가 돌아가시면 안 된다. 주미는 마음이 급했다. 자신도 여기서 완치 판정을 받아야 외출을 할 수 있다. 그전에 아바이 동무가 돌아가시면 유일한 피붙이였던 언니까지 뿌리치고 남조선에 온 아무런 의미가 없다. 주미는 가슴이 터질 것 같고 마음이 불안해서 견딜 수가 없다. 오늘은 이미 새벽 1시다. 내일 일단 의료진에게 사정을 이야기하고 방송국을 접촉해 신종 코로나에 걸린 북한의 K대학 교수였던 탈북민의 전화번호를 알아달라고 사정을 해야겠다.

다음 날 주미는 의료진에게 자세한 내용을 전달하고 방송국 이름을 말해주었다. 영원히 끝날 것 같지 않은 긴 터널 속에 갇혀 있는 초조함 속에서 이틀이 지났다. 의료진을 통해 그쪽 교수의 말을 전달받았다. 의식이 혼미한 상태라 아직 대화가 힘들다고 했다. 주미는 더욱더 마음이 초조해졌다. 자신이 빨리 완치 판정을 받아야 한다. 며칠이 지나자 다시 전언이 왔다. 자신의 딸들은 북한에서 잘 지내고 있다는 전언이었다. 그러고는 연락이 끊겼다. 주미가 자신의 이름이 공주미이고 자신이 공순국 교수 딸이라고 했어도 그쪽으로 전달이 되지 않았는지 그 이후 전혀 연락이 없었다.

주미는 그날부터 자신이 완치 판정을 받기 위해 주는 밥을 깨끗이 다 먹었다. 좁은 공간이지만 방을 왔다 갔다 하며 걷기 운동도 했다. 또 텔레비전 프로그램의 체조 동작을 따라 하며 초조한 마음을 달랬다. 계속 텔레비전 뉴스만을 보았다. 그 이후 뉴스에는 아바이 동무 얘기가 더 이상 나오지 않았다. 그사이 돌아가시지나 않았나 하는 생각으로 잠을 잘 수가 없었다. 다시 목이 아프고 머리까지 지근거린다. '안 돼, 빨리 완치 판정을 받아야 해. 아바이 동무한테로 가야 해. 아바이 동무가 빨리 중태에서 벗어나야 할 텐데.' 주미는 초조하면서도 한편으로는 요양사 자격이 있는 것이 얼마간 위로가 되었다. 다시 수면제를 달라고 해서 코를 드렁거리며 잤다. 매끼 식판을 싹싹 긁어 밥을 쌀 한 톨도 남기지 않고 억지로 먹었다. 차츰 기분이 상쾌해졌다. 완치 판정만 받으면 아바이 동무 있는 쪽으로 갈 것이다.

완치 판정을 받고 퇴원 수속을 하려고 대기실에서 기다리고 있었다. 어떤 남자가 '공주미'를 찾으러 왔다. 그 남자는 선물 상자처럼 몇 겹으로 싼 조그만 상자를 주미에게 내밀었다. 그리고 혼자만 보라고 했다. 그 남자가 가고 난 다음 주미는 조바심이 나서 견딜 수가 없었다. 화장실로 갔다. 그리고 그 상자를 열어보았다. 그 속에는 조그마한 녹음기와 몇 겹을 싼 쪽지가 들어 있었다. '공주미 양의 빠른 쾌유를 빈다'라는 쪽지 밑에 쓴 분의 이름도 없었다. 바로 녹음기를 틀어보았다. 그 녹음기에는 아버지가 평소 듣던 음악이 들어 있었다. 주미는 화장실에서 녹음기 옆에 있는 이어폰을 꺼내 음악을 들으며 하염없이 울었다. 남조선에 있다는 것만으로 위로가 되었다. 언제가 되든 아바이 동무를 만날 수 있다는 것만으로 그동안의 고생이 모두 고통스런 쾌락처럼 생각되었다.

2

희미한 새벽

희미한 새벽

순국은 코로나 바이러스라는 긴 어두운 동굴에서 벗어났다. 동시에 함께 들은 충격적인 딸의 소식에 처음 음압실로 끌려갈 때의 막막함이 되살아났다. 딸이 나타남으로써 그동안 막혔던 북한에서의 삶의 편린들이 어디서 숨어 있었는지 두서없이 떠오른다. 감정을 억누를 수가 없다. 아무것도 단언할 수 없고 규정할 수 없는 세계 속의 막막함. 보고 싶고 기다린 딸이었다. 순국 자신이 남한으로 떠난 이후 그동안 쭉 꽃제비로 살아왔다고 한다. 부모들이 먹을 것을 찾아 떠나고 기다리다 못해 먹을 것을 찾아 나선 아이들! 쓰레기통을 뒤지면서까지 먹을 것을 찾다 굶주림에 견디지 못해 길거리 여기저기에 먼지 덩이처럼 쓰러져 있던 아이들! 뉴스에서 본 꽃제비들을 떠올리자 바늘로 온몸을 쑤시는 것처럼 따끔거렸다.

주미는 어릴 때 모습이 전혀 남아 있지 않았다. 아마 길거리에서 스치면 모르고 지나갈 수도 있으리라. 그러나 두꺼운 검은색 다운

40 41

코트 속에 파묻혀 고개만을 길게 뽑아 순국의 얼굴을 올려다보는 주미의 모습은 바로 자신의 사진을 보는 듯했다. 순국은 순간 얼싸안은 채 온갖 꽃제비 모습이 머리를 스쳐가는 참담함 앞에서 오열할 수밖에 없었다. 아무 말도 할 수 없었다. 주미도 계속 눈물만 흘릴 뿐 아무 말도 못 했다. '잘 왔다. 주미야'를 입속으로 수십 번 되뇌며, 마냥 주미의 등을 토닥거려주었다.

다음 날부터 순국은 열이 급격히 오르고, 고열 때문인지 설사가 다시 시작되었다. 의사는 너무 큰 충격은 금물이라며 주미와도 거리를 두고 몸이 온전해질 때까지 좀 멀리 가서 요양하라고 권했다. 코로나 바이러스 감염 재발을 막기 위한 궁여지책이었다. 지연의 주선으로 제주도로 온 것은 딸을 만난 사흘 후였다.

제주도 애월 근처에 숙소를 정했다. 순국은 바다가 훤히 내려다보이는 무인 까치노을 카페에 매일 출근했다. 혼자만의 해방감! 가슴 저 밑바닥의 분노 속에서도 살아 있음의 충만함이 스멀스멀 기어 나온다. 음압실에서는 혼자 있어도 혼자가 아니었다. 아침저녁으로 체온 두 번 체크, 하루 세 번 식사 배식, 의사들의 회진, 주사, 약, 고함 소리와 함께 들려오는 노크 소리는, 순국에게 천둥 치는 소리 같았다. 혼자 있는 시간의 평화! 그러나 그 막막함은 언제나 가슴을 짓누르고 있었다.

바다는 무서울 정도로 푸르다. 멀리서 가까이서 끊임없이 일어서는 너울이 흰 거품을 일으키며 재재거리고 바위를 타고 올랐다.

수평선 너머에선 이제 바다로 떨어지기 직전의 해가 마지막을 불태우듯 온통 주위를 물들였다. 순국은 카페 유리창에 번쩍거리는 노을빛에 자신도 모르게 눈을 감는다.

어둠은 우리의 주위를 서서히 맴돌다 빠른 속도로 침입했다. 순국은 코로나 상황으로 어렵다고 들은 어비식당으로 들어갔다. 식당이라고 하기에는 초라했다. 장식이라고는 달력 하나 걸려 있지 않았다. 달랑 손으로 쓴 식당 메뉴만 벽 한가운데 붙어 있었다. 북한에서 흔히 보는 식당 같았다. 나중 '어비'를 알고 지내면서 순국의 아내 지연이 고무나무 화분을 갖다주었다. 계산대 앞에 놓여 있었다. 화분이 제법 커서 그것을 바라볼 때마다 숲이 생각났다. 누군가 이 나무 한 그루로 마치 고급 식당에 온 것 같다고 농담처럼 뱉었다. 순국은 그나마 삭막했던 분위기가 좀 가시는 것 같아서 다행이라는 생각이 들었다.

어비식당의 음식은 순국의 입에 맞다. 주로 탈북자들이 찾는, 탈북자 부부가 운영하는 식당이다. 거기서 탈북자들의 애환이 교환되는 곳이다. 그들의 소식도 오고 간다. 순국은 언제나 거기에 20만 원의 돈을 맡겨놓는다. 돈 없이 밥 먹으러 오는 탈북자들에게 그냥 밥을 주라고 일렀다. 지연이 그러라고 했다.

순국은 메뉴 중에 '어복쟁반'을 손님과 함께 갈 때도, 또 혼자 갈 때도 즐겨 먹는다. 어복쟁반은 쇠고기 살코기를 찢어 거기에 배추, 버섯 등 채소와 당면을 넣어서 심심하게 전골처럼 먹는 음식이다. 채소가 많이 들어가 맛이 담백하다. 혼자 갈 때는 양이 많아 집에 가져와서 먹기도 한다. 그날도 코로나 상황으로 오랫동안 먹지 못한 그 음식이 생각났다. 코로나로 인해 손님의 발길이 끊어진 지 한참 된 후였다. 순국과 지연이 들렀을 때도 등을 보이고 있는 손님 외에는 아무도 없었다. 어복쟁반을 다시 시켰다.

"이렇게 손님이 없어서 어떻게 임대료는 감당이 되나요?"

지연이 물었다.

"이것보다 더할 때도 있었는데 견뎌야지요."

"저희가 맡겨놓은 돈으로 대신 보태세요."

"참 요즘 손님이 없어 사용 못 했는데, 그렇지 않아도……."

"매달 계속 적자가 계속될 텐데 임대료에 보태서 쓰세요."

"그래도, 미안해서……."

"코로나 상황이 끝날 때까지 버텨야지요."

여러 가지 걱정과 위로의 말이 오갔다. 오랜만에 먹은 어복쟁반은 유독 맛이 있었다. 기름진 음식을 좋아하지 않는 순국은 고깃국물에 많은 채소가 들어간 담백한 국물은 입맛을 당겼다. 염려스러워 50만 원을 챙겨 임대료로라도 아쉬운 대로 쓰라고 가지고 간 봉투를 주고 왔다. 그동안 불편했던 마음이 좀 편해졌다. 순국이 갈때마다 아끼지 않고 주는 채소와 밑반찬이 항상 남는다. 그것을 싸들고 왔다.

어비식당을 다녀온 후 3일이 지나, 원인 모를 열이 오르기 시작했다. 음식도 어떤 것을 먹어도 입맛이 당기지 않았다. 평생 처음이다. 계속 감기약을 먹었지만 열이 내리지 않았다. 병원에 가려는 차에 보건소에서 전화가 왔다. 어비식당에 코로나 확진자가 다녀가서 코로나 바이러스 검사를 받아야 한다는 것이다. 119 앰뷸런스가 집에 도착, 보건소로 향했다. 그날 방문한 탈북자가 확진자였다. 어비 부부는 증상이 빨리 나타나 확진자로 판정되어 이미 병원에 입원한 상태였고, 보건소에서 순국 부부에게 연락을 취하려는 참이었다고 했다. 검사 결과 지연은 음성이었다. 순국만 확진이었다. 순국이 음압실에 있을 때, 지연 역시 집에서 2주간 격리되었다. 그 탈북자의 전화 불통으로 순국 부부에게 연락이 늦었다고 한다. 그 탈북자는 아직 주소 불명으로 연락이 닿지 않고 있다고 한다.

　순국이 완치 판정을 받았을 때 어비의 남편은 폐렴이 겹쳐 깨어나지 못했다고 한다. 어비의 인생도 참! 순국은 안타까워 가슴이 메었다. 어비는 갓난아기 때 북한에서 자신으로 인해 엄마, 아버지가 탄광촌으로 추방당했다. 어릴 때 새까만 어둠 속에 비치는 김일성 수령과 마르크스의 대형 초상화는 자신을 잡으러 오는 괴물이었다. 김일성 광장에 세워둔 그것을 볼 때마다 '어비 어비' 하며 경기를 일으켰었다. 총화사업 때 가두 당비서에게 아이의 그런 모습을 들켰다. 부르주아식 약한 피를 이어받은 이런 간나 새끼는 혁명사업에 전혀 쓸데없는 존재가 될 게 뻔해! 당비서의 한마디는 총알이었다. 그런 이후 그들은 평양에서 추방을 당했다. 땅도 집도 없이 탄광촌에서 뒹굴다 부모님이 돌아가셨다. '어비'라는 말 때문에 부모까지 잃은 후 한이 맺혀 살았다. 그 사실을 잊지 않기 위해 이름도 '어비'로 바꿨다. 수단과 방법을 가리지 않고 북한을 탈출하는 것만 생각하고 살았다. 그러다 탈북했다. 북한에 미련이 없다고. 쓸쓸한 미소를 띠고 어비는 말했다. 그래서 식당도 '어비'로 이름을 지었다고 한다. 순국은 웃지 못할 북한 탈출의 에피소드를 들을 때마다 아득하고 막막했다.

어비는 하나원에서 나온 이후 죽자고 아르바이트를 하여, 오전에는 배달, 오후에는 설거지, 밤에만 뛰는 간병인 일을 하면서 잠도 병원에서 잤다고 했다. 5년을 모으니 돈이 좀 모이더라는 것이다. 그것으로 탈북자들의 조언을 들어 식당에서 운영할 메뉴를 정했다고 한다. 또 탈북자가 운영하는 식당까지 가서 음식 만드는 법까지 배우고 자료 구하는 법 등 경영 수업까지 받았다고 한다. 순국은 어비의 사는 자세가 마음에 들어 거의 일주일에 한 번꼴은 온다. 시장통에 식당이랄 것도 없는 작은 음식점이다. 탈북자들이 자주 찾는 음식점이다. 이제 겨우 안정을 찾을까 했는데 코로나 상황으로 남편까지 잃게 된 것이다. 어비가 딸의 나이와 비슷해, 순국은 딸이 보고 싶으면 꼭 누군가를 불러 이 식당에서 식사를 한다.[*]

---

[*] '어비' 관련 이미지는 북한의 작가 반디의 소설 「유령의 도시」에서 따온 것이다.(반디, 『고발』, 다산북스, 2017)

3

까치노을 카페

까치노을 카페

"여보, 정신 좀 차리세요. 당신 딸이 남한에……."

누군가 순국의 몸을 흔들었다. 몸이 침대에 출렁거렸다. 이승인지 저승인지 모르는 희미한 목소리가 소곤거렸다. 바늘로 꼭꼭 쑤시는 진통으로 머리를 들 수 없는 지경이다. 그래도 벌떡 침대에서 일어나 앉았다.

"자나 깨나 딸딸 노래를 부르더니, 의식이 영영…… 꿈속에 보인다는 딸이 여기에……."

반 흐느낌 속의 지연의 말이 토막 난다. 순국의 몸을 부축하며 '정말 딸이라니?' 지연도 믿기지 않는 듯 낮게 부르짖었다. 지끈거리는 머리를 움켜쥐고 순국은 지연을 돌아보며 물었다.

"거짓부렁한 거디? 딸이라니?"

지연은 순국의 자연스런 북한 말투에 자신도 모르게 놀란다. 평소 순국은 북한 말투를 철저히 차단하려고 노력했었다. 빤히 순국을 쳐다보았다. 순국은 자신도 모르게 돌아간 북한 말투를 눈치채지 못한 듯한 표정이다.

"제가 왜 쓸데없이 참."

"무슨 소리디? 그게?"

"저도 몰라요. 그 딸도 코로나 바이러스에 걸렸는지 병원 의사의 메모로 탈북민이라는 것과 딸 이름이 공주미라고 연락할 전화번호가 왔던데요."

순국은 정확한 딸 이름을 듣는 순간 소름이 돋았다. 얼굴이 하얘졌다. 그러다 금방 머리를 흔들었다. 지연에게는 딸 이야기가 새삼스러울 것도 없을 것이다. 일상으로 하는 꿈 이야기 속에 으레 그 딸이 등장했으니. 지연이 딸하고 같이 사는 것 같다고 하더니, 그게 현실이 되다니! 그렇지만 이름을 정확히 가르쳐주지는 않았다. 오지랖 넓은 아내가 혹 탈북을 돕는 브로커들에게 부탁해서 딸들을 데려오면 안 되느냐는 말을 하는 순간, 이름을 알려주면 안 되겠다는 생각을 했었다.

순국이 딸 둘을 두고 남한으로 올 때 내심으로는 처가의 권력을 믿었다. 자신이 어찌되든 아내와 딸 둘 정도의 건사는 가능하리라 생각했다. 한번 남한을 가야 한다고 결심하자, 마음이 걷잡을 수 없이 남쪽으로 치달렸다. 그 당시 순국은 친구 집에서 들은 남한 뉴스에 충격을 받고 남한에 가면 북한을 구원할 돌파구가 있을 것이라 생각했다. 학교의 누군가는 체제가 다른데 쓸데없는 헛고생 말고 자리나 지키라는 말도 했었다. 그런 말도 귀에 들어오지 않았다. 탈출구 없는 북한 현실에서 순국 자신이 탈출하고 싶은 것은 아니었나? 어쩌면 그것이 정답일지 모르겠다. 그동안 딸을 그리워하는 생각 외에는 북한에서 있었던 일들을 뚜껑을 꼭꼭 닫고 봉해두었다. 주미의 출현으로 북한에 있었던 일들과 그동안 잊혔던 시간들이 되살아났다.

순녀와의 결혼에서 오는 환멸, 당에서 듣는 혁명투쟁이니 총화사업이니 하는 구호를 아내로부터 다시 들어야 하는 신혼 생활부터 이미 숨을 곳이 없다고 생각했다. 어쩌면 그때부터 탈출하고 싶은 욕망이 잠재해 있었을 것이다. 그랬기에 순녀가 딸 둘을 책임질 테니 잘 다녀오라고 했을 때 믿고 싶었을 것이다. '분명 엉클어진 실이야.' 한숨만 나왔다. 가족보다 우선 자신의 숨통을 트는 게 더 다급했다. 무너져 내리는 북한 경제에 새로운 돌파구가 없으면 다시 회복 불가능하다고 생각했다. 몇몇 부르주아와 부패 정권이 이끄는 남한의 비약적인 경제 발전이 상상이 안 갔다. 그 당시의 그런 결정이 이런 큰 결과를 가져올 것이라 누가 생각했겠는가.

순국은 머리를 강하게 흔든다. 북한 있을 때 아내 순녀는 자기 마음대로 안 되면 머리를 쥐어뜯었다. 지금 순국이 바로 머리를 쥐어뜯고 싶다. 아이가 아프거나 딸들에게 돌발적인 일이 생겨 여맹 사업장에 나갈 수 없을 때 아이와 같이 울며 머리를 뜯었다. 가끔 딸들을 어느 건물 지하에 가둔 적도 있었다. 자신이 가두사업에 나가야 한다고 퍼질러 앉아 아이들과 함께 통곡한 적도 있었다. 순국은 지금 그 생각이 왜 나는지 모르겠다. 북한에 있을 때는 그런 생각이 들지 않았다. 남한에서 떠올리면 왜 모든 게 끔찍하게 생각되는지 모르겠다. 이미 반동화된 의식 때문인가. 일없다고 해. 우리 딸들은 북한에 잘 있다는 소식, 당신도 듣지 않았어?

순국은 아직도 그 말을 믿고 싶었다. 지난번 탈북자 중 북한에서 알고 지내던 대학 연구원 한 명이 자신의 집을 방문한 적이 있었다. 탈북자들이 방문할 때마다 왜 턱없이 가슴이 내려앉는지 모르겠다. 그날도 온다는 전화를 받고 괜히 마음이 안절부절못했다. 머리에 야구모자 같은 것을 눌러쓰고 양복을 입은 생뚱한 모습의 그 연구원을 볼 때 다시 가슴이 쿵 했다. 탈북자를 만나는 것이 죄짓는 일도 아닌데 순국은 알 수가 없다며 자신을 반성했다. 어쩌면 일찍부터 이런 사태를 직감하고 있었는지도 모르겠다. 그 연구원에게 저녁이라도 먹여 보내야겠다고 아내에게 저녁 준비를 시켰다.

"대학은 요즈음 좀 어때?"

"여전하디요."

순국의 말이 끝나기 전에 준비된 답이 나왔다.

"북한 사정은 좀?"

"어렵지만 차츰 인민의 생활이 향상되어가고 있디요."

"핵 개발에 예산이 막대할 텐데 인민 생활이……."

그 친구는 천편일률적인 말로 순국의 말을 막았다.

"그것만이 북한이 살 길이디요. 인민들은 각자 알아서 살아야디요."

"여기 있는 줄은 어떻게 알았나?"

"동무에 관한 것은 이미……."

"이미?"

"사모님이 딸들 걱정 말라구……."

"……."

일방적으로 자신이 하고 싶은 말만 했다. 전혀 소통이 안 되었다. 저녁을 먹고 가라고 몇 번 권했지만 끝까지 가겠다고 고집을 피웠다. 그가 돌아가고 난 다음 순국은 많은 생각이 교차했다. 1년 후 그가 북한으로 다시 돌아갔다는 뉴스를 듣고 순국은 또 한 번 놀랐다. 그때 아무것도 단언할 수 없고 규정할 수 없는 세계 속의 막막함이 다시 들었다. 순국은 혼란스러웠다.

열악한 환경에 있는 탈북민들이 코로나 바이러스에 취약하다는 뉴스를 접한 적이 얼마 전이었다. 그러다 순국이 확진되자 뉴스까지 나왔다. 그때 주미가 뉴스를 본 모양이다. 순국은 완치 판정을 받고 음압실을 나와서도 계속 의식이 돌아오지 않았다. 혼돈 속에서도 주미가 어릴 때의 모습과 남루한 행색이 뒤얽혀 계속 머릿속을 어지럽혔다. 완치 판정을 받고 퇴원하고서도 의식불명 상태에서 1주일이 지났다. 주미 이야기를 듣고 깨어났다. 무슨 소리인지 모르는데 주미라는 소리가 들리는 것 같았다. 주미가 가까이 있다고 생각했다.

그렇게 꿈에 자주 나타날 수가 없었다. 텔레파시가 통하는 가까운 곳에 있다는 생각은 했지 남한에 있으리라고는 생각 못 했다.

순국은 '정확하게 알아보기 전에는 아직 어떤 메시지도 보내지 말라'고 지연에게 당부했다. 탈북자들에게 쓸데없는 기대는 금물이었다. 하나원에 전화를 걸어 이것저것 알아보라고 했다. 지연도 그쪽에서 꽃제비 출신이라는 말에 '전혀 아니다'라는 생각을 했다고 말했다. 그래서 병원 쪽으로 공순국 교수 딸은 둘 다 북한에 잘 있다는 소식을 알고 있다는 전언을 보냈다. 자신은 공주미이고 공순국 교수의 딸이 맞으니 한 번만 뵙게 해줬으면 한다는 메모가 다시 왔다. 지연은 이렇게까지 나오는데 한 번만 만나보는 게 좋지 않겠냐고 했다. '매사에 조심스럽게 접근해야 해.' 지연은 내심으로 초조해할 남편의 얼굴을 안쓰럽게 바라보았다. 남편은 절대 안 된다는 것이다.

순국이 퇴원하기 전, 지연이 청소를 하기 위해 집에 잠시 들렀었다고 한다. 그때 순국이 항상 부적처럼 들고 다니는 카세트테이프가 들어 있는 녹음기가 식탁 위에 놓인 것을 보았다. 집에 있을 때나 밖에 나갈 때도 항상 들고 다니던 것이다. 경황 중에 그것까지 챙기지 못하고 119 앰뷸런스에 올랐었다. 그때 지연이 언뜻 이 녹음기를 그 딸이라는 주미에게 보내보자는 생각이 들었단다. 북한에서 즐겨 듣던 음악, 쇼팽의 〈녹턴〉, 슈베르트의 〈겨울 나그네〉, 〈미완성 교향악〉, 베토벤의 〈월광〉 등 주로 조용한 음악들이었다. 아마 순국의 딸이면 녹음기에 대해 어떤 것이라도 알고 있을 것이다. 모르긴 몰라도 천신만고 끝에 찾아온 아버지일 것이다. 순국이 매일 밤 꿈을 꾼다는 딸이다. 혹 딸이 아니면 자신이 받을 타격과 탈북 소녀에게도 큰 상처가 된다는 것을 알기 때문에 일부러 냉정한 체하는 그것조차도 지연은 가슴 아팠다고 한다. 그래서 지연은 순국 몰래 녹음기와 자기 전화번호를 쓴 메모를 함께 보냈다고 한다.

붉은 기운의 노을이 바다에서 출렁거린다. 멀리 보이는 건너편 노을이 카페 앞바다까지 빛을 던진다. 흩뿌려진 점멸된 빛들이 바다와 함께 흔들린다. 어두워지는데도 바람이 그쳤는지 낮은 너울만이 잔잔하게 빛을 머금고 이리 밀렸다 저리 밀렸다 한다. 그 속에 어릴 때 한 가닥으로 묶은 머리를 한 주미가 함께 흔들린다. 주미는 유독 순국을 따랐다. 남한행을 결심했을 때 주미를 떠나는 것이 가장 가슴 아팠다. 조금 큰 영미는 엄마를 따라 걸핏하면 '혁명사업'이니 '동지'니 그런 말들을 뱉었다. 엄마는 가상타며 감탄했다. 어찌 우리 영미는 혁명가가 될 소질을 타고났지, 할아범 동무를 닮았지비!

영미 뺨을 끌어당겨 예뻐 죽겠다고 꼬집었다. 순국은 그런 말들이 어린아이 입에서 나오는 것을 들으면 소름이 끼쳤다. 주미는 순국이 주로 듣는 음악에 귀를 기울이고 아버지나 어머니, 언니에 대한 관심이 많았다. 주미는 순국이 집에 들어가면 그때부터 순국을 강아지처럼 따라다녔다. 그러고는 안방 한 귀퉁이에 벗어놓은 작업복 겸 잠옷을 질질 끌고 나왔다. 그럴 때마다 순국은 주미를 번쩍 안고 뺨에 몇 번씩 뽀뽀를 해준다. 순국은 주미 생각만 해도 얼굴에 미소가 떠올랐다. 그런 주미가 북한에서 꽃제비로 지내다 탈북했다는 것이 믿기지 않았다. 딸이 맞다는 사실을 확인한 이후 누구에게 인지도 모르는 분노가 계속 끓었다.

커피잔을 들고 줄곧 파도치는 바다를 쳐다본다. 한 마리의 학이 비상하듯 내려오다 수면 가까이서 천천히 선회한다. 파도가 바위 위에 부딪쳐 안개처럼 부서진다.

아내 지연이 들어왔다.

"오늘 저녁 뭐로 하실래요? 갈치조림? 보쌈?"

"당신이 점심엔 보쌈, 저녁엔 갈치조림 먹자고 했잖우. 갈치조림 먹지 뭐."

순국은 벗어놓은 코트를 걸치며 외출 준비를 했다.

"여기 마치 당신을 위해 준비해놓은 카페 같네요. 그렇게 마스크에 진력을 내더니, 사람이 없어 마스크도 안 써도 되고."

"그러게. 나도 하늘의 천국인지 지상의 천국인지 헷갈려. 참, 얼마 전 음압병실에 있을 때 생각하면 이런 천국이 올 것이라 상상이나 했겠어? 당신, 이번에 제주도 가자고 한 것은 당신이 한 일 중에 최고로 잘한 거여!"

까치노을 카페

순국은 지연의 어깨에 손을 얹으며 말했다. 지연은 주미가 아버지를 기다릴 것을 생각하면 시시각각 '이렇게 한가하게 있어도 되나' 하는 생각이 들어 마음이 아팠다. 저렇게 아무렇지 않게 말을 해도 순국 역시 무거운 돌덩이 하나 얹혀 있을 것 같을 거라 생각하니 마음이 무거웠다.

"참, 마스크 챙겼어요? 여기도 음식점 들어갈 때는 마스크 착용해야 해요."

"당연하지. 주머니에 있어."

"주미에 대한 결론이 났어요?"

"금방 결론이 날 일인가. 아니 결론은 났지. 딸임이 확인되었는데 받아들이지 않을 방법은 없지. 문제는 '왜 딸 둘이 꽃제비로 전락했느냐'에 대한 납득이 안 되었다는 것이지. 그동안 내가 잘못 알았거나 크게 속았거나, 그렇지 않으면 어떻게 이런 일이. 내 딸들을 꽃제비로 처참한 지경에 내몰면서 나 혼자 잘 살자고 남한을 선택하지는 않았을 거여."

순국의 비감한 표정이 무서워 더 질문하기를 지연은 포기한다. 그러다 엉뚱한 결론이 나올까 봐 무섭다.

"요 큰길 가에 '큰여'라는 식당이 있는데 거기 가볼래요?"

"큰여? 무슨 뜻이야?"

"수심이 얕은 바닷속의 작은 바위섬이란 뜻인데, 생선조림과 제주 전통음식인 보말국수가 유명하대요."

"좋지!"

두 사람은 큰길을 따라 걸었다. 밭 양쪽으로 브로콜리와 비트 잎들이 바람에 하늘거린다. 바람이 불 때마다 비릿한 바다 냄새가 코 언저리를 간지럽힌다. 우울한 기분 속에서도 서울을 떠나 제주도에 온 것이 새삼스럽게 감회롭다. 코로나 바이러스가 창궐한 서울을 잘 탈출한 것 같다.

'큰여'라는 식당은 물회와 생선조림, 특히 보말칼국수로 유명하다. 갈치조림은 큰 냄비가 5만 5천 원 할 정도로 여기서도 비싸다. 작은 냄비 4만 원짜리로 갈치조림을 시키고 보말칼국수 1인분을 시켰다. 갈치조림도 신선하고 양념도 깔끔하다. 보말톳칼국수는 제주도만의 특산물로 미역국으로 끓인 칼국수에 톳과 미역, 해초와 고동, 전복 등을 넣어 끓인 맛이 구수하고 속이 편안하다. 거기다 밥을 볶아달라고 했더니 김과 참기름을 넣어 맛깔나게 볶아주었다. 그 맛도 훌륭하다.

순국이 이 동네를 택한 것은 지연의 단짝 친구가 이곳에서 당근 케이크점을 하기 때문이다. 지연도 심심하지 않고 순국이 혼자 조용히 시간을 보낼 수 있다. 이 근처에 조그마한 집을 짓고 살고 싶다. 제주에 이렇게 한갓진 곳이 있으려니 생각지도 못했다. 지연이 친구 지인의 집을 팔려고 내놓았다고 한다. 거기가 팔릴 때까지 잠시 거주지로 사용 가능하다고 했다. 그 집은 인가가 없는 숲속에 있는 단독주택이었다. 이삿짐이 나간 후의 을씨년스러움. 처음에는 숙소를 펜션이나 호텔로 정할걸 그랬다고 후회했다. 찾아도 근처에 머무르기 마땅한 곳이 없었다. 도착하자 대략 대청소를 했다. 흩어진 가구들을 버릴 것과 쓸 만한 것으로 다시 배치했다. 그러니 내 집 같았다. 더군다나 지연이 친구 집과 가까워 차로 함께 움직일 수 있어 좋았다.

이곳은 우선 서귀포나 중문 관광단지와 상관없이, 제주에서도 한갓진 애월이라는 곳이다. 우선 순국이 소일할 수 있는 넓은 카페가 있어 도서관처럼 매일 출근하기 좋다. 카페가 넓고 전면이 유리창으로 되어 어느 쪽에서든 바다가 다 보인다. 더군다나 가까운 바다에 빨간 등대가 그림처럼 서 있다. 카페 건물 아래는 바로 크고 작은 화석에 부서지는 파도가 손에 잡힐 듯 달려왔다 달려간다. 바람이 잦은 제주도 날씨를 피해 안전하게 제주도 바다를 완월할 수 있는 최적의 곳이다.

카페에는 또 손님이 온종일 있어도 한 명도 오지 않는다. 더구나 주인이 없는 무인카페이다. 카페 주인이 있으면 남자 혼자 하릴없이 카페에서 시간을 보낸다는 것은 좀 민망하다. 조용히 책을 읽으며 카페에서 힘들이지 않고 시시각각 변화하는 바다를 볼 수 있다. 또 제주 맛집이 주위에 있어 식사에도 불편함이 없다. 순국이 만족하자 지연도, 그 친구도 좋아했다. 순국의 방해를 받지 않으며 두 명이 오랜만의 회포를 풀 수 있기 때문이다.

지연이 친구는 새벽 6시에 케이크점으로 출근한다. 아침 9시가 되기 전에 당근 케이크, 호밀 케이크, 찹쌀 케이크 등을 준비해서 오븐에 굽는다. 그리고 당근 주스도 착즙기로 짜서 통에 넣어 냉장고에 보관한다. 당근 주스를 손님들이 찾으면 케이크와 함께 판매한다. 케이크점에 직접 와서 먹는 손님보다 전국 각지로 배달하는 케이크가 더 많다고 한다. 그 모든 것을 친구 혼자서 한다. 설거지만 도우미 아줌마가 도와준다고 한다. 코로나 상황이 되기 전에는 한 달 순수익만 삼천만 원이었다니 대단한 사업이다. 그 모든 것을 혼자서 감당한다. 그것은 케이크 만드는 노하우를 다른 사람에게 알리고 싶지 않기 때문이다. 또 다른 사람한테 맡기면 맛의 수준이 일정하지 않아 직접 한단다. 60세가 다 된 여인의 힘으로는 버거운 사업인데 즐겁고 행복하단다.

커피를 마시며 어디서 흘러왔는지 모르는 콜라병을 물끄러미 쳐다본다. 콜라병은 파도에 밀려 바다 쪽으로 가다 다시 빌딩 쪽으로 밀려오기를 반복한다. 갑자기 왁자하는 소리와 함께 일군의 대학생 연령의 남자들이 카페로 들어온다. 위층 펜션에 머무르는 대학생들이다. 카페 베란다로 가더니 담배들을 꺼낸다. 아마도 담배를 피우러 온 모양이다. 안으로 통하는 카페 베란다 통유리 문을 활짝 열어놓는다. 조용하던 카페에 바람 소리가 쏴아악 쏴아악 하며 문틀을 흔든다. 네 명이 한꺼번에 담배를 피우고 있다. 열어놓은 문 사이로 그대로 담배 연기가 빨려들듯 안으로 스며들었다. 순국은 학생들을 가만히 쳐다보았다. 떠드느라 쳐다보는지도 모른다. 순국이 아무 말 없이 유리문을 닫았다. 그러자 한 명이 '죄송합니다'라고 한다.
소수라도 군중은 무섭다. 그들은 자신들밖에 보이지 않는다.

4

현실과 기억의 교차

현실과 기억의 교차

북한 핵무기 개발이 본격화되었다. 순국이 기획한 북한 경제 전망에 대한 청사진은 휴지 조각이 되었다. 중공업 발전에 따른 상품 개발은 시장 개방을 전제로 한 것이었다. 북한의 핵무기 개발로 미국을 비롯한 경제 봉쇄가 이어질 것이다. 인민을 위한 국가가 아닌 김씨 일가를 위한 전제 정책 역시 경제 발전의 저해 요소였다. 김씨 일가나 군부의 명령에 의해서 모든 정책이 입안되고 실행되었다. 북한 경제계획은 경제학자의 몫이 아니었다. 순국은 그런 북한의 현실을 남한에 와서야 뼈저리게 느꼈다. 올 때까지만 해도 무너지는 북한 경제를 살리기 위해서 실현 가능한 카드만 나오면 그래도 북한을 바꿔볼 수 있다고 생각했다. 북한의 핵 개발 뉴스가 보도되기 시작하면서 조금씩 희망에 금이 가기 시작했다. 당연히 보내는 연구서마다 거절당했다는 보고였다. 더군다나 남한에 있더니 부르주아화되었다고 그 계획서는 파기되었다고 했다. 그 이후 삶이 막막했다.

연구 방향을 바꿀 수밖에 없었다. 어느 날 이후로 북한에서의 지원도 끊겼다. 그동안 세계 혁명가의 삶을 시리즈로 조명하는 책의 기획 출판을 유명 출판사에서 의뢰받았다. 북한만이 아닌 민족적인 차원에서 삶의 새로운 방향을 제시하기 위해 제대로 된 역사 연구도 해보고 싶었다. 또 출판사가 제시한, 성공한 세계 혁명가들의 삶을 중심으로 책 집필을 기획하고 출판하자는 쪽도 마음에 들었다. 하기만 한다면 출판사에서 흔쾌히 모든 출판과 매월 연구비까지 지원하겠다고 했다. 차츰 남북 경제 비교 과목을 강의해달라는 학교도 생기고 계속 석좌교수로 있어달라는 요청도 있었다. 한 대학에 적을 두면서 한 학기 두 과목 정도의 수업을 맡았고 연구실까지 배정받아 연구 목적만 바뀌었을 뿐이다. 순국으로는 평소 관심이 있는 분야이기도 해 남한에서의 삶은 가족이 그리운 것 말고는 괜찮았다.

처음 출판을 의뢰한 기획은 쿠바 사람도 아니면서 쿠바의 혁명을 위해 헌신한 체 게바라였다. 순국이 최고의 인물로 치는 인물이었다. 체 게바라는 중산층에서 태어났다. 의대 다니는 중 자전거로 남아메리카 전체를 무전여행하다 인생의 진로를 바꾸었다. 남아메리카의 현실을 본 것이다. 쿠바의 혁명을 성공적으로 이끌고, 카스트로 다음의 권력자로 쿠바의 권력을 탐할 수 있는 인물이었다. 그러나 권력을 탐하지 않고 다시 볼리비아의 혁명을 위해 달려가 헌신하다 생명까지 바친 인물! 체 게바라! 알면 알수록 뜨거워지는 순수한 혁명의 뇌를 가진 남자. 체 게바라!

다음으로 베트남의 호찌민 등 자료를 찾고 책을 기획하고 쓰는 동안, 막막했던 삶의 방향에 빛이 조금씩 들어오기 시작했다. 해방 전 카프 활동을 하다 해방 직후 문학 진보단체인 문학가 동맹을 결성했던 임화, 김남천이 이육사의 동생 이원조를 서기장으로 앉힌 그 배경이 잔뜩 궁금해 그쪽 글을 기획했다. 더불어 해방 직후 남북한이 통합되지 못한 이유를 좀 더 선명히 알고 싶었다. 가족을 북한에 두고 있었던 순국은 그 점이 제일 안타깝다. 모든 연구가 다 코로나 확진으로 중단된 상태였다. 이원조 관련 자료를 가져와 펼쳐 놓았지만 눈은 건성 바다 쪽으로 향한다. 자리로 돌아와 바다 쪽으로 다시 고개를 돌렸다. 주미의 처참한 몰골이 바다 물결에 함께 흔들린다. 꿈속에서 계속 주미가 울며 따라다니던 모습이다. 꿈이려니 했다. 다시 울분이 솟았다. 빛가루들이 함께 부유하는 수면 가까이서 계속 느릿느릿 선회하고 있는 학이 비상하듯 하늘로 솟는다. 그러고는 바다 수면으로 직강한다. 아마 먹이를 찾은 모양이다. 북한을 떠났을 때의 상황이 떠오른다.

순국은 그날따라 몸이 피곤하여 학과 회의가 끝나자 일찍 퇴근하는 길이었다. 우연히 평양 여맹 위원장인 아내 순녀가 자신의 대학위원장실에서 나온 것을 새삼스러운 듯 바라보고 있었다. 순녀는 언뜻 몸을 피하려다 순국이 보고 있는 것을 알았는지 순국 쪽으로 향하며 말했다.

"동무가 일찍 퇴근하는 줄 알았으면 내래 전화했지비."

황혼 속에 부유하는 구름 사이로 숨었다 보였다 하는 하늘과 순녀를 번갈아 비현실적으로 바라보았다. 순녀 역시 순국을 멀거니 쳐다보고 있었다.

"내래 위원장 동무에게 의논할 일이 있어, 또 위로도 하고……."

대학위원장의 아내 정미는 아나운서였다. 그런데 최근 큰 방송 실수를 일으켰다. '김일성 수령께서 서거하셨습니다'라고 해야 할 것을 '김정일 수령께서 서거하셨습니다'로 전국적으로 방송이 나가 전국을 혼란에 빠뜨렸었다. 결국 정미는 아나운서직에서 해임되었다. 어딘지 모르는 곳으로 끌려갔다. 그때 사람들은, 항상 가족 연대책임을 지우던 당이 왜 남편인 대학위원장을 그대로 두느냐고 수군거렸었다. 결국 그 사건은 정미의 잘못이 아니라 위에서 내려보낸 원고가 잘못되었음이 밝혀졌다. 그러나 읽은 아나운서가 그것을 못 발견했다는 것도 큰 죄라고 하여 정미의 처벌이 크게 다루어졌다. 그러나 정미의 남편은 대학위원장 자리를 그대로 지키고 있었다. 그로 인해 그는 계속 구설수에 오르고 있었다. 그런 소문을 뻔히 알면서 그런 사람을 찾아왔다는 순녀를 의아하게 바라볼 뿐 순국은 아무 말도 할 수 없었다. 한 번도 순국을 찾아 대학으로 온 적이 없었다. 그런 그녀가 다른 사람도 아닌 순국을 목에 걸린 가시처럼 생각하는 김민 위원장을 찾아온 것이 새삼스러웠다. 이유는 순국과 김민이 같이 위원장 물망에 올랐다는 것밖에 없었다.

몇 달이 지난 후였다. 김민 위원장이 순국을 불렀다. 혹 남조선으로 숨어 들어가, 남조선의 해방 직후의 정치 경제적인 상황 자료를 수집, 향후 북한 경제 대책을 연구해 오지 않겠냐고 했다. 처음에 얼떨떨했다. 아무 말도 할 수 없었다. 주위에선 혼란된 상황일수록 자리를 지키고 있어야 한다고들 했다. 분명 위원장은 그 아내 정미 때문에 좌천될 것이고 순국이 차기 위원장이 될 것이라고 했다. 위원장은 당의 일꾼일 뿐 더 이상 교수가 아니었다. 순국 처가의 막강한 권력을 염두에 둔 소리들이다. 순국은 학문 자체에 관심이 있지 권력 따위는 관심이 없다. 잠시 생각할 말미를 달라고 했다. 그리고 방학이 되자 자신을 길러줬던 양어머니를 좀 뵙고 와야겠다고 휴가를 요청했다.

순국의 고향 신학포로 가는 길은 어느 때보다 멀었다. 보통 밤 10시쯤 기차를 타면 그다음 날 새벽 5시쯤 회령에 도착이었다. 하루 반나절 가는 여정이었다. 고난의 시기라 각오는 했지만 처음부터 회령까지 가는 기차마저 연료가 떨어졌다고 어딘지 모르는 곳에 중도 하차시키고는 떠날 생각을 안 했다. 10시간이 지나서야 웅성웅성하는 소리와 함께 다들 기차로 올랐다. 다들 배고프다고 인근 동네로 먹을 것을 구하러 간 사람들이 기관차 움직이는 소리에 놀라 달려왔지만 서지 않고 내처 달렸다. 기차는 그야말로 쓰레기와 먹다 남은 음식 찌꺼기들이 섞여 쓰레기 처리장 같았다. 추위 때문에 숨 쉴 틈 없이 덧창문들을 내렸다. 찌든 옷에서 나는 냄새와 기차 의자에서 나는 묵은 먼지 냄새 등 갖가지 냄새가 섞여 견디기 힘들 정도였다. 거기다 사람들이 지나갈 때마다 먼지들이 풀썩 일어났다 가라앉았다. 여기저기 아우성과 욕설이 오고 갔다. 뒤에서 달려오는 사람들을 떼어놓고 무정하게 기차는 기적 소리를 울리며 달렸다.

김일성 수령이 서거하고 어느 때보다 북한 경제는 최악으로 치달았다. 기차에서 내려 끼니라도 챙길 생각에 정류장 근처를 돌아다녔다. 버스를 타기 전에 보통 국밥집에 가서 시래기국밥이나 옥수수죽이라도 먹는다. 그러나 식당 문은 가로지른 나뭇조각 위에 못이 박혀 있었다. 겨우 마을 근처에서 물을 얻어먹었을 뿐이다. 순국은 어쩔 수 없이 순녀가 오마니에게 갖다주라고 준 보따리를 풀어 문어 다리 하나를 뜯는다. 그것으로나마 허기를 견뎌야겠다. 버스도 가다 서다를 반복해 겨우 사흘이 지나서야 도착했다.

버스에서 내렸다. 배고픔과 잠을 제대로 못 잔 피곤에 절어 패잔병마냥 다리를 질질 끌고 걸었다. 한차례 전쟁을 치른 것 같았다. 허기를 면하기 위해 문어 다리를 씹으며 3시간을 걸어 도착했다. 마을을 둘러싸고 있는 산은 머리카락이 거의 다 빠지고 드문드문 보이는 대머리마냥 살벌하다. 몇 그루밖에 없는 나무조차 대부분 쓰러져 먼지투성이로 누워 있었다. 산 아래 마을들의 퇴락한 집들 역시 쭈그러져 마치 강한 바람이 불면 날아갈 것 같은 불안감을 안고 있었다. 순국이 10여 년 전 평양으로 갈 때와 달라진 게 없다. 오히려 허름한 창고 같은 집이 몇 채 더 늘어났다. 먼지투성이인 채로 초가집 지붕이 무거운 듯 축 내려앉아 힘겨워 보인다. 군데군데 흙벽이 떨어져 나가 담장이 툭 치면 금방 무너질 것같이 아슬아슬하다. 머리카락이 바람에 부대껴 눈을 가렸다. 순국은 머리를 크게 흔들어 머리카락을 흐트렸다. 추위를 느끼며 옷깃을 여몄다. 순국은 며칠간의 여행 동안 제대로 먹지 못해 겨우 발걸음을 옮겼다. 그런데 갑자기 발이 쑥 들어갈 정도로 부드러운 것이 물컹 느껴졌다. 머리가 섬찟해졌다. 눈 아래를 보았다.

"아앗!"

순국은 얼른 물러섰다. 남자 시체였다. 옷이 여기저기 찢겨 있었다. 그 틈 사이로 검고 푸르죽죽한 언 살이 보였다. 한차례 세찬 바람이 동네를 할퀴며 지나갔다. 고약한 냄새가 푹 하고 코를 찔렀다. 주위를 살폈다. 길을 지나다니는 사람이 한 명도 없다. 순국은 다시 몇 구의 시체가 길거리에 그대로 널려 있는 것을 목격했다. 이렇게 시체를 길거리에 그냥 두는 것은 당국이 이미 행정력을 잃어버린 건가? 그리고 그 가족은? 많은 생각이 머리를 스쳐 지나가면서도 절망감이 한쪽 가슴을 아프게 짓눌렀다. 순국은 자신이 생각했던 것 이상으로 심각한 상황인 것을 알았다. 평양과는 전혀 다른 현실이 거기에 있었다.

오마니가 어려운 상황 때문인지 순국의 갑작스런 방문에 당황스러워했다. 집도, 오마니도 해방 직후 그대로다. 여기저기 구멍이 난 흙담장이 금방이라도 무너질 듯 위험하게 버티고 있다. 한 줄기 바람이 마당을 회오리치며 오마니와 순국을 갈라놓았다. 순국은 눈을 비비며 쓰러지지 않게 마음을 다잡으며 오마니를 바라보았다.

"어찌 죽을 꼴을 하고 집에 오는감?"

오마니는 목부터 메었다. 연세 때문인지 순국을 만났다 하면 눈물바람이다. 순국은 몸을 던져 오마니 동무를 가슴 깊이 안았다. 양엄마는 친엄마와 같은 동네에서 함께 자란 친구였다. 전쟁고아로 혼자가 되었을 때 순국을 거둬준 것이 평생 오마니가 되었다. 남편도 일찍 돌아가고 자식도 없이 외롭게 살다 얼른 순국을 거둬들였다. 하늘이 준 자식이라고 얼마나 귀히 순국을 다루는지 평생 감사하고 살아야 할 오마니 동무이다. 낳아준 오마니는 병원이 많지 않던 힘든 시대라 언제나 바빴다. 그래서 알뜰히 보살펴주는 오마니 동무가 친엄마 같다.

순국은 오마니 동무를 포용하고 눈을 질끈 감았다. 해방 직후에 입던 몸뻬에 털이 나달거리는 빨간 스웨터의 먼지 냄새와 온갖 냄새가 뒤섞여 푹 코를 찔렀다. 왜 새로 사다 준 옷을 입지 않느냐고 물으면 "입던 옷이 편하디 새 옷이 좋니? 다들 헐벗었는데…… . 혁명 동지들이 그렇게 고생하는디 난 너 덕분에 이렇게 편히 사는 것만으로도…… . 다들 어렵지 않디? 김일성 수령께서는 혁명 완수가 우선이라잖아, 참아야디."라고 하여 항상 오마니는 순국을 당황스

럽게 했다. 이번에도 마찬가지였다. 첫 질문이 학교를 그만두었냐
는 것이었다.

"핵교는 그만두지 않았디?"

"잠시 다니러 왔디요."

"메늘애기도 영미, 주미도 깨고소하디! 여기는 하루에 몇 명씩
굶어 죽어 나간데여, 배급이 끊긴 지 벌써 1년이 지났디."

"네? 그럼 무얼 먹고 산대요?"

"다들 산속에 열매나 나무뿌리를 캐서 삶아 먹디. 그것도 이제
다들 눈이 시뻘겋게 찾으니 하루 종일 헤매도 건져오는 것은 썩어
빠진 도토리 몇 알이라니! 앞으로 어떻게 견뎌낼지 걱정이……."

"오마니 편지에 그런 말씀 없었디요?"

"야, 편지도 검열한다는디 어떻게 그런 말을 하갔디?"

"그럼 그동안 오마니는 뭘 먹었디요? 오마니도 배급이 끊겼디
요?"

"너 덕분에……. 끼니는……. 나만 편하기는……. "

반울음 섞인 소리에 말 토막이 잘린다.

순국이 고향 간다고 하니 아내 순녀가 쇠고기 한 근과 마른 문어
다리 다섯 개, 미역 한 봉지를 갖다주었다. 순국은 이 귀한 것을 어
디서 가지고 왔냐고 물었다. 그 말에는 대답도 없이 사상투쟁 총화
사업 준비 때문에 바빠서 나간다며 외출을 했다. 순국은 가방을 풀
어 신문지에 둘둘 만 쇠고기, 마른 문어 다리 세 개와 미역을 내어

놓았다. 문어 다리 두 개는 오는 길에 순국이 끼니 대신 씹었다. 순국이 그것으로 겨우 견딜 수 있었다. 그것이 없었으면 허기로 여기까지 오기 힘들었을 것이다. 그때 생전 처음 아내에 대한 고마운 마음이 들었다.

오마니 동무는 마치 누가 보고 있기라도 한 듯 그것을 자신의 뒤로 숨겼다. 당황스러워 어쩔 줄 몰라 하며 다락에 숨겼다가 마당으로 달려가 장독에 숨겼다가 허둥댄다. 오마니는 쇠고기를 먹을 수 없다며 '죄디'를 반복했다. '다른 사람들이 모두 굶주리는데 먹을 수 없다'며 땅속에 묻으려고 호미를 들고 나왔다. 결국 순국은 쇠고기를 땅속에 묻으면 그것이 당국에 알려지고, 그것도 죄가 되니 미역국을 끓여서 나눠 먹자고 서둘렀다.

며칠간 여행이 지연되어 고기 자체가 신선하지 않아 육회로 먹을 수도 없다. 순국이 미역 뭉치를 큰 갈색 함지박에 넣고 손으로 부수기 시작했다. 그리고 물을 부었다. 아궁이에 나무 부스러기들을 주워 모아 지피고 고기를 잘게 썰었다. 오마니 동무는 순국이 하는 양을 그대로 넋을 놓고 지켜보았다. 순국은 아무 기름이나 가져와 솥에 조금 부어 주걱으로 불려진 미역과 쇠고기를 볶다 물을 부었다. 그리고 솥에는 옥수수에 쌀을 조금 섞어 안쳤다. 장독도 뒤져 시래기 부스러기로 담은 김치같이 보이는 시큼한 것을 꺼냈다.

벌써 소문이 나갔는지 밖에서 순국이 친구 목소리가 들렸다.

"오마니, 순국이 왔디요?"

순국이 당황, 밖으로 나가자고 했다.

"우리 집 가디. 야, 바람이 불어 춥디."

잠시 다녀오겠다고 오마니한테 아뢰고 친구 집으로 갔다. 초등학교 소꿉친구였다. 초등학교까지 두 명은 각근히도 두 집을 오가며 지냈다. 옹골찬 친구는 고향에서 농촌 지도 사업을 하고 있었다. 집에 남자가 있어서 그런지 친구 집은 사람 사는 온기가 돌았다. 얼른 가족들이 사는 본채를 지나서 별채로 갔다. 별채라야 방 하나와 창고였다. 해방 전 친구의 아버지도 순국이 아버지와 함께 일본 징병으로 끌려가 전쟁에서 죽었다. 그래서 당 권력 순위가 높았다. 그래서 초등학교만 나와도 협동농장 지도 당간부로 취직이 가능했다.

"너 어떻게 왔디? 평양은 지금 어떻디? 오면서 길거리 시체들 봤지비?"

"근데 왜 시체들을 치우지 않고 그냥 길거리에 두었지?"

"먹을 게 없자 가족들이 다 뿔뿔이 떠나가 먹을 것 찾아 기어 나와 죽었다고들 해!"

"당국은 왜 치우지 않디?"

"너무 많이 죽으니 당국도 행정력을 잃어버렸디! 계속 죽어 나가 어떻게 할 수 없지비! 그리고 다들 어디로 갔는지 떠나버려 사람도 없지비! 또 무서워하디! 시체 잘못 건드렸다 귀신 따라붙는다고!"

"무슨 케케묵은! 다 미신이디!"

"평양은 좀 어떻디?"

"나 있는 곳은 학교라 별 변화가 없디! 근데 시내에 무수히 많은 거지들이 구걸하고 다닌다고들 수군거려! 아지미들이 집에 있는 물건은 다 가져 나와 심지어 문짝까지 뜯어나와 판다고들 인심이 흉흉해! 여기도 1년이나 배급이 끊겼다며?"

"말로 다 못 하디! 북조선은 이제 희망이 없디!"

"아직 김정일 수령의 현안이 정착되려면 시간이……."

"그렇게 훌륭하신 김일성 수령께서도 과업을 못 이루었는데 김정일 동무가 할 수 있간디? 근데 너 오늘 우리 집에서 자. 너에게 놀랄 것을 경험하게 할 테니. 지금 다시 가서 저녁 먹고 오마니 동무에게 우리 집에서 자고 오겠다고 해. 언제 갈 거디?"

"일주일쯤 뒤에."

"그래, 그럼 오늘만 여기서 자."

"아니야, 오늘은 오마니 동무 곁에서 지내야디. 내일 같이 자자."

"그래, 여유가 있으니 그럼 내일 우리 집에서 자."

순국은 집으로 오면서 마을 사람들에게 미역국을 나눠줄 방법을 궁리했다. 방문하는 사람에게 한 그릇씩 줘도 금방 소문이 나 너도 나도 다 몰려들 것이다. 맞아, 거짓부렁이로 오마니 동무 칠순이라고 하자. 그러고 보니 김일성 수령이 서거하는 해에 경황이 없어 오마니 동무의 칠순도 못 하고 지나버렸다.

읍 당간부터 올 수 있는 어른들을 다 불렀다. 가마솥으로 한 솥 끓였더니 그래도 얼추 오는 동네 어른들에게 다 한 그릇씩 돌아갔다. 많은 이웃이 떠나가고 빈집이 많았다. 어른들에게 밥 한 그릇과 김치와 미역국 한 그릇씩 드렸다. 가족들 생각해서 집으로 가져가는 사람도 있고 미역국 앞에서 눈물로 먹지 못하는 어른도 있었다. 조금 남은 국도 다 이웃 사람들에게 한 그릇씩 가져가게 했다. 순국은 자신의 운명이 어떻게 될지 모르는 지금, 참 우연이지만 감격스러웠다.

이튿날, 친구 집에서 밤을 새기로 한 날 친구 집으로 향하였다. 이상한 춘화 같은 것을 가지고 설마? 옛날에 그렇게 화까지 내었는데, 이런저런 생각을 하며 천천히 친구 집으로 향하였다. 친구는 기다렸다는 듯이 순국을 가로채듯 끌고 뒤채로 갔다. 그리고 이야기 나눌 틈도 없이 방으로 들어가자 다짜고짜로 순국의 머리 위에 이불을 뒤집어씌웠다.

"야아, 간나 새끼! 어찌 이러나?"

갑작스런 공격에 숨이 턱 막혔다. 그러자 금방 이불 속에서 라디오 소리가 들리며 서울 말투의 아나운서가 뉴스를 전하고 있었다.

"이제 남한과 북한의 1인당 GNP는 남한이 다섯 배 앞섰으며 남한은 이제 세계에서 경제 규모 30위 안에 들게 되었습니다. 이런 격차라면 고난의 행군으로 어려운 시기를 보내고 있는 북한과의 격차는 점점 더 벌어질 것으로 생각합니다. 삼성, LG 등 가전제품 회사들이 세계적인 기업으로 성장하였으며 현대자동차를 비롯한 자동차 산업 역시 세계에서 10위 안에 드는 산업으로 변모되었습니다."

순국은 이불을 확 제꼈다.

"야, 이게 다 무언 소리디? 지금까지 우리가 남조선을 앞섰는데 남조선이 다섯 배 앞섰다니? 또 남조선 괴뢰 정부가 자동차를 다 만들다니 리해가 안 되디?"

"평양에서 경제이론을 연구하는 너조차 모르니 우리 사회가 어디로 가고 있디? 리해가 되디? 나도 처음에는 꿈꾸는 것 같아서 멍해지며 뭐디 하는 생각이 들지 안캇니!! 그래서 너 오면 꼭 듣고 요해하고 싶어 요로케 불렀지 안캇니! 근데 너도 요해가 안 돼? 어카면 좋갔니? 지금은 고난의 행군 시절이잖니. 이제 곧 이것만 지나면 괜찮아지지 안캇니? 그렇지 그렇갔디? 남조선 방송을 듣고 있으면 북조선이 왜 이렇게 데왔지비 하는 한심스러운 마음이. 너 경제학자잖아? 확실히 하라우. 내 잠시 술이라도 가져올게."

하고는 밖으로 나갔다.

순국은 얼마 전에 당비서가 참석한 회의가 생각났다.

여기저기 들려오는 소리로, 대학도 역시 어수선하게 돌아갔다. 대학위원장과 당비서, 물리학과 교수들이 매일 당에 불려 들어갔다. 다들 어딘가에서 비밀리에 핵 개발을 하고 있다고 수군거렸다. 그런 와중에 어느 날 '오늘날의 당면한 경제 현안'이라는 주제로 당비서 주재로 회의를 개최하니 참석하라는 통보를 받고 갔다. 그날 회의에는 평소 대학 회의에 참석하지 않던 당의 부주석까지 참석해 분위기가 무거웠다. 순국은 긴장된 분위기 속에서 준비해 간 자료를 이리저리 들춰보고 있었다. 대략 모이자 당비서가 입을 떼기 시작했다.

"오늘날 공화국의 시급한 당면 과제는 경제입니다. 여러분도 아시다시피 최근 소련의 붕괴와 동독의 몰락으로 공산국가 간의 경제 관계가 대부분 단절되거나 대폭 축소되는 가운데서 우리들의 어려움이 가중되고 있습니다. 거기다 홍수로 많은 재산 피해를 입은 인민들의 어려움이 차마 말할 수 없는 지경에 이르렀습니다. 이런 어려움은 더욱 공화국 경제의 회생을 막고 있습니다. 여러분과 함께 이에 대한 대책을 논의하고자 오늘 모였습니다. 기탄없이 그 대책을 논해주십시오."

보통 당위원장의 사회가 당비서로 바뀐 것은 이 토론회의 주최가 대학이 아닌 당이라는 것을 말해주었다.

"비서 동무께서 말씀하신 것처럼 최근 우리 경제의 어려움은 그동안 우리 경제의 큰 틀을 유지하던 동구 유럽과의 무역 단절입니다. 공급받던 원유와 식량 등을 받을 수 없는 타격이 제일 큽니다. 그렇다면 우리 경제의 틀을 전환할 새로운 방법을 모색해야디요?"

순국의 학과장 동무가 별 흥분 없이 차분히 입을 열었다.

"그러게 그 새로운 방법을 말하라우."

"자력갱생의 방법으로 우리 스스로가 원유를 개발하고 식량도 자급해야 이런 일이 반복되지 않을 것입니다. "

"그러니까 어떻게 자력갱생을 하자는 것이우?"

그러자 순국이 일어섰다.

"경제체제의 전환으로 가야 합네다. 그동안 1950년대 중화학공업과 건설업 성장률이 가장 높았으며, 광공업 비중이 1955년 17%에서 1990년 41%로 확대되는 등 우리 경제가 공업화에 주력했음은 모두 알고 있는 사실입네다. 중공업에 대한 과잉투자로 산업 간 불균형을 초래, 경제적 비효율성이 1960년대 이후 누적되어왔습네다. 이 문제를 해소하는 것이 시급합네다."

"그것을 해소할 수 있는 방법을 말하라우."

"중화학공업을 기반으로 새로운 가전제품, 전자제품 등 제품을 개발해 수출을 주도해야지요. 우리 민족은 손재주가 좋은 민족입네다. 그 재주로 섬유산업을 육성해서 의류를 생산하고, 운동화 같은 신발 등의 일상품을 개발 생산 수출하면 외화 획득도 가능하지 안캈시오? 자력갱생이 안 되면 우리는 살 길이 없지요? 산업 간 균형을 위해 장기적인 발전 계획을 수립해야 좋디 안캈시오?"

"그럼 공순국 교수가 과 교수들과 협의하여 그 계획을 수립해 당에 가져오시오. 더 다른 의견 있으면 제시하시오."

"그동안 군 당국에 너무 많은 예산을 투입한 결과 생산 부문에는 투자가 상대적으로 적었습네다. 군 예산을 좀 줄여서 생산 부문으로 옮기면 공순국 교수가 제시하는 그런 산업을 더 육성할 수 있갔디요!"

순국의 옆에 있는 산업학과 교수가 말했다.

"그 사안은 우리 조선이 남조선과 대치되어 있는 이상 불가능하갔디요. 종전 선언으로 평화체제가 구축되지 않으면 불가능하지 안 캈디요? 미 제국주의 군대가 남조선에 주둔하고 있지 않수? 그건 지정학적으로 힘들겠지요? 다른 의견 없으면, 그럼 다음 회의가 있어서."

당비서는 서둘러 회의장을 빠져나갔다. 다들 아무 말 없이 우울한 기분으로 나왔다. 입으로 뱉지는 않았지만 북조선의 상황이 심상치 않음을 여러 가지 상황으로 짐작은 하고 있는 것이다. 그로부터 한 달간 학과장을 위시한 학과 교수가 모여 머리를 짜서 경제 불균형의 심화에 따른 대책이라는 제목으로 계획서를 올렸건만 6개월이 지나도 아무 말이 없었다. 정작 회의 결과로 어떤 정책을 입안했다는 보도는 전혀 없다.

단결사업이다, 사상투쟁이다 하며 학생 교수 할 것 없이 총화사업을 핑계 삼아 불러대었다. 학생들의 수업도 건성이고, 교수들의 연구도 건성이고 당의 눈치만 살폈다. 순국은 탈출구가 없다는 생각이 들었다. 순국은 연구를 핑계 삼아 계속 총화사업에 참여하지 않았다. 언제나 반복적인 구호에 더 이상 견디기 힘들었다. 대책은 없었다. 허탈했다. 어떻게 세운 국가인데 이렇게 나라가 맥없이 무너지는 소리가 들리는지. 어떤 땐 밤잠을 잘 수가 없다. 그러는 가운데도 무슨 무슨 총화사업 하며 김일성 광장에 무수히 모여 단결을 외쳤다. 아내 순녀는 그런 총화사업이 있을 때마다 거의 집에 들어오지 않고 밤새 준비로 지새곤 했다. 아내의 그런 열정이 부럽기도 하고 한편 단순해 보이기도 했다.

순국은 너무 피로감이 들었다. 총화사업으로 단결만 하면 쌀이 나오나 하는 부정적인 생각이 자꾸 스며들기 시작했다. 그동안 당의 일이면 무조건 옳다고 따랐고, 긍지도 가졌다. 인민들이 굶어 죽어가는 숫자가 늘어나자 차츰 체제에 의심이 들기 시작했다. 인민을 위한, 인민에 의한 정부라고 그동안 얼마나 외쳐왔나. 그런데 인민이 죽는데도 아무런 대책을 세우지 않고, 핵 개발이라니? 그 정도 예산이라면 인민을 굶어 죽게 하지 않을 텐데. 그런 와중에 남조선행을 제의받자 솔깃한 면도 있었다. 아니 탈출구 없는 현실에서 탈출하고 싶은 마음이었다. 그리고 마음을 굳히기 전에 고향행을 결심한 것이다.

"혼자 생각에 잠겨 있지 말고 말 좀 하라우."

동무는 오징어 다리와 진달래 술을 한 병 들고와 방바닥에 놓으며 앉기도 전에 독촉했다.

"나도 모르갔어! 답을 해도 당국에서 결심하지 않으면 우리 같은 사람은 아무것도 못 하지 뭐."

"답은 있고?"

"지금 체제로는 힘들갔지?"

"체제를 어떻게 바꿀 수 있간디?"

"소련도 붕괴되고 동독도 몰락했는데, 사회주의 체제에서 제일 처지는 북조선이 살 길은, 소련이 왜 붕괴되고 동독이 왜 몰락했는가를 분석해서 사회주의 체제의 잘못된 점을 보완해야지!"

"근데 그게 가능하갔디?"

"당국의 수령이 인민들을 더 위한다면 해야디. 나도 여기에 오기 전까지는 이 정도인 줄은 몰랐디. 남조선 경제가 다섯 배 앞서다니? 충격이디 않니? 그러니 남조선 방송을 못 듣게 하디!"

순국은 친구에게 그렇게 말은 하고 돌아왔지만 남조선 방송에서 받은 충격은 가시지 않았다. 인민에 기초를 둔 북조선 체제가 소수 부르주아를 앞세운 남조선 괴뢰 정부보다 뒤지다니 이해가 안 된다. 분명 현상 넘어 본질적인 것이 무언가 잘못되었다는 것을 말하는 것 같다. 남조선으로 가야 한다. 마침 위원장이 남조선에 갈 의사를 물었으니 남조선에 가서 내 눈으로 그것을 꼭 확인하고 싶다. 하루라도 빨리 남조선으로 가야겠다. 그러면서도 지금껏 잘못된 이론적 허구 속에서 헤엄치고 있지 않았나 하는 생각이 자꾸 스며들어왔다. 왜 그따위 한 토막 뉴스에 이렇게 마음이 불안하지? 그동안 자신 속에 들여다보고 싶지 않은 허를 찔린 것인가.

다음 날 아침에도 그 충격은 가시지 않았다. 오마니 동무에게 평양에 무슨 일이 생긴 것 같아 당겨 올라가야겠다고 하고 다시 평양 가는 길에 올랐다. 고난한 여정을 지나 회령에서 평양행 기차에 올랐을 때는 더 큰 충격이 기다리고 있었다. 여기저기 널려 있는 길거리의 시체를 본 사람들의 충격으로, 내내 북조선이 붕괴되지 않았디? 하는 확인을 받고 싶은 얼굴, 못 먹어 기가 빠진 초점 없는 눈으로 멍하니 바라보는 얼굴, 분노로 얼굴이 붉으락푸르락 벌건 얼굴, 여기저기 고함 소리가 뒤섞여 성토장 같은 데서도 쓰레기 더미에 기대어 조는 사람, 가는 내내 기차 안은 아수라장이었다.

그중 가장 처참한 것은 이웃에 애지중지 기르던 개를 잡아먹어 싸움질이 난 살인사건이었다. 숱 많은 시커멓고 제멋대로 뻗친 수염을 어루만지면서, 아직도 40대 후반 정도의 남자가 연사처럼 거들먹거리며 일어났다. 추위에 잔뜩 웅크린 채 낡은 점퍼 주머니에 양손을 그대로 넣은 채 천천히 말을 꺼냈다. 호기심으로 초롱초롱한 눈동자들이 그 사람의 이야기를 기다리고 있었다. 기다리다 못해 머리가 하얀 늙수레한 노인이 침을 찍 뿌리며 끼어들었다.

"근디 말이야, 어찌 그 동네에 강아지 새끼가 남아 있었어라?"

"그렇디? 다들 배고파 지 새끼도 잡아먹는다는 통에, 근디 그 개가 말이디, 버섯 집단농장에서 성과가 좋았다고 수령이 직접 선물로 준 진돗개라잖아. 얼마나 애지중지했는지 말이디, 농담으로 그 개가 우리 마을 권력 순위 1위라고들 비꼬았디. 허허 다들 아니꼬워했지. 진돗개 한 마리로 권력 잡은 것처럼 떵떵거리디 않았겠수. 내 어릴 때도 그 진돗개는 유명했디. 그런데 이번 굶주림에 동네 사람들이 합당을 해서 진돗개를 잡은 모양이디. 진돗개 주인이 옆집을 지나가는데 고기 냄새가 나서 이 웬 고기 냄새야 하고 들렀더라잖우. 동네 몇몇 사람들이 슬금슬금 자리를 비껴 달아나디. 무서버서 어디 그 자리에 있겠디? 그런데도 옆집 영감이 고깃국을 주면서 마시라고 했디. 웬 거야 하며 누가 뺏을까 얼른 받아 맛도 볼 틈 없이 꿀꺽꿀꺽 삼켰디. 자신도 멋모르는 개기국을 한 그릇 먹고 기분이 좋아 돌아갔디. 그런데 자신이 집에 들어서기가 무섭게 키 높이까지 뛰어오르며 짖어대던 강아지가 보이지 않겠디. 이상히 여겨 마을을 한 바퀴 다 돌아도 나오지 않겠디. 길모퉁이에서 건너편에 사는 친구를 만났는데 덕분에 잘 먹었다고 웃으며 지나가디 안갔니, 뒤따라갔디.

'뭘 잘 먹었디?'

'뭔 소리디? 너도 맛있게 먹디 않았어?'

'뭘 말이디?'

'몰랐디? 동네 사람 전체가 다 잘 먹었디! 야, 사람이 굶주리는데 개 한 마리가 뭔 대수디 그렇잖우.'

그 길로 눈이 뒤집힌 개 주인은 집에서 도끼를 가지고 나와, 걸리는 동네 사람마다 모두 도끼로 찍었디 않겠어? 마을에 들어서자 피 냄새가 진동이 나고 무서워서 내래 바로 돌아 나오지 않았간디."

순국도 이야기를 들으며 너무 끔찍해 눈을 감았다. 아! 이 체제에 더 이상 희망은 없는 건가? 정리되지 않은 생각들이 불쑥 올라왔다 사라지곤 했다. 위기를 극복하면 괜찮을 것이라는 위안이 이제 불안으로, 공포로 다가오기 시작했다.

5

새로운 정착

새로운 정착

바다는 이제 어둠에 휩싸여 바람 소리와 함께 찰싹이는 파도 소리만이 들린다. 지연과 친구는 성당 미사에 참석하러 갔다. 순국이 아무도 없는 카페에서 기다리고 있었다. 북한에서 알았던 사실과 여기 와서 새롭게 알게 된 사실 간의 혼동이 여기 도착한 날부터 지금까지 계속된다. 이제 정리되었다 하면 다시 파도가 바위에 부서지듯 흐트러진다.

성당 미사에 갔다 온 친구 차를 타고 집으로 향했다. 두 사람은 탈 때 고개만 까딱하고 계속 신부 이야기로 열을 올린다.

"아니, 아무리 신부님이 이 정부를 옹호한다고 해도 그런 식의 말은 너무 억지가 아니야?"

"그러게 어떻게 경부고속도로와 영동고속도로를 비교해? 경부고속도로는 박정희가 만들어 지금까지 복구하는 데 예산이 더 많이 들었다고? 영동고속도로는 한 번도 복구한 적이 없다고?"

"글쎄 말이야, 우리 신부님께 실망했어! 얼마나 한참 후에 영동고속도로가 만들어졌는데 그것을 그런 식으로 비교해? 신부님의 상식이 의심스러워! 박정희를 욕할 게 그렇게 없나?"

두 사람은 순국이 차에 타자마자 신부님 이야기로 열을 올리고 있다. 그러다 지연이 친구가 순국을 돌아보며 말했다.

"랍스터 삶아 왔는데 저희 집 가서 와인 한잔하고 가세요!"

"네, 좋지요. 술이라면 언제라도. 허허."

"작업은 잘 되세요?"

"전혀요. 머릿속이 어지러워서……."

"왜 안 그러시겠어요? 딸들을 생각하면 속이 터지고도 남죠. 그건 공 교수의 개인적 책임이라기보다 남북한 대립에 의한 복잡한 상황이 만들어낸 희생양 아닌가요? 그런 사람들이 한두 명이겠어요?"

그렇다고 순국 자신의 마음이 편해지지는 않는다. 그 당시 가졌던 남한에 대한 환상에 몰입, 쉽고 안이하게 대처했다. 아무도 믿을 수 없는 북한에서 딸들에 대한 걱정을 처가의 권력이라면, 하고 믿은 것이 잘못이다. 순국이 말이 없자 두 사람은 화제를 바꿨다.

순국은 어두운 산길을 뚫고 가는 헤드라이트를 바라본다. 아침마다 보는 휑히 뚫린 길 양옆으로 뻗어 있는 초원이 어둠에 갇혀버렸다. 서울은 꽉 차버렸다. 숨 쉴 틈이 없다. 코로나 상황이 되자 더 답답하다. 제주도라도 이런 곳이 있으리라고는 생각도 못 했다. 코로나 상황이 도래하기 전만 해도 제주도 가는 비행기 표는 언제나 매진이었다. 제주도에 가기 몇 달 전에 예약 안 하면 가기 힘들 정도였다. 너도 나도 제주도에 세컨드 하우스를 가지려는 붐으로 인기를 얻는 곳이었다. 내국인뿐만 아니라 중국인까지 땅 사는 데 혈안이 되어 덤벼들었다. 다들 이제 제주도는 더 이상 갈 곳이 아니라고들 했다. 그런데 여기는 초원과 억새밭이 주인이다. 가도 가도 끝이 없는 초원이 이어진다. 어느 사이 도착했는지 시동 끄는 소리가 들린다.

친구는 차에서 몇 개의 가방을 내린다.

"제가 들게요!"

"아니에요. 옷보따리하고 음식 넣은 것이라 무겁지 않아요. 누추하지만 들어가세요."

기어코 혼자 다 들고 현관의 경비 시스템을 해제하고 먼저 들어간다. 집은 크지 않은 아담한 집이다. 정원과 테라스, 거실과 방 세 개로 되어 있다. 하기야 그녀는 거의 케이크점에서 일과가 시작돼 거기에서 끝난다. 아침에 도착하면 당근 케이크와 커피, 사과, 토마토로 아침 식사를 대신한다. 케이크를 별로 좋아하지 않는 순국도 당근 케이크는 언제 먹어도 촉촉하니 입에 달라붙는다. 찹쌀 케이크도 정말 맛있다. 케이크와 떡의 중간 정도의 질감에 당근과 계핏가루가 많이 들어가서 그런지 상큼하다. 아침으로 먹어도 손색이 없다. 자신이 개발한 메뉴라고 한다.

순국이네가 렌터카를 빌리겠다고 했으나, 그럴 필요 없다고 매일 집까지 데리러 오고 데려다 준다. 그래서 새벽같이 움직여야 한다. 어떤 때 천천히 나가겠다고 하면 중간에 다시 데리러 온다. 그런 번거로움을 줄이기 위해 같이 움직인다.

순국이 식탁에서 와인을 따는 동안 두 사람이 랍스터를 자르고 다른 안주를 준비한다. 와인은 나파밸리 와인으로 카베르네 소비뇽이다.

"안주는 많이 장만하지 마세요. 늦은 저녁이라……. 이제들 여기 와서 앉으세요."

순국이 와인을 따르며, 분주한 두 사람을 말렸다. 오이, 치즈, 랍스터가 큰 접시에 진열되었다. 두 사람이 의자에 앉자 와인 잔을 들었다.

"제가 건배할게요. 빨리 공 교수의 따님이 이 가족 속에서 새로운 행복을 찾고 남한에서 자신의 길을 찾도록 도와주시옵소서."

순국 부부가 아멘으로 화답했다. 와인 맛은 소비뇽답게 약간 떫은맛과 함께 보디감이 좋다.

"좋은데요!"

"특별히 공 교수님을 위해 산 거예요.

"이번에 너무 번거롭게 해드려 죄송합니다."

"전 예전 친구 만나서 좋은데요."

"그렇게 생각해주니 고맙습니다."

새로운 정착

"전 공 교수가 이곳을 마음에 들어 하시니 그것도 좋고요."

"어떻게 제주도 서귀포나 제주시 중문단지 같은 곳을 다 두고 이곳에 자리를 잡았죠?"

"저희 남편이 살아 있을 때 당근이 많이 나는 제주도 가서 케이크점을 하는 것이 좋겠다는 제의를 했어요. 근데 제주도에는 근거지가 없어 서울 정리를 다 끝내고 내려와서 알아봤죠. 막상 제주에 내려와 거주할 집을 찾는데 빈집 있는 곳이 애월밖에 없더라고요. 그래서 계약하고 여기로 이사 왔죠."

"대단하시네요. 이것저것 따지지 않고 단순하게 여기를 오신 게. 서울 사람들 대부분 투자 가치로 모든 것을 계산하고 움직이던데."

"그래봐야 결국 그게 그거예요."

"제주시나 서귀포에서 먼데도 그렇게 호황을 누렸다니, 역시 솜씨만 좋으면 어디든 상관없네요."

"저의 케이크점 오는 사람들은 제주도 사람도 많지만 서울 사람이 더 많아요."

"그럼 관광 와서 사 가지고?"

"그러기도 하고 서울에서 주문하기도 해요."

"랍스터가 싱싱하고 맛이 좋네요."

"지난번에 살아 있는 채로 냉동실에 넣어뒀던 걸 오늘 삶았어요. 냉동실에 넣어도 싱싱한 것은 그대로더라고요."

"덕분에 저희가 호강을 누리네요. 이번에 내려와서 신세 많이 지고 있습니다."

"저는 남편 가시고 혼자 생활하다 이렇게 서울 친구가 한 번씩 내려오면 회포도 풀 겸 너무 좋아요. 대부분 친구들이 관광으로 와서 서귀포나 중문에 숙소를 정해 잠시 들를 뿐인데, 이렇게 며칠씩 수다를 떨 수 있으니 전 얼마나 좋은지 몰라요."

5분 거리의 임시 거처로 돌아와 바로 잠이 들었다. 술 두 잔의 취기가 단잠을 자게 했다. 순국이 주미를 생각하다 우울한 심기로 잠이 들면 무서운 꿈이 따라온다. 단잠 속에서도 거꾸로 선 주미의 풀린 머리가 푸른 바닷속에서 흔들리고 있었다. 순국은 머리를 흔들었다. 주미에게 더 이상의 불행이 일어나면 안 된다. 그래 늦지 않았다. 지금부터라도.

학이 날아오르다 다시 앉고 다시 날아오기를 반복한다. 제주도의 공기 때문인지 열이 차츰 안정되어 덜 피곤하고 눈의 충혈도 사라졌다. 그러나 큰 숙제를 안고 있듯 마음이 무겁다. 우선 아득한 세월을 살았던 그 시간을 함께 공유하며 주미를 새롭게 알아가자.

아침 바다는 마치 세수한 얼굴마냥 말끔하다. 어디서 날아왔는지 학들이 바위 위에 떼를 지어 날아오르다 다시 바다 수면에 가까이 와서 순회한다. 딸들이 그렇게 되었을 때 아내 순녀는 어디에 있었고 지금 어디에 있단 말인가. 딸들과 부인이 편히 잘 지내고 있다는 계속적인 메시지는 무언가. 북한에서 그동안 날 속여왔단 말인

새로운 정착

가. 왜? 남한의 정세 분석이 더 필요하다고 계속 남아 있으라고 강권한 그전 대학위원장이나 바뀐 대학위원장은 무엇 때문일까. 한 가지를 의심하니 모든 게 의심 안 가는 것이 없었다. 주미를 위해서 빨리 서울로 올라가야 할 것 같다. 원고를 청탁한 출판사에서 원고 독촉도 왔다. 그러나 자료를 앞에 놓고 읽으려 해도 머릿속으로 들어오지 않았다.

소련이 붕괴되고 동독이 무너지자 다시 김일성 수령의 서거가 따라왔다. 순국은 자신도 알게 모르게 무너지고 있다는 생각을 한 것은 역시 고향 방문 시 동무 집에서 남한의 뉴스를 들은 이후였다. 그때 그토록 남한에 가야 한다고 생각한 것은 마치 남한에만 북한을 구원할 답이 있는 것 같았다. 그때처럼 남한과 같은 민족이라는 것이 절실하게 느껴진 적은 없었다. 그렇지만 남한이 아무리 답을 주려고 해도 북한이 개방하지 않고 핵 개발에 매달려 있는 한, 그것은 순국 혼자만의 환상이었다. 그때 순국이 낸 계획서에 당국이 침묵한 것은 이미 답을 준 것이나 마찬가지였다. 남한에 와서 그 계획서 이야기를 했더니 남한 학자들이 어떻게 숙청 안 당하고 살아 있냐고 의아해했다. 개방은 북한에게 극약 처방이라는 것을 남한 사람은 다 아는데 북한에서 그런 계획서를 올렸다니요. 그 말끝에 순국은 번뜻 머릿속에 불이 켜졌다.

그 당시 대학위원장과 순녀 사이에 미심쩍은 의심이 다시 고개를 들었다. 두 사람이 어릴 때 한 마을에 살았다고 해도 그동안 내

왕이 전혀 없었다. 그날 느닷없는 방문이 무얼 이야기해주는지 알수가 없다. 아무리 위원장 부인의 불미한 사건으로 위문을 왔다지만, 통상 북한에서 남자를 방문하는 예는 극히 드물었다. 어떤 우연한 자리가 만들어지면 인사를 차리는 것이 예의였다.

순국은 고향에서 바로 돌아와 대학에 가서 남조선으로 가겠다고 위원장에게 이야기했다. 집으로 와서, 순녀와 아이들을 모았다. 그렇지만 어떻게 말을 꺼내야 할지 망설이며 며칠을 보냈다. 근데 마침 저녁에 가족이 한자리에 모일 기회가 있었다. 이제나 저제나 틈을 보고 있었다. 영미가 느닷없이 말했다.

"아바디! 내가 지나가는데 동네 아주마시들이 '쟤네 엄마가 완장 찼다지* 알고 있어? 하던데 무슨 말이지? 그러면서 쟤네 아바디는 곧 떠날 거라고."

그러면서 순국과 순녀를 돌아보았다. 순녀의 표정이 확 달라지며 영미의 말을 밀막았다.**

"무슨 소리냐? 누가 그따위?"

순녀가 와락 소리를 지르며 얼굴이 빨개졌다.

"오마니 동무, 그게 무슨 소리야요?"

"동네 사람들이 잘못 디껄인 거야!"

* '바람피웠다'의 북한식 표현.
** '미리 막았다'의 북한식 표현.

순국도 어리둥절했다. 순녀는 처음과 달리 시치미 딱 떼고 입을 꾹 다물었다. 총화사업 준비로 가두 당비서들과의 회합이 있다고 금방이라도 나갈 듯, 한 발은 현관 계단을 디디고 있었다. 순국은 순녀를 몇 번 쳐다보았다. 그러다 마음을 가다듬고 순녀를 무시하고 딸들을 쳐다보며 말했다.

"니네들 내가 없는 동안 엄마 말 잘 들어라우!"

"아바디, 어딜 또 가시우?"

"응, 출장. 이번에는 멀리 오래 갔다 와야 해! 그러니 오마니 동무 말 잘 들어야 해!"

주미의 묶은 머리를 만지며 말했다.

"영미는 아침에 일어나면 주미 머리 빗어서 묶어주고! 주미는 언니 말 잘 듣고."

그날 순국은 순녀와 좀 더 이야기를 하려고 아무리 기다려도 오지 않았다. 맨날 하는 총화사업 때문에 밤을 새워 준비해야 하나? 속으로 중얼거리며 잠이 들었다. 새벽에 들어온 순녀는 술 냄새가 풍겼다. 어제 회의가 길어져 그만⋯⋯. 그리고 다시 옷을 갈아입고 나갔다.

그러고는 순국이 떠나는 날까지 제대로 대화도 나누지 못했다. 다른 교수들에게는 모두 말레이시아로 떠나는 것으로 이야기했다. 공식적으로 말레이시아 대학에 필요한 자료 때문에 간다고 알려져 있다. 송년회 겸 회식을 마치고 연구실에 남은 짐을 챙기러 왔을 때

옛 동유럽 연수에 같이 갔던 동료가 따라 들어왔다. 들어오자마자 책상 의자에 앉아보라고 했다.

"너 속고 있는 줄 모르고 있디?"

"그게 뭔 소리디?"

"위원장 동무가 무언가 일을 꾸미고 있다고들 쑤군거리더만. 그게 너와 관련이……?"

"나 남조선 가는 거이?"

순국은 빤히 바라보았다.

"그게 무슨 음모가 숨어 있다고들 쑤군거려! 아무래도 당과 위원장 간의 어떤 음모가 있는 것 같애."

"뭔 소리야? 당이라니!"

"니네 학과에서 북조선 향후 경제개발 계획서 낸 것 있지, 너 주도로 연구한 것. 당에서 말이 많았다고 들었는데 아무 조치가 없잖아?"

"그건 학과 전체 교수가 했는데 무슨……. 이번 남조선 가는 것과 무슨 상관이……."

"아니냐…… 아무래도."

친구가 말을 채 맺기 전에 누군가 문을 열었다. 위원장 동무였다.

"몸 성히 잘 다녀오라우, 그 자리 잘 디켜둘 테니까."

위원장 동무는 악수를 청하고 나갔다.

"저 친구 정미 동무와는 사건이 나자 바로 이혼을 했다더만. 정미 동무 한번 찾도 않았더만! 매정한 놈, 출세에만 눈이 멀어!"

"나도 좋아하지는 않지만 그렇게까지는……."

그때 친구가 말한 음모가, 자신을 다시 북한에 복귀시키지 않는 것이었나? 순간 위원장의 연구실에서 나오던 아내 순녀가 떠올랐다. 순녀는 김일성과 가까운 집안으로 권력 순위가 아주 높은 집이다. 혁명을 입에 달고 사는 가족이었다. 순국을 선택해 그 아버지가 부른 것도 뜻밖이었다. 하기야 순국도 혁명 가족의 일원이었다. 아버지는 해방 전 일본에 징병으로 끌려가 행방불명이 되었고 어머니 역시 6·25전쟁 부상자를 위해 간호하다 그 부대에 투하된 폭탄에 파편 조각처럼 날아갔다. 전쟁이 끝난 몇 년 후 전쟁고아들을 모아, 스탈린의 배려에 의한 것이라며 사회주의 학습을 위해 동유럽으로 연수를 떠나는 기회가 있었다. 그때 순국도 함께였다. 연수 중 마침 동유럽 사회주의 현장을 보러 온 중국 공산당의 핵심 멤버가 연수장에 시찰 왔다.

중국 공산당 간부의 질문에 답하기 위해 대표로 순국이 호출되었다. 여러 가지 질문에 대답을 명석하게 했다고 그것이 인연이 되어 북경대학에 입학하게 된 것은 큰 힘이 되었다. 북경대학을 졸업하자마자 김일성대학에서 주체사상을 바탕으로 하는 경제를 연구하라고 처음에는 연구원으로 발령을 받았다. 중국 공산당에 남아 일을 좀 하라는 당부를 거절한 것이 소문이 나 일약 주목받는 인물이 되었다. 출세도 빨랐다. 2년이 지난 뒤 바로 교수가 되었다. 나중에야 그것도 순녀 아버지의 입김이라는 것을 알았다.

발령받은 후 바로 순녀와 결혼 이야기가 나오고 결혼하게 된 것이다. 아내 순녀는 남편이나 자녀들보다는 당의 혁명사업이 우선이었다. 입을 벌릴 때마다 혁명과업이었다. 혁명과업으로 집보다 행사장에 붙어 있는 시간이 많았다. 순녀보다, 자연히 연구실과 집만 왔다 갔다 하는 순국이 살림을 맡아서 하고 아이들을 건사했다. 순국이 집에 들어올 때마다 음악을 틀어놓은 것은 집의 삭막한 분위기 때문이었다. 여자가 살림을 하지 않는 가정 분위기는 어디서 불어오는지 모르는 바람이 끊임없이 불어오는 것 같았다. 딸들에게 조금이나마 그런 분위기에서 벗어나 심리적 안정감을 주기 위해 음악을 틀어놓았다.

한 달이 되기 전에 제3국 말레이시아 여권을 전달받았다. 순국은 떠나기로 한 이후 많은 이야기를 들었다. 이왕 떠나기로 한 것, 귀를 막은 것이 큰 오류였다. 그때 너무 마음이 조급했다. 떠도는 소문을 좀 더 심각하게 생각하고 진상을 알아봤어야 했다. 고향에서 남조선 뉴스를 들은 이후 마음은 걷잡을 수 없이 남조선으로 치달았다. 직접 눈으로 보고 싶고 어떻게 그렇게 빠른 성장이 가능했는지 눈으로 확인하고 싶었다. 말레이시아에서 1년 머물렀다. 조급한 마음으로 바로 남조선으로 가고 싶었지만 남조선에 대한 예비지식을 가지고 가야 된다고들 했다. 말레이시아 주재 북한 대사관에서 1년만 참으라고 했다. 또 말레이시아인으로 행세하려면 말레이시아에 대한 기본 지식이 필요하다고 했다. 역사·지리·정치적인 상황 등 말레이시아 정치 경제사를 공부했다.

1년 동안 말레이시아 쿠알라룸푸르대학의 연구원으로 있었다. 그동안 남조선에 대한 다양한 정보를 접하고, 남조선 사람들도 많이 만났다. 사업차 온 사람, 지사로 온 사람, 외교관으로 근무하는 사람 등 다양한 남조선 사람들이 드나들었다. 거기서도 북조선에서 공부한 말레이시아인으로 행세했다. 순국은 이미 거기에서 남조선이 북조선과 상대가 되지 않는 세계 경제 강국임을 실감했다. 세계를 마음대로 누비고 다니며 시장을 조사하고, 새로운 아이템을 개발하고, 눈부신 남조선 사람들의 활동에 순국은 주눅이 들었다. 말레이시아 사람들도 남조선 사람들과만 이야기하려 했다. 북조선 사람들과는 이야기할 것이 뭐 있겠느냐며 어깨를 으쓱하고 말을 섞지 않으려 했다. 심지어 북조선을 국가로 인정하지 않으려는 사람도 있었다. 어떤 사람은 모든 것을 수령이 알아서 하는 일인 왕국 아니냐고 했다. 밖에 나오니 북조선의 문제점이 확연하게 들어왔다.

남조선에 와서 보니, 뉴스로 들었던 것보다 훨씬 더 대단했다. 철강, 조선, 어떤 분야든 국제 경쟁력을 갖추지 않은 것이 없었다. 대우그룹을 일으킨 회장은 사업 때문에 전 세계를 바삐 다니느라 잠은 거의 대부분 비행기에서 잔다고 했다. 삼성그룹 회장은 '마누라 외에는 모두 바꾸어야 살 수 있다'라는 충격적인 말을 했다.

북조선에서 들은 남조선의 실상과 남조선에 와서 본 현실은 너무나 달랐다. 우선 눈부실 정도의 경제 발전상에 북조선 소속이면서도 우리 민족에 대한 자긍심이 생길 정도였다. 한 개인의 힘을 마음껏 밀어줄 수 있는 국가가 필요하다. 그래야 자신의 잠재력을 꺼내어 마음껏 발휘할 수 있다. 남한은 몇몇 개인의 잠재력을 끌어내어 국가의 힘을 키웠다. 조선사업이 황무지일 때 대통령이 현대 정주영을 끌어들여 조선 사업을 할 수 있는 모든 국가적 지원을 아끼지 않았다. 지금 남한의 조선사업을 세계 1, 2위를 다투는 산업으로 키운 장본인이 정주영이다.

　　북한처럼 모든 것이 당의 통제 아래 있으면 결국 개인의 능력은 아무 소용이 없다. 새로운 정책이나 기술을 마음껏 개발해서 시행착오를 거쳐 현실에 적용할 기회를 주어야 한다. 그래야 새로운 정책과 기술이 다양하게 개발될 수 있다. 정부는 세금을 올바로 거두고 그 세금을 전체적으로 분배를 잘 해서 누구나 의식주 걱정 없이 살게 해주면 된다. 기업을 억압하고 개인을 억압하면 결국 아부와 굴종에 익숙한 노예들만 기르는 국가가 되는 것이다.

　　작은 서재와 방 한 칸 정도의 아파트를 얻고 한 달 정도의 심리적 여유를 가지고 남한 사회에 적응하려고 했다. 동네 시장에 가서 장을 봐 오기도 했다. 가는 데마다 물건이 너무 많아 물건 하나 사는 것도 진땀이 났다.

　　"라면 다섯 개 주세요."

라고 말하면

"무슨 라면요?"

"무슨 라면?"

"어디에서 왔어요? 삼양라면, 신라면, 진라면, 안성탕면 종류를 대야죠?"

주인 여자는 수상한 듯 순국을 이리저리 살피기 시작했다.

"라면을 한 번도……."

그러다 얼른 말을 주워 담는다.

"어마나, 라면을 한 번도? 남자들은 다 라면을 좋아하던데……."

"아무거나 주셔……."

얼굴을 쳐다본다.

"외국에 살다 오셨어요? 아, 네~ 어쩐지……."

주인 여자는 혼자 중얼거렸다. 그러며 순국을 힐끔힐끔 쳐다보았다. 순국이 밖을 나왔을 때는 손에 진땀이 나 있었다. 북한 말투가 튀어나올까 봐 어정쩡한 말투가 주인 여자에게 수상하게 보였는지 순국을 한참 바라보고 있었다. 물건을 살 때마다 진땀이 난다. 그런 이후 동네 가까운 곳 할머니들이 길거리에서 파는 오이, 상추 등 야채를 사 오고 나머지는 슈퍼마켓에 가서 마음대로 골라서 계산하고 가져온다.

새 학기가 시작되기 전에 북한경제연구소가 있는 모 대학에 들렀다. 말레이시아 대학의 북한경제연구원으로 소개, 여기에 적을 두고 1950년대 이후의 남한 경제와 북한 경제를 비교 연구하기 위한 자료수집에 도움을 받고 싶다고 했다. 연구소 측은 인력 충원 예산이 없어 곤란하다고 했다. 순국은 월급 필요 없이 자료 조사만 하면 된다고 했다. 그래도 대학 연구원장의 간단한 인터뷰를 거쳐야 한다고 했다. 그리고 박사학위가 필수라고 했다. 순국은 잠시 멈칫했다. 그것은 북한의 대학위원장에게 부탁해서 해결하면 될 것 같다. 말레이시아 사람으로 이름을 바꿔 김일성대학에서 학위를 받은 것으로 학위증을 위조해 보내줬다. 연구소에서 무척 좋아했다. 김일성대학 박사 출신의 말레이시아인, 그들은 오히려 부담이 없는 듯 반겼다. 처음에는 체제에 따른 남한 경제와 북한 경제를 비교하기 위해 자료를 모았지만, 연구하다 보니 근본적인 체제가 다른 관계에서 비교 자체가 안된다는 것을 알았다. 그러고는 남한 경제의 발전 과정에 대한 자료를 중심으로 '시장경제를 가미한 사회주의 경제체제 확립 방안'에 관한 연구 방향을 설정해 기획해 나갔다.

자료를 조사하고 미심쩍은 부분을 남한 교수들과 서로 토론하는 가운데 남북한 경제를 같이 연구하는 유명한 한 교수가 순국을 쳐다보며 고개를 갸우뚱거렸다. 그러더니 느닷없이 물었다.

"말레이시아인 아니시죠? 마치 북한 경제정책을 수립한 당사자처럼 말씀하시는 게……. 외국인이 북한 실물경제를 그렇게 알기 쉽지 않은데……."

말을 끝내지도 않고 계속 고개를 갸우뚱거렸다. 순간 순국은 당황스러워 얼굴이 빨개졌다. 그랬더니 옆에 연구원 중에 한 명이 손뼉까지 치며 큰 소리로 말했다.

"맞구나, 어쩐지 모두들 이상하다고 했는데……."

"무슨 말을 그렇게?"

갑작스럽게 벌어진 상황에 당황, 순국은 얼른 자리를 비켰다. 더 있다가는 말레이시아인이 아니라는 사실이 들킬까 봐 겁이 났다. 그 이후 연구소 내에서 어떤 말이 돌았는지 분위기가 어색하게 돌아갔다. 어떤 때는 말레이시아인으로 대했다가 어떤 때는 북한 사람으로 대했다. 순국은 무어라 아무 말을 할 수 없었다. 구태여 북한 사람이 아니라고 시치미 떼지도 않고 유야무야로 지냈다. 결국은 밝힐 수밖에 없는 시기가 왔다. 북한에 돌아가려는 시점이었다.

몇 년 연구 기획을 가지고 북한 경제적 시스템으로 적용하려고 생각하고 이제 돌아가겠다고 대학에 연락을 했다. 그런데 대학위원장은 계속 1년만, 1년만 하며 더 있다가 오라고 연장을 시키는 것이다. 그때 한 연구교수에게 모든 것을 털어놓고 의논을 했다. 순국을 두고 논의가 벌어졌다. 교수들이나 연구원들은 모두 북한에서 순국의 계획을 절대 받아들이지 않을 것이고 오히려 아오지 탄광으로 끌려갈 것이라고 했다. 그때 번쩍 순국의 머릿속에 불이 켜지며 떠나오기 전 무슨 음모 운운하는 친구 교수의 말이 떠올랐다. 그럼 순녀가 위원장 방에 온 것도. 그때 당 부위원장 중심으로 회의한 이후, 학과의 북한 경제발전 전략이라고 낸 계획서에 서술된 개방

정책이 문제가 되었구나. 당과 위원장과의 협의하에 공식적으로 순국을 남한으로 보낸 것인가. 아니 보낸 것이 아니고 쫓아낸 것인가. 왜 아오지 탄광이 아니고. 순녀의 아버지 권력 때문에? 그동안 얽혀 있던 실 꾸러미가 약간은 풀리는 것 같았다. 갑자기 온몸이 오싹해졌다.

핵 개발에 눈이 멀어 있는 북한에서 그 기획을 받아들이겠느냐고, 그리고 김일성가의 유일 체제를 유지하기 위해서 개방은 절대 하지 않을 것이라고 했다. 경제개혁을 하기 위해서는 개방은 불가피하지 않느냐. 개방이 불가피한 마당에 어떻게 핵 개발을 계속하느냐고 했다. 절망감으로 이런저런 고민에 시달리며 연구실과 책상에만 앉아 있어서 그런지 허리가 끊어지는 아픔과 동반한 허리 협착증으로 수술, 한 달간 병원에 입원해야 했다.

남한의 많은 사람들이 순국을 감동시켰지만, 특히 감동을 준 사람은 병원에 입원했을 때 자신의 병실을 담당한 간호사였다. 수술 후 거의 움직일 수 없는 상태에서 자신의 손과 발이 되어 수발을 들어주었다. 말도 사근사근 마치 애인에게 속삭이는 목소리였다. 간호사가 올 때마다 가슴이 두근두근거렸다. 아무리 이성을 찾으려고 해도 그동안 몇 년간의 고독하고 쓸쓸했던 마음이 한순간에 무너질까 간호사가 올 때마다 마음을 굳게 먹었다. 일부러 대답도 단답형으로 했다. 돌아가신 어머니가 간호사였기 때문인지 간호사에 감동을 많이 받는 것도 운명적인 것 같다.

"조호르 씨, 허리가 더 불편하세요?"

"아니요."

"그런데 표정이 좋지 않아요."

병원에서 말레이시아 이름으로 불릴 때마다 깜짝 놀란다. 쿠알라룸푸르에 있는 말레이시아 대학에서 1년 동안 익숙했던 이름임에도 깜짝깜짝 놀란다. 간호사의 말을 묵살하고 돌아누웠다. 뒤로 돌아누운 순국의 등 위에다 약 설명을 하고 물리치료 하러 갈 때 오겠다며 문을 조심스레 닫고 나갔다. 나간 다음에도 계속 가슴이 방망이치듯 두근거렸다. '어쩌자고⋯⋯.' 자신을 나무라며 눈을 감았다. 그때 눈에 밟히는 인물은 아내 순녀도, 큰딸 영미도 아닌 주미였다. 간호사는 그 이후 순국의 손발이 되어 움직여주었다. 순국 자신보다 더 순국이 필요한 것을 알아 챙겨주는 것 같았다. 결국 남한에 남아 있기를 결심하자, 그녀가 아직 비혼이라는 것을 알고 청혼했다.

그때 자신의 신상에 관한 모든 것을 지연에게 고백했다. 지연은 불안하다고 안기부에 같이 가서 자수하자고 했다. 그렇지 않으면 순국과 같이할 자신이 없다고 했다. 주위 사람들도 남한에 남아 있으려면 그것은 당연한 수순이라는 것이다. 한참 지연도 만나지 않고 연구실에서 칩거했다. 그때도 눈에 밟히는 것은 주미였다. 자신의 입지가 확정되지 않아 망설이고 있었다. 대한민국으로 전향하면 자녀들의 문제도 걱정이었다. 그러나 주미 이야기를 들으면 순국이 떠난 이후 바로 순녀가 사라지고 꽃제비로 떠돌았다고 한다. 그렇다면 정작 자신이 떠난 이후 바로 무슨 사달이 난 것이다. 결국 지연의 설득에 넘어가 국적을 전향했다. 약식 기소로 재판에 넘겨져 집행유예 2년, 징역 1년형을 받았다. 남한 국적으로 제대로의 이름을 찾았다.

바다 위의 까치노을이 사라지면서 서서히 어둠이 내리고 있었다. 주미의 얼굴이 유리창에 흔들린다. 주미에게 아버지로서 못한 빚을 어떻게도 보상할 방법이 없다. 헤어진 이후 내내 비참한 모습으로 따라다니는, 차마 눈 뜨고 볼 수 없어 외면했던 비참한 몰골이 현실로 나타나다니! 그동안 자신이 이승도 저승도 아닌 까치노을 속에 갇혀 있었던 것일까? 어찌 됐건 주미를 만나야겠다. 그러나 주미를 받아들여야겠다는 당위성 외에는 심리적으로나 자신을 둘러싼 상황이 아직도 명확하지 않았다. 그렇다고 딸을 받아들이지 않을 이유는 없다. 딸인 것만은 분명하다. 빨리 서울로 가야겠다.

서울로 출발하기 하루 전날이다. 집에서 하루 보내기로 했다. 카페에 있으니 북한 생각들이 계속 회오리쳐 견딜 수가 없었다. 그렇다고 자신의 딸들이 왜 그렇게 되었는지 뚜렷한 결론을 내릴 수도 없다. 마음만 답답했다. 정확하게 알기 위해서는 북한에 가서 확인할 수밖에 없다. 그러나 이제 순국은 더 이상 북한 사람이 아니다. 지연에게 친구와 케이크점으로 가라고 하고, 순국은 혼자 집에 남아 있겠다고 했다. 아침을 집에서 가지고 온 밑반찬으로 대략 챙겨 먹었다. 그리고 커피를 들고 창문가로 가서 밖을 보니 쏟아지는 햇빛 속에서 억새밭이 순국을 유혹했다. 순국은 대략 점퍼를 챙겨 입고 밖으로 나왔다.

산책길을 따라 걸었다. 5분쯤 걸었더니 확 트인 억새밭이 나왔다. 순국은 자신도 모르게 억새밭으로 달렸다. 억새밭을 뚫고 들어오는 환한 햇빛이 눈을 부시게 한다. 햇빛으로 뿌연 안경 너머 햇살 사이로 바다가 펼쳐져 있다! 환희의 탄성이 가슴을 뚫고 올라온다. 순국은 눈이 부셔 눈을 감았다. 그 속에 주미가 가벼운 차림으로 춤을 추고 있다. 그동안 막막했던 심리가 확 빛을 던지는 것 같다. 주미야, 그래, 춤을 추자! 이제 마음껏 너의 인생을 아빠에게 맡겨라. 네가 하고 싶은 것을 하고 훨훨 날아라. 몇 시간 전까지 전혀 달라진 것이 없다. 그런데 왜 이렇게 꿈으로 마음이 부풀어 오를까. 이제부터는 주미가 원하는 삶을 살도록 도와주는 것을 가장 큰 희망으로 살자.

6

새벽안개

새벽안개

　순국은 일어나자마자 눈을 부비며 몇 번씩 안경을 닦는다. 아직도 주위가 희뿌연하다. 새벽 아파트 꼭대기에 안개 띠가 드리워 있다. 그것도 잠시, 어둠이 걷히면서 햇빛 세례에 안개도 함께 흩어진다. 순국은 어젯밤 잘 잤다고 생각했다. 그러나 몸은 젖은 스웨터마냥 축 늘어진다. 매일 아침 아파트 주위를 걷는 산책도 오늘은 귀찮기만 하다.

　순국이 남한행을 결심하기 전에는, 안개로 인해 앞이 보이지 않는 광야를 끝없이 방향도 없이 걷는 꿈을 자주 꾸었다. 일어나면 언제나 기분이 개떡 같았다. 순국은 딸 주미와의 만남 이후 아무 일도 손에 잡히지 않는다. 순국의 급한 마음과 달리 이루어지는 것이 아무것도 없었다. 순국이 주미에게 제시한 방향을 주미는 하나도 받아들이지 않았다. 우선 순국이 집으로 들어오라고 요구한 것을 거절했다. 가끔 만나서 하는 식사나 커피 타임으로 순국은 성이 차지 않았다. 데이트할 시간과 틈을 주지 않았다. 겨우 식사 정도였다. 주미의 생활을 정상화시키는 것이 우선이었다. 자기는 일하며 가끔 아버지를 만나며 살고 싶을 뿐이라고 했다. 지연은 물론, 순국이조차 볼 때마다 낯선 사람 대하듯 한다.

20년 이상 헤어졌다 만난 주미의 모든 것이 낯설었다. 주미에 대해 아무것도 아는 것이 없었다. 차츰 빠른 시일 내에 잘 지낼 수 있다는 생각을 포기했다. 주미는 가족이면서 가족이 아니다. 아내 지연은 빨리 주미를 집으로 들어오게 하자고 이삿짐센터의 사람을 불러 방을 옮기며 법석을 떨었다. 서재를 안방으로 바꾸고 서재로 쓰던 방을 주미 방으로 꾸몄다. 가장 작은 방을 자신들의 침실로 바꾸었다. 순국도 당장은 들어오지 않더라도 주미의 방을 따로 준비는 해야 한다고 생각했다. 그러나 주미의 생각은 알 수 없었다. 두 딸을 둘러싼 북한에서의 진실 규명은커녕, 순국의 머릿속에서 의문의 꼬리에 꼬리를 무는 자신이 남한에 온 이후의 아내 행적은 당분간 제쳐두기로 했다. 주미와 부딪쳐 가족의 일원으로 받아들이는 것이 우선 급선무였다.

몇 번의 만남 끝에 보여준 주미의 태도에 당황스러웠지만 꽃제비 생활을 하면서부터 시작된 떠돌이의 생활을 금방 청산하기 힘들 것이다. 순국은 주미에게 시간이 필요하니, 지연에게 서둘지 말 것을 부탁했다. 집에 주미를 초대한 날이었다. 순국과 지하철역에서 만나 함께 집으로 왔다. 처음 만남 이후 다섯 번째 만남이었다.

키만 멀쩡했지 삐쩍 마른 몸을 볼 때마다 긴 멀대 같다는 생각을 했다. 순국은 주미를 볼 때마다 고문당하는 것 같았다.

식사하는 중에도 계속 소매를 끌어당겼다. 그리고 바지를 발아래까지 끌어내렸다. 주미의 그런 행동이 순국과 지연을 불안하게 했다. 조그마한 일에도 지나치게 놀랐다. 지연이 부엌일을 하다 국자를 떨어뜨린 일에도 까무러치게 놀랐다. 아파트 택배원이 택배를 들고 와 현관문 벨 소리가 나자 너무 놀라 일어서기까지 해서 순국과 지연까지도 놀랐다. 주미는 무언가 잔뜩 주눅이 들어 있다. 식사 도, 지연은 주미가 무슨 음식을 좋아하는지 모른다며 이것저것 상에 그득하게 차렸다. 그러나 주미는 미역국과 김치만 먹었다. 지연이 갈비찜을 주미 개인 접시에 올려주었다. 그러나 아예 건드리지도 않았다. 새우튀김도 그대로였다. 순국도 지연도 음식을 먹을 수가 없었다. 지연은 안타까워 어쩔 줄 몰라 했다. 간간이 시금치나물을 가져갔다. 식사할 때조차 점퍼를 벗지 않았다. 모자까지 눌러쓰고 있다. 마치 당장 어디로 도망갈 태세다.

순국이 탈북한 딸을 만났다는 뉴스가 나가자 대학 동료나 친한 친구들이 초대해서 소개 좀 하라고 했지만 일체의 만남을 하지 않았다. 주미는 꽃제비 때나 중국에서의 탈출 때의 피해의식으로, 모든 사람들을 무서워했다. 그리고 혼자 사는 데 익숙해져 있다. 식사도 즐기는 것이 아니라 배를 채우는 개념이다. 자신이 먹는 것 외에는 절대 다른 것은 먹지 않는다. 꽃제비 때의 불규칙한 식사로 위가 약해져 걸핏하면 설사를 한다고 한다. 음식 먹기를 아주 조심했다. 특히 고기류와 생선류는 입에 대지 않는다. 순국은 주미에게 어떻게 맞추어주어야 할지 당황스러웠다. 넉살 좋은 지연까지 주미와 같이 있으면 안절부절못했다. 아무리 권해도 한 번 싫다고 하면 끝이었다.

주미는 순국이네 집으로 아직은 옮겨오지 않았다. 한 달간 서로 부딪치지 않게 조심조심 어울렸다. 어느 날 일요일 집에서 저녁을 먹은 후였다. 지연이 친구한테 들었다며 좋은 영화를 보자고 텔레비전 검색창에서 '내 사랑'을 쳤다. 캐나다의 북부에 살았던 장애를 지닌 모드 루이스라는 화가를 모델로 한 실화 영화였다. 남자 주인공은 에단 호크였지만 여자 주인공은 잘 모르는 샐리 호킨스라는 배우였다. 태어날 때부터 관절염으로 고생해온 모드가 가족으로부터 버림받아 새로운 자기 사랑을 찾아가는 이야기이다.

영화가 시작하기 몇 장면까지 주미는 심드렁했다. 모드가 가정부 일자리를 찾아 외따로 떨어진 허허벌판에 있는 남자 루이스 집을 찾는 장면부터 눈을 반짝이며 집중했다.

숙모 집에 얹혀살던 모드는 상가에서 가정부를 구한다는 광고를 발견한다. 주소를 쓴 쪽지를 들고 외따로 떨어져 있는 집을, 잘 걷지도 못하는 불편한 몸으로 고생하며 찾는다. 거칠고 막무가내인 생선 장사 루이스에게 모드는 아무래도 가정부로는 마땅찮아 보인다. 루이스는 보잘것없는 자신의 집에 올 사람이 없다는 것을 알고 마음을 바꿔 모드를 채용하기로 한다. 방이라고는 다락방에 있는 조그마한 방 하나밖에 없다. 두 사람은 동거 아닌 동거를 시작한다. 루이스가 욕을 하며 모드에게 손찌검을 하는 장면에서, 주미의 몸이 사시나무처럼 심하게 떨렸다.

순국이 너무 놀라 잠시 리모컨으로 영화를 멈추었다. 그러자 주미의 눈에서 눈물이 흘러내렸다. 순국은 주미를 말없이 껴안아주었다. 순국 자신도 모르게 눈물이 흘러내렸다. 순국은 가슴이 아팠다. 주미가 좀 진정이 되자 영화를 다시 보겠다고 했다.

어떤 것도 정리되지 않은 엉망진창인 집에서 심란한 모드는 우선 하나씩 정리부터 시작한다. 살벌한 집의 풍경을 자신의 그림으로 채우기 시작한다. 그림 속에 파묻혀 살면서 조금씩 마음을 붙인다. 여전히 거친 루이스는 모드에게 집에 그림을 그리는 것은 허용하되 가정부로서의 일을 더 충실히 하라고 한다. 그러면서 그 집의 서열은 자신이 제일 먼저이고 두 번째가 개, 세 번째가 닭, 네 번째가 모드라고 하며 가정부로서 선을 넘지 못하게 못을 박는다.

침대 하나밖에 없는 2층 좁은 다락방에서의 동거에 조금씩 익숙해진다. 모드도 차츰 루이스의 거친 태도에 단호한 태도로 맞서기도 한다. 황혼이 물들어가는 억새밭, 바람에 출렁거리는 바다, 거친 바람 속에서 흔들리는 나뭇가지, 눈이 오면 세상이 잠든 듯 하얀 대지 아래에서 숨 쉬고 있는 듯한 모드. 순국은 지난달 갔던 제주도 애월의 풍경과 너무나 닮아 애월의 풍경이 그리워졌다. 영화를 보면서 다시 가고 싶다는 생각을 했다. 주미의 얼굴에도 지금껏 보지 못한 꿈을 꾸는 듯한 아련한 표정이 떠올랐다.

아름다운 자연 풍광 속에서 도취되어 자신의 그림에 몰두하는 모드에게 뜻밖의 손님이 찾아온다. 뉴욕에 거주하고 잠시 별장에 와 있는 여인이었다. 루이스가 주문한 생선을 가져오지 않았다고 방문한 것이다. 그러다 그 여인이 모드의 그림을 보고 감탄을 한다. 어떻게 이런 그림을 그리느냐는 질문에 '그리고 싶은 것을 그릴 뿐이에요. 내 인생이 액자 속에서 숨 쉬고 있어요.'라고 답한다. 모드의 말에 더욱 감동을 받은 여인은 그림을 그릴 때마다 사겠다고 예약을 한다.

그 여인을 통하여 모드의 그림이 세상에 알려진다. 모드의 그림이 유명해져 루이스의 집 앞에 그림을 사려는 사람들로 장사진을 이룬다. 루이스는 그때부터 모드의 존재를 재평가하기 시작하고, 결국 결혼, 진정한 사랑에 이른다. 그때부터 서로 맞추어 살아가기 위해 부단히 노력한다. 루이스는 모드가 작업할 수 있도록 돕고 신체적으로 허약한 모드를 수레에 태우고 산책도 시킨다.

"난 왜 당신이 부족한 사람이라고 생각했을까?"

"저는 충분히 사랑 받았어요"

모드가 죽기 전에 서로 나눈 대화는 모드의 충만한 인생을 보여주었다. 순국도 주미도, 끝나고도 한참 아무 말을 하지 않았다. 지연만 일어나 부엌에 가서 냉장고 문을 열었다. 그리고 따뜻한 감로

차와 케이크를 내왔다. 지연이 주미의 위장이 약하다고 일부러 위에 좋다는 감로차를 찻집에서 부탁해서 사 왔다고 했다.

"이 감로차가 위에 좋다니까 주미 많이 마셔. 그리고 이 케이크도 크림이 덜 들어가 맛이 담백하니까 먹어봐."

"괜찮은데요. 저는."

우선 순국이 먼저 감로차를 한입 마셨다. 약간 단맛이 나면서 입맛을 당겼다. 케이크도 포크로 한 점 찍어 입에 넣었다. 지연이 핸드폰을 가져와 유튜브로 평상시 듣던 음악 중 하나를 틀었다. 〈월광소나타〉였다. 음악을 틀면 주미는 훨씬 정신적으로 안정감을 느끼는 것 같았다. 올 때마다 음악을 틀었다. 음악이 들리면 주미는 자신 속으로 침잠하는 듯했다. 어릴 때 순국이 음악을 틀면 영미와 떠들다가도 조용히 녹음기 옆으로 가던 자신을 생각하게 했다.

"영화 어때? 주미야?"

"너무 좋아요. 저런 데 가고 싶어요."

"저런 데?"

주미도 찻잔을 입에 가져갔다. 찻잔을 드는 것도 처음이다. 식사 외에는 일체 아무것도 입에 대지 않았다.

"아, 애월 그 집 아직 비어 있는지 물어보고 다시 주미와 거기 한번 가면 좋겠네요. 영화 보면서 애월 그 집이 생각 많이 나던데. 당신은 안 그랬어요?"

지연이 주미의 접시에 케이크를 한 점 놓으면서 말했다.

"맞아, 그러네 그 집이 팔리기 전에 주미와 한번 다시 내려가지."

"근데 당신 원고는?"

"이번 달까지 원고를 넘기고 가지. 주미 몸도 추스르고 건강이 괜찮아질 때까지 일은 당분간 쉬지. 너 몸은 지금 정상이 아니야. 너 키에 그 몸무게는. 좀 많이 먹으려면 몸을 좀 놀리면서 운동도 하고, 좀 쉬는 게 좋을 것 같아."

흘러가는 시간에 자신을 맡기고 주어지는 대로 삶을 받아들이고 편히 지내는 법을 배워야 할 텐데, 주미는 꽃제비로 지내면서 주위의 폭력적인 횡포에 잔뜩 주눅이 들어 있다. 순국이 지하철역으로 주미를 데려다주러 가다 떨어지려는 단추의 실밥을 당겨 홀치기 위해 주미의 코트로 손이 갔다. 그러자 화들짝 놀라는 주미 쪽으로 순국이 넘어질 뻔했다. 어린아이들에게 보호자가 없다는 것은 주위의 갖은 폭력에 노출되는 것이다. 주미의 의식 속에는 공포가 도사리고 있다. 작은 몸짓에도 경기 들린 아이처럼 놀란다. 순국은 주미를 만날 때마다 마치 자신이 고문을 당하는 것 같다.

어느 하루 집에서 저녁을 먹고 자고 가라고 청했다. 기어이 가겠다는 것을 와인 한 잔만 먹자고 했다. 그날따라 와인은 처음이라면서 순순히 몇 모금 잘 마셨다. 입에 맞는지 쉬지 않고 마셨다. 천천히 마시라고 해도 계속 술잔이 입으로 갔다. 그러자 한 잔도 마시기 전에 거의 인사불성이 되다시피 했다. 결국 그날은 순국의 집에서 잘 수밖에 없었다. 옷을 벗기고 침대에 눕히는데도 의식이 없는 가운데서도 몇 번 화들짝 놀랐다. 순국은 침대에 눕히고 한참을 주미 얼굴을 들여다보았다. 마치 어릴 때 얼굴을 확대해놓은 듯 뾰족한 코에 큰 눈이 더 도드라져 보였다. 코트를 벗길 때 깡마른 어깨의 뾰족한 날카로움이 순국의 가슴을 눌렀다. 양말을 벗기다 보니 뼈에 겨우 살을 발라놓은 듯 피부가 얇아 혈관이 다 드러나 보인다. 발뒤축도 마치 칼로 저민 듯 여기저기 갈라져 있다. 엎드려 주미를 끌어안고 한참 있었다.

주미가 자는 침대 옆에 멍한 채 그대로 있었다. 어디에서부터 손을 대어야 할지 모르겠다. 생각할수록 자신에게인지 누구에게인지 모르는 분노가 솟아올랐다. 그리고 자신이 지금도 속고 있지 않은가 하는 의구심이 들면서 자신이 살고 있는 이 세계 아닌 다른 허구의 세계가 있어 운명을 조작하고 삶을 파탄 내는 누군가에 의해서 조종당하고 있는 것이 아닌가 하는 생각이 문득 들었다. 순국은 남한에 처음 도착했을 때가 생각났다.

북한에서 산 세월이 더 길었건만, 첫발을 디딘 남한이었음에도 보고 들리는 모든 것을 온몸을 떨면서 전율하며 받아들였다. 온몸에 스며드는 공기나 소리가 마치 자신의 호흡처럼 자연스럽게 받아들여졌다. 말이 통하지 않는 1년간의 말레이시아 생활에서 온 답답함 때문이라 생각했다. 그러나 온몸으로부터 올라오는 충만감이 남한의 생활을 하면 할수록 더해졌다. 일상으로 내뱉은 숨까지도 감사하게 느껴졌다. 아무도 자신을 알아주지 않고, 아무도 자신을 불러주지 않아도 좋았다. 그냥 자신으로 살고 싶었다. 자신은 몇십 년 혁명에 단련된 몸임에도 그에 맞지 않는 인물임을 남한에 와서 알게 되었다.

북한에서의 모든 제도, 개인은 광장 밖으로 사라지고 공적인 인간만 필요한 사회, 그 많은 행사, 가두사업 등 모든 종류의 동원이 순국의 몸속에서 소리를 내며 아우성쳤다. 그 당시 북한을 사랑한다고 생각했다. 북한을 사랑한다는 것은 북한이 품고 있는 모든 것, 그 체제, 혹한과 더위, 홍수, 심지어 굶주림까지 사랑해야 했다. 사회주의 체제가 붕괴되면서, 경제체제도 전환을 하지 않으면 안 될 때 북한의 모든 게 멈추어버렸다. 순간 머릿속을 스치는 절망감과 새로 시작하지 않으면 안 된다는 절박감으로 연구에 몰두했었다. 그것이 모두 당으로부터 거부당했다. 당황스런 가운데도 언젠가 하는 희망으로 남한행을 한 것이다. 자신의 이 불협화음을 알아채기 이전에 이미 자신보다 먼저 간파한 누군가에 의해 자신은 북한 사회에서 축출당한 것이다. 핵 개발이라는 황금열쇠를 쥐고 있는 한 순국과 같은 경제학자는 북한에 더 남아 있었어도 폐기처분감이었을 것이다.

이런저런 생각을 하다 주미의 침대 옆에서 설핏 잠이 들었나 보다. 몸이 흔들리는 느낌에 눈을 떴다. 주미가 팔을 심하게 긁고 있었다. 잠이 든 채로, 아주 살이 벗겨질 정도로 긁었다. 순국은 잠시 주미의 팔 부위를 유심히 쳐다보았다. 진물이 생기며 발갛게 부어 있었다. 순국은 지연이 자고 있는 방으로 갔다. 지연은 아직 책을 읽고 있었다. 시계를 보니 겨우 11시를 넘어가고 있었다.

"왜 깨우지 않고?"

"일어나서 방으로 가자고 했지만, 못 듣고 너무 곤하게 자고 있길래, 딸 옆에 있고 싶을 것 같아서……, 좀 있다 깨우러 가려고 했죠."

"주미한테 가봐. 자다가 심하게 팔을 긁는데 진물이 나고 부어 있는 것 같아서."

"피부염인가?"

지연이 주미 방으로 가고 순국은 세수하러 세면장으로 갔다. 이빨을 닦으면서 주미가 피부염이 있다면 아마 술을 마셔서 증세가 더 심하게 나타나지 않았나 걱정이 되었다. 그것도 모르고, 주미도 그런 생각을 못 했겠지. 이것을 어떡하지. 내일 주미를 데리고 당장 병원으로 가서 진단을 받아보아야겠다. 잠옷으로 갈아입으려고 하는데 지연이 들어왔다.

"피부염인지? 얼굴만 빼고 몸 전체가 불긋불긋해요. 많이 긁은 팔에는 진물도 나는 것 같고. 확실한 것은 병원 가서, 혹 생전 먹지 않다 술을 마셔서 그럴 수도 있지 않겠어요?"

"글쎄, 술 먹는 유전인자는 분명히 가지고 있을 텐데, 둘 다 술은 좋아했거든."

"그런데, 와인 한 잔에 저렇게 인사불성이 되다니? 아무리 몸을 들춰도 그냥 잠에 빠져 있어요. 그동안 잠을 못 잤나? 피부에 아무것이나 바를 수도 없고, 모로코 아르간 오일 같은 것을 우선 발라주어야겠다. 너무 건조해서 그럴 수도 있으니, 오일 바르고 오늘은 그냥 재우는 수밖에."

다음 날 아침 주미는 일어나 아무렇지 않게 방 창문 밖으로 보이는 숲을 바라보고 있었다. 주미가 멍청하게 넋을 잃고 있을 때는 언제나 산을, 혹은 숲을 바라보는 모습이다. 자다가 불편했던 기억은 없는지 멀쩡하다. 순국은 '술 때문인가' 속으로 생각하며 오늘 일단 한번 병원을 가보자고 했다. 자신은 아픈 데가 없다며 병원 가고 싶지 않다고 했다. 그래서 전날 밤 이야기를 하며 일단 피부과에서 검사를 하고, 종합검진부터 하자고 했다.

"음식을 심하게 편식하는 것도, 그렇게 설사를 자주 하는 것도 위에 문제가 있는 것 같으니, 일단 종합검진을 하자. 그리고 몸을 우선 보완하자, 몸의 불균형이 심해, 키 167센티에 몸무게 40킬로는 정상적인 몸이 아니야. 살도 좀 찌우고 그러려면 너 몸에 무슨 문제가 있는지 알고 먹는 것도 제대로 먹어야지. 그러지 않으면 가고 싶어 하는 숲속의 집도 못 가. 거기 가고 싶으면 일단 종합검진부터 하자."

주미는 가만히 듣고 있었다.

피부과 진단은 링웜이라는 피부병이라고 한다. 이것은 동물들의 털이나 배설물에 있는 흙이나 굴 같은 축축한 곳에 있는 곰팡이로, 장기간 그런 곳에 노출된 사람들에게 생기는 피부병이라고 한다. 병원을 다녀와, 주미에게 사는 아파트 이웃에 고양이나 개 같은 것 기르냐고 물었다. 자기 아파트에서는 고양이도 개도 전혀 못 봤다고 한다. 그럼 너가 흙에 어떻게 노출되었냐고 물었다. 꽃제비로 있는 동안 주로 산에서 잤고 비가 올 때는 굴에서도 많이 잤다고 했다. 그리고 남한에 와서도 아파트보다는 숲속에서 많이 잤다고 했다. 순국과 지연은 놀라 입이 닫히지 않았다. 꽃제비 때뿐만 아니라, 남한에 와서도? 남한에 아파트를 배당받았다며 왜? 남과 같이 산다는 게 불편하다고 했다. 순국은 할 말을 잃었다. 주미는 꽃제비때의 트라우마로 사람을 피해 다닌다. 산과 숲을 찾는 것은 심리적 안정처이기 때문이다. 사람을 무서워하고 같이 있는 것을 부담스러워한다. 밖에만 떠돌던 강아지처럼 사람을 무서워한다. 그리고 내부에 있으면 답답해한다. 속에 울화증이 있으면 몸의 열로 피부가 건조해진다. 피부병 치료가 힘들다고 한다. 주미는 조용한 숲속에서 살면서 자연과 함께 교감을 해야만 치료되는 병이다.

종합 검사 결과는 예상했던 대로 위가 염증도 많을 뿐만 아니라 먹지를 않아 위가 쪼그라들어 어린아이 크기로 줄어들었다고 한다. 그래서 위암 환자처럼 자주 먹어주어야만 한다고 했다. 또 영양 불균형으로 만성 두통을 계속 앓게 된다는 것이다. 단백질을 먹지 않아 근육이 거의 없다고 한다. 그리고 골다공증이 심하다고 한다. 넘어졌다 하면 대형 사고로 이어질 염려가 많다고 한다. 정 고기나 생선을 못 먹으면 계란이라도 하루 평균 2알씩 먹어야 한다는 것이다. 의사는 주미를 잡고 '다 큰 처녀가 부모님들 속상하게 하지 말고 고기도 사달라고 하고, 맛있는 것도 해 먹어요. 많이 먹어야 해요. 지금보다 15킬로는 살을 찌워야 해요.' 주미는 의사 말을 들을 때 크게 눈동자가 흔들렸다. 정상적으로 산 사람 중에 이런 분은 처음 봤다며 큰 병에 걸렸었냐고 물었다. 그냥 힘든 일이 있었다고 얼버무리며 나왔지만 순국은 자신의 참혹한 심경을 숨길 수가 없었다. 택시로 오는 동안 순국도 지연도 아무 말을 할 수 없었다. 주미는 담담했다.

지연이 우선 주미를 자신의 집으로 옮겨오게 하고, 그동안 자신이 보양시킬 테니 순국은 연구실로 나가서 원고를 마무리하라고 한다. 주미가 다행히 순국의 집으로 옮겨왔다. 주미와 지연이 둘만의 시간도 필요할 것 같아, 순국은 9시쯤 연구실로 나가 6시쯤 집으로 왔다. 지연은 주미에게 양이 적은 간식과 식사를 자주 주었다고 한다. 고기와 생선을 많이 먹지 않더라도 조금씩 먹기 시작했다는 것이다. 지연은 주미를 데리고 가끔 백화점도 갔다. 처음에 주미가 겁에 질려 가지 않으려고 몸을 뻗치는 것을 억지로 데려갔단다. 주미는 사람이 많은 백화점이나 시장통에 가는 것을 극히 꺼려 한다는 것이다. 그런 곳은 당원들의 감시가 심하던 북한에서의 기억 때문이란다. 처음에는 흥분해 열이 올라 얼굴색이 벌겋더니 차츰 안정을 찾더라는 것이다. 맞는 옷을 골라주며 한번 입어보라고 했다. 자신은 옷 같은 것은 괜찮다며 도망을 갔다는 것이다. 올 때마다 매번 똑같은 옷만 입는 주미를 보며 한창 멋낼 때인데 지연이 안타까워 했었다.

더욱 놀라운 것은 주미가 순국이 집으로 옮겨 올 때였다. 항상 입고 다니던 옷을 입은 채로 옷 가방 속에는 내의 몇 벌, 여름 티 두 벌, 바지 세 벌밖에 없는 것을 보고 지연도 순국도 입이 닫히지 않았다. 아르바이트를 해서 받은 돈은 전부 고스란히 저금통장에 그대로 있었다. 지연이 사준 반코트도 입지 않고 그대로 옷장에 걸려 있다. 지연이의 주미를 향한 열성은 정성을 넘어 마치 물을 만난 금붕어처럼 새로운 활기를 찾은 것 같았다. 순국이 집에 오면 주미의 일상을 낱낱이 보고했다.

순국은 지연의 주미에 대한 열성을 보면서 또 다른 죄책감에 시달렸다. 주위 친한 지인들을 불러 조촐한 결혼을 했을 때, 지연이 40대 초반 순국이 40대 후반이었다. 처음 지연은 아기를 무척 원했다. 순국이 이제 연구 방향을 바꿔 우리 민족의 새로운 방향 모색을 위해 이것저것 연구할 때였다. 그때 순국은 자신이 이 방향으로 연구가 확립이 안 되면 남한에서도 팽당할 수 있다는 절박감으로 연구실에서 7시쯤 집으로 돌아와서도 다시 10시부터 새벽 4시까지 연구를 감행할 때였다. 지연과는 신혼 생활이었지만 자신에게는 현실에 당면한 문제였다. 저녁 먹고 조금 담소를 나누다가 10시쯤 자신은 서재로 들어갔다. 간호사인 지연이 저녁 근무를 할 때는 마음이 편했다. 그러나 집에 있을 때 혼자 두고 서재에 처박혀 있을 때는 심리적 부담이 되었다. 그렇지만 자신이 살아야 지연도 마음이 편할 것이라는 생각으로 연구에 몰두했었다. 체 게바라에 대한 일생과 혁명 사상 등을 논문으로 발표했다. 후속 연구가 필요, 쿠바와 아르헨티나를 다녀오기 위해 준비 자료 때문에 엄청 바쁘기도 했다. 학술진흥재단 프로젝트로 팀을 꾸리려면 이 연구가 통과되어야 여행 지원이 가능했다. 한참 다양한 자료를 찾고 있던 중 새벽 1시쯤 서재 문이 살짝 열리는 느낌이 있었다. 그러나 돌아보지 않았다. 더 열심히 자료를 찾는 척 코를 책상에 박았다.

지연은 나이가 더 들기 전에 아기를 한 명이라도 낳기를 바랐다. 그러나 순국은 북한에 있는 두 딸을 생각하면 죄책감에 더 이상 아기를 낳는 것이 부담스러웠다. 자신의 불안스런 거취로 그 아이 자체의 운명을 책임질 수 없는 상황에서 아이 출산과 양육은 역시 부담스러웠다. 결혼을 후회했다. 이미 서로 나이를 먹은 상태라 아이 출산은 힘들 거라고 안이하게 생각한 것이 문제였다. 그 문제를 좀 더 확실히 했어야 했다. 이런저런 혼란한 상황 속에서 지연의 그런 뜻이 부담스러워 몇 번을 모른 채 무시했었다.

어느 날 화장실을 가려고 서재를 나섰더니 안방에서 기척이 있어 살짝 문틈으로 엿보았다. 지연이 흐느끼고 있는 모습이 보였다. 순국은 그때 마음이 무너졌다. 지연이 인생도 있는데, 자신이 지연의 인생을 무시할 수 없다는 생각이 들었다. 어느 날 지연을 불렀다. 그리고 솔직한 자신의 심경을 고백하고 지연이 정 출산을 원한다면 순국은 자신이 없으니 이혼을 해주겠다고 했다. 그때 지연이 충격을 받는 것 같았다. 지연의 답변을 듣지 않은 상태에서 유야무야로 1년을 지냈다. 그러나 그동안 소극적인 성생활 중에서도 임신이 되려면 충분히 될 수 있었다. 역시 나이 탓이었다. 지연이 서서히 체념적으로 나왔다. '우리 나이에 아이 출산은 역시 무리겠죠. 제가 괜한 욕심을.' 그리고 차츰 북한에 있는 딸들에게 관심을 보이며 딸들을 브로커들에게 돈을 좀 줘서 남한으로 데려오자고 했다.

주미가 지연에게 어떻게 아빠와 만나게 되었냐고 물었다고 한다. 그래서 지연이 그 과정을 소상히 얘기해주었다고 한다.

"내가 간호사로 있던 병원에 아버지가 척추협착증으로 입원했어요. 퇴원한 후 한 달이 지난 어느 날 전화가 왔어요. 그런데 전화를 걸어놓고 아무 말을 안 하는 거예요. 그런 전화가 세 번이나 왔어요. 그러다 별일이다 싶던 차 번득 머리에 떠오르는 게 있어 '혹시 조호르 씨 아니냐'고 했더니 놀라 사레가 걸렸는지 전화기 저쪽에서 기침을 켁켁 하더라고요. 그러더니 느닷없이 시간과 장소를 대면서 거기에서 기다리겠다고 하는 거예요. 그래서 그 장소로 나갔죠. 바로 자신이 말레이시아인이 아니고 북한 사람이다. 그러면서 자신의 놓인 상황을 솔직하게 이야기하며 이 상황은 극복될 수 있는 것이다. 그러니 자신과 결혼해달라고 그날 바로 청혼을 받았어요. 얼마나 황당했겠어요?

지금껏 남성들로부터 많은 데이트 신청도 받아보고 청혼도 받았지만 이런 경우는 처음이라 당황했죠. 대답도 않고 돌아왔어요. 그런데 그분이 입원하고 있는 동안 보여준 인품과 담백한 고백에 마음이 자꾸 끌리는 것 있죠. 운명이라는 것이 있는 것 같아요. 주위 모든 사람들의 만류에도 그분의 목소리와 그분의 얼굴이 계속 떠오르는 거예요. 제가 먼저 전화를 했어요. 그리고 청혼을 받아들인다고 했죠."

　　그때가 아마 지연과 주미의 첫 대화였을 것이다. 주미가 이제 말을 반말로 하라고 하면서 자신도 어머니로 모시겠다고 했단다. 순국은 이제 주미가 서서히 마음이 풀리는가 하고 마음이 놓였다. 그동안 주미는 한 번도 질문 같은 것을 하지 않았다. 순국은 다시 주미와의 삶을 꿈꾼다.

　　순국은 그런 며칠이 지난 후 저녁을 먹고 설거지를 하겠다는 주미에게 산책을 가자고 했다. 집에 온 후 둘만의 시간을 가져야겠다고 생각했지만 쉽게 이루어지지 않았다. 지연에게 양해를 구하고 아파트의 뒤 숲속을 따라 천천히 걸었다. 숲에서 정상으로 올라오니 멀리 한강이 지렁이처럼 기어가고 있었다. 한강을 바라보고 순국은 긴 의자에 앉았다. 주미도 옆에 와서 앉았다. 서서히 어둠이 가라앉기 시작했다. 한강 맞은편 아파트의 불들이 하나씩 명멸하듯 껌벅거렸다. 순국은 오랜만에 느끼는 평화였다.

　　"여기 좋네요. 가까이에 이런 곳이……."

주미가 추운지 자신의 스웨터를 여몄다. 순국도 으스스 추위가 느껴졌다. 순국은 자신의 코트 품을 열며 주미에게 오라고 손짓했다. 주미가 순국의 품에 안겼다. 주미가 아버지의 품에 밀착시킨 채 얼굴까지 목에 기대었다. 그리고 귀에 속삭였다.

"어릴 때 아버지가 들려준 음악이 없었다면 아마 전 이미 이 세상 사람이 아니었을 거예요. 몸에서부터 울려 나오는 그 음악 소리를 들으면 전 아버지를 만나야지 하는 생각으로 새로운 용기가 났어요. 저에게 음악은 빛이고 희망이었어요. 아버지를 만나면 이렇게 꼭 안기고 싶었어요."

주미가 순국에게 마음을 연 첫 말문 트임이었다. 순국은 팔에 힘을 줘 주미를 더 힘 있게 껴안았다. 두 사람은 아무 말 없이 영원히 떨어지지 않을 것처럼 어둠이 가라앉을 때까지 그렇게 있었다. 먼 하늘에서는 서서히 별들이 하나씩 하나씩 떠오르고 있었다.

7

꽃제비 허물 벗기

꽃제비 허물 벗기

지연에게서 연구실로 전화가 온 것은 오후 3시경이었다. 서랍에 있던 핸드폰을 꺼냈다. 좀체 전화를 않는 지연의 이름이 액정 화면에 떴다. 순간 주미의 얼굴이 떠오르며 불안이 밀려왔다. 동시에 '큰일 났어요!' 외마디 외침이 귀를 때렸다. 이어서 "주미가 '풍기문란죄'로 경찰서에 와 있어요. 빨리 경찰서로 오세요." 말이 토막 났다. 순국이 채 한마디도 하기 전에 전화를 끊어버렸다.

순국은 순간 한동안 넋을 놓았다. 그러다 책상 위의 연구 자료들을 대충 챙겨놓고 연구실을 나왔다. 택시를 잡았다. 코로나 상황에서도 차들은 조금도 줄지 않았다. 순국은 차가 밀리자 자신도 모르게 짜증이 났다. 도대체 주미가 강간당한 것도 아니고, 풍기문란죄? 풍기문란죄라면 다른 사람들 보는 앞에서 주미가 난잡한 행동을? 아니면 주미가 밖에서 자위행위를? 어떻게 상상을 해봐도 혼란스럽다. 바작바작 타오르는 입술을 다셨다. 거리를 채우고 있는 차들은 꼼작하지 않았다. 순국은 지연에게 전화를 걸었다. 받지 않는다.

"지름길이라도 질러 갑시다. 급해서!"

"급해도 내비게이션이 시키는 대로 해야지, 왔다 갔다 오히려 더 걸려요. 여기 병목 현상이 있어 그러니 조금만 참으쇼!"

순국의 급한 마음과는 달리 운전기사는 라디오에서 나오는 노래를 따라 흥얼거리며 느긋하다.

겨우 경찰서에 도착했을 때 전화기가 울렸다. 다시 집으로 오라는 것이다. 택시를 돌려 집으로 갔다. 순국은 마침 누가 내리고 닫히는 엘리베이터를 잡아 헐레벌떡 탔다. 순국이 집에 들어섰을 때 둘은 어색하게 이쪽과 저쪽 양단에 거리를 두고 앉아 있었다.

"대체 무슨 일이야?"

순국은 두 사람의 얼굴을 번갈아 보았다. 주미가 순국의 얼굴을 피했다. 얼굴이 벌겋다. 순국의 눈이 닿자 주미가 얼굴을 푹 숙였다. 지연이 눈을 껌벅거렸다. 그리고 순국의 서재로 들어갔다. 순국도 지연을 따라 들어갔다. 지연이 순국의 핸드폰을 가리켰다. 지연도 핸드폰을 꺼내 문자를 열심히 써 내려갔다. '주미가 산에서 사람이 잘 다니지 않는 외진 깊은 웅덩이에서 햇볕이 너무 좋다고 옷을 벗고 일광욕을 했대요. 어떤 여자가 그것을 신고했대요.' '왜 그랬대?' '자신의 몸속 곰팡이균이 햇볕을 쬐면 빨리 없어질 것이라고.' '완전 나체?' '아니요. 티셔츠로 덮고 살포시 잠이 들었는데 바람에 날아가는 통에 몸이 드러난 모양이에요.' '피부병, 이제 약 먹고 많이 좋아

꽃제비 허물 벗기

졌다며? 경찰서에서는?' '집 아닌 외부 사람이 지나다니는 공공장소에 나체로 있으면 그것도 풍기문란죄가 성립된다네요. 근데 그곳은 워낙 외지고 옷도 바람에 날린 게 확실한 증거가 있어, 신고가 들어왔으니 형식적으로 조사할 수밖에 없었대요. 그러나 경찰 생활을 오래 했지만 이런 사건은 처음이라고.' 놀란 가슴이 진정되긴 했지만, 순국도 충격적이었다. 내용은 어떻게 되었든 그런 착상 자체가. 오랜 기간의 도주 생활로 사람의 시선을 무시하고 살아온 꽃제비 시절의 무지에서 오는 것이라 생각하니 가슴이 내려앉았다.

그 후 주미는 순국을 피했다. 순국은 가슴이 아팠다. 어린 시절을 깡그리 잃어버린 주미는 아버지지만 그 떨어진 세월만큼 순국에게 거리감을 가질 수밖에 없다. 아무리 주미의 잘못이 아니라 해도 성인이 다 된 자신의 벌거벗은 모습을 다른 사람이 목격한 자체가 부끄러울 수 있다. 특히 순국은 아버지지만 남자가 아닌가. 오히려 지연은 피부약을 매일 주미의 몸 구석구석을 정성스럽게 발라주고, 피부의 반응을 읽어주고, 서로 주고받는 대화 때문인지 순국에게보다 덜 부끄러워하는 것 같았다. 지연이 '자신도 햇볕 좋을 때는 아무도 없는 깊은 숲속에서 발가벗고 일광욕하고 싶은 욕망이 일어날 때가 있었다'고 주미에게 말함으로써 주미도 순국도 놀랐다. 그래서인지 두 사람은 급격히 가까워졌다.

주미와 지연이 가까워지면서 주미는 빠른 속도로 안정되어갔다. 주미가 다시 일상생활에 조금씩 적응하는 모습에 순국의 마음도 차츰 연구에 몰두하는 시간이 길어졌다. 지연이 친구가 용인에 집을 지어 작은 공연장까지 만들었다고 주말에 초대를 받은 것은 그로부터 일주일이 지난 후였다. 그 친구가 특히 주미와 같은 나이의 딸이 첼로 연주를 하니 주미를 꼭 데려오라고 했다. 순국은 지연의 지인이나 친구 집에 초대되어도 응하지 않는다. 남한 사람들은 아직도 자신을 북한 사람으로 대한다. 그들은 북한의 김정일, 김정은에 대해 비판해주길 바란다. 마치 자신들이 남한에 살고 있어 얼마나 행복한지를 확인하려는 것처럼. 순국은 자신이 떠나온 곳이지만 어떤 말도 하기 싫다. 하면 할수록 자괴감만 생긴다. 이번에는 주미 때문이었다. 사람들과 어울린다는 것을 아는 것도 주미에겐 교육이다. 혼자 장돌뱅이처럼 살아온 세월 동안, 사람과 사람 사이에 흐르는 정이라는 것이 있다는 것을 잘 모르는 것 같다. 누구를 만나자고 하면 고개부터 흔든다. 사람을 기피하는 주미가 거기에 가서 잘 어울릴 수 있을까 하는 걱정부터 되었다. 지연은 아무렇지 않게. '음악은 좋아하잖아요. 그리고 차츰 사람도 사귀어야지 언제까지 그 나이의 딸을 혼자 지내게 할 수는 없잖아요.' 명쾌하고 단순했다. 그러나 순국은 초대를 받은 날부터 계속적으로 불안했다. 그 불안의 정체는 분명하지 않았다.

최근 논문을 쓰면서 해방 직후 역사를 들여다보고 있으니 여간 안타까운 게 아니다. 특히 이원조가 북한으로 가 숙청당했다는 게 가슴 아프다. 평상시 자료 도움도 많이 받고 조언을 받고 있는 국문학과 교수와 식사 같이 하자고 순국이 청했다. 말을 거침없이 하는 이 교수는 평상시 '공 교수가 천재성을 가지고 있으면서 이렇게 빛을 못 보는 것도 바로 김일성 때문'이라고 말했다. 그날 청바지를 입고 옅은 푸른색 스웨터에 회색 바바리를 걸친 모습이 멋져 보였다. 까마득히 자신의 젊은 시절 혁명 구호만 부르짖던 북한에서의 어둡던 교수 생활이 떠오른다. 그날따라 날씨가 봄 같아 마음이 활짝 갠 것 같았다. 그동안 주미로 움츠려져 있는 마음이 따스한 햇빛을 받아 걸으니 희망으로 채워졌다.

"따님은 적응 잘 하나요?"

"아직은 아니지만 조금씩…… 흐흐."

"따님은 남한에 와서 하나원에서 교육받으면서도 탈북민으로부터도 아마 왕따 당했을 거예요. 제가 탈북민 대학생 글쓰기를 지도할 때 보면 걔네들끼리도 출신 따지고 끼리끼리 놀아요. 걔네들 이야기 들어보면 당의 특권층 자녀들의 갑질은 남한 저리 가라던데요. 한 달 이상 학교 안 와도 선생님이 다 출석으로 처리해준다던데요. 그런 이야기 안 해요?"

"구체적인 이야기는 안 하고 도망 다닌 이야기만 내내."

"어릴 때부터 쫓겨 다녔나 봐요. 얼마나 마음이 아팠겠어요? 따님이나 공 교수 자체가 이 땅이 모순 덩어리라는 것을 상징하고 있어요. 결국 공 교수의 딸의 불행의 시초도 김일성으로부터 비롯되었지요."

모든 상황을 자신의 논리에 맞추는 것이 이 교수의 특징이다.

신호등 건널목에 몇몇 여학생들이 이 교수를 아는지 눈인사를 하고 지나간다. 그들은 거들떠보지도 않고 계속 자신의 이야기에 몰입한다.

"일제시대는 어쩔 수 없었다 쳐요. 해방 직후에 민족 통합의 기회가 몇 번 있었죠. 그것을 양쪽 지도자들이 모른 채 놓쳤지요. 지금에 와서 되돌릴 수 없는 것이지만, 어쩔 수 없다 하기에는 북한 인민들이 너무 고통 속에서 살아요. 당장 공 교수 같은 지성을 갖춘 학자도 딸을 20년 이상 꽃제비로 길거리를 헤매게 했으니, 이것이야말로 비참한 우리의 현실이 아닙니까."

그동안 이 교수는 주미 이야기를 듣고 자신의 일처럼 가슴 아파했다.

"공 교수님이 민족사적으로 조명한다는 이육사의 동생 이원조도 그렇지 않습니까?"

이 교수는 순국의 눈을 뚫어져라 쳐다본다.

"해방 직후는 일본의 눈치를 볼 필요가 없는 새로운 시대의 장이 아닙니까. 이원조는 일본 제국주의하에서는 눈치 보느라고 절대 카프에 가입하지도, 또 그쪽 사람들과 교유도 없던 사람입니다. 그러나 해방된 대한민국이니까 마음 놓고 자기 소신대로 진보단체('문학건설본부' 후에 '문학가동맹')에 가입한 것입니다. 이원조는 해방 전에 몇 번 구금되고 풀려나는 형 이육사에게 목숨이 몇 개나 되느냐, 제발 몸조심 좀 하라고 한 사람이었습니다. 그런 사람이 진보단체에 가입한 것은 해방이 되었기 때문입니다."

음식점에 도착해 현관으로 들어가면서 이 교수는

"왜 공 교수를 만나면 흥분되는지 곰곰 생각해보았어요. 그것은 공 교수 존재 자체가 우리 민족의 불합리를 한 몸에 짊어진 존재이기 때문입니다."

순국은 어깨를 으쓱했다. 보쌈을 시키고 물을 따라주자 목이 말랐는지 연거푸 두 컵을 마셨다. 그리고 입술을 다시며 다시 시작했다.

"공 교수가 쓴「북한 2000년대의 경제적 대안」에 관한 시리즈 논문도 북한에서 그 논문을 현실적 대안으로 차용하지 않으면 휴지조각입니다. 20년 동안 북한의 당에서 공 교수를 가지고 놀았어요. 한 개인의 인권이 이렇게 무참히 말살되어도 되는 것입니까. 공 교수가 아무리 부정해도 이미 드러난 것이지요. 공 교수의 항거하지 않는 침묵 속에 패배주의 의식이 엿보여요. 공 교수도 살아가야 하니까요. 그동안 딸들을 위해서 침묵했지만 그럼에도 북한은 딸들을 내팽개쳤잖아요."

"그건?"

순국은 이 교수의 너무 비약적인 논리에 마음이 불편하다. 오리보쌈에 따라 나오는 달래국도 은은한 향기를 풍겼다.

"더 이상 그런 불편한 이야기 그만하시죠! 오늘 이 교수의 청바지 입은 모습에 따뜻한 햇빛과 달래국까지 그동안 코로나로 움츠렸던 마음이 확 날개를 달고 봄맞이하러 가는 정령 같네요."

"그러게요. 아직 봄이 오려면 20일 이상 남았는데……. 올겨울은 코로나 상황 때문에 길고 지루했어요. 그 지루하고 우울했던 심기를 공 교수님한테 푸는 것 같네요."

거의 보쌈 몇 번 싸 먹고는 밥숟갈도 뜨지 않고 흥분한다. 큰 소리에 주위 사람들까지 힐금거린다.

"이 교수는 절 만나면 안 되겠어요."

"맞아요. 볼 때마다 딱하다는 생각이 들면서 말을 많이 하게 되지요."

"그래도 이 교수 덕분에 저는 남한에 관한 많은 것을 알게 되었어요. 이 교수 외의 다른 분들은 북한 사람들에 대한 선입견으로 저한테 탁 털어놓고 이야기 잘 안 해요. 그리고 여전히 조심스러워해요. 그런데도 만날 때마다 이 교수는 속에 있는 말을 다 해주시니 너무 고마워요."

순국은 해방 직후의 역사에 대한 남한 학자들의 소견이 궁금하지만, 다른 사람들에게는 조심스러워 다가가기 힘들다. 대체로 역사학자들은 지나간 역사에 후회한들 되돌릴 수 없으니까, 거론하려고 하지도 않는다. 그런데 다혈질인 이 교수는 정치에 목숨 거는 쓰레기 같은 교수가 아닌 제대로 지성을 갖춘 교수들이 목소리를 내야 현실을 바로잡을 수 있다고 평상시 되풀이한다. 이 교수는 달래국에 밥을 말아 먹으면서 다시 이원조 이야기를 시작했다.

"김남천이나 임화 등의 핵심 멤버들의 전략은 옳았던 것입니다. 그들은 이원조를 끌어들임으로 많은 작가들을 포섭할 수 있다는 전략이었습니다. 이원조가 누구인가요. 일제하에서 강철의 시인이라 불리었던 이육사의 동생이 아닙니까. 이육사는 의열단을 이끈 김원봉이 만든 조선혁명 군사정치 간부학교 1기 입학생이에요. 민족의식이 투철한 형제들이었죠. 진성 이씨 이퇴계의 후손이며 안동의 가장 유서 깊은 양반의 아들로 그 형제들이 모두 독립운동을 한 집안입니다. 나중 김원봉마저 김일성의 숙청 대상자였지만요."

식사를 끝내고 잠시 순국에게 시간이 괜찮냐고 물었다. 커피 한 잔 합시다. 순국이 앞장서서 학교 근처의 카페에 자리를 옮겼다. 카페에는 이미 점심을 마치고 온 교수들 몇 그룹이 자리를 차지하고 있었다. 순국은 2층 조용한 곳으로 갔다. 주로 채만식 작품을 연구해온 이 교수는 채만식의 죽음도 결국 해방 직후 남북한 정치적인 혼란으로 인해 희망을 품을 수 없는 현실에 절망해서 결국 자신을 유폐해 죽음으로 몰았다는 것이다. 해방 직후의 역사적 관점이 둘이 비슷해 친하게 지내는 편이다.

커피도 나오기 전에 이야기부터 시작이다.

"공 교수님이 어느 관점을 따르든 상관없지만, 세계사나 우리나라 대부분의 역사가도 해방이 우리의 힘으로 찾은 독립이 아니기 때문에 소련과 미국, 강대국의 양 진영에 의해 어쩔 수 없는 분단된 것이라고 규정하고 있지요. 전 그 관점에 동의하지 않습니다.”

마침 커피가 나왔다. 커피 향이 진하게 스며든다. 순국은 잔을 코 가까이로 당겼다. 향이 고소하면서도 꽃향기가 함께 난다. 헤이즐넛이랑 블렌딩한 것인가. 향이 너무 진하다.

“커피 드세요.”

“아, 네. 커피가 진하고 맛있네요. 학교 근처는 여기가 제일 낫죠.”

“네, 일단 2층은 조용하니까. 떠들기 좋아하는 저에겐 딱이네요.”

한줄기 새어 들어온 햇빛에 눈이 갔다. 기적처럼 창가 철쭉 화분에 꽃봉오리가 몇 개 맺혀 있다. 봄의 정령이구나. 순국은 정말 이제 봄이 오는구나, 커피 향을 음미하며 창문 사이로 보이는 조각 하늘을 보았다. 이 교수의 목소리에 다시 고개를 돌렸다.

“북한 쪽에서는 남북 분단의 이유가 이승만과 미 군정 때문이라고 알고 있는데요. 그렇지 않아요. 미 군정이 들어온 후 미 군정의 하지 장군이 처음에 자유민주주의를 고집하는 이승만을 제끼고 여운형, 김규식을 시켜 좌우합작으로 남북한 통합을 시도한 적이 있지요. 그러나 남한까지 공산화하려는 스탈린 쪽의 야욕을 간파하고 미국 쪽에서 전략을 바꿨지요. 남한만이라도 자유민주주의를 고수하기로, 결정적으로는 소련과 김일성의 야욕 때문에 남북한 따로따로 다른 체제로 갈 수밖에 없었지요.

저는 우리나라 역사에서 이 부분이 제일 가슴 아픕니다. 그 어려운 혹독한 일본제국주의를 견디면서 독립운동에 심혈을 기울여온 그 당시 김원봉, 김구, 여운형, 김규식, 박헌영 등 많은 독립운동가들이 김일성, 이승만 양쪽 남북한의 지도자들에 의해서 추풍낙엽처럼 암살당한 가슴 아픈 사건들을 생각할 때마다 저는 가슴이 멥니다.”

정말 이 교수의 눈시울이 빨개졌다. 그 순간 순국도 민족에 대한 진정성 같은 것을 이 교수에게서 느꼈다.

“박헌영은 몇 번의 구금 끝에 똥바가지를 뒤집어쓰면서까지 미친 척하며 살아남았던 사람입니다. 일본제국주의의 혹독한 현실 속에서도 살아남은 그런 사람들을 같은 동족이 죽이다니요. 공 교수께서 연구하시는 이원조도 박헌영 계열의 남로당계 사람이었죠. 이원조는 김남천이 나온 일본의 호소대학을 다닌 최고의 엘리트였죠. 조선 왕족의 딸과 결혼했고, 그 당시 내로라 하는 지식인들과 비교해도 학력, 집안, 무엇 하나 빠지는 것이 없는 이원조였습니다. 그를 끌어들임으로써 다소 보수적인 작가들이 진보단체를 선택했을 때의 불안을 잠재웠던 것입니다. 그 전략은 성공, 이광수, 최남선 등 내로라 하는 친일 작가들을 제외한 대다수 작가들의 99%가 그 단체에 가입한 것입니다. 문장가로 알려진 이태준을 비롯하여 물론 박태원, 안회남 등 대다수의 보수 쪽 문인들까지 진보단체에 가입했던 것입니다. 이원조가 진보단체에 내건 표어는 완전한 민족 해방과 진정한 민주주의 실현, 이것은 바로 박헌영 남로당계의 주창입니다. 이것은 모든 계급 간의 통합을 전제로 한 민족 통합의 장이 될 수 있는 상당히 합리적이고 해방 직후의 현실에 맞는 노선이었죠. 채만식도 이 표어에 전적인으로 동의한 사람 중의 한 명입니다. 그럼에도 남로당계 박헌영은 극좌로 분류되어 해방 후 남한에서 환영을 받지 못했지요.

차츰 1947년 후반기부터 미 군정과 이승만 정권이 북한의 공산주의 체제에 맞서는 자유민주주의 노선을 정비하기 시작했어요. 이때 극좌 노선으로 찍힌 남로당계는 자금난과 경찰의 삼엄한 경비에 쫓기게 됩니다. 안타깝게 불법적으로 남로당계가 위조지폐를 찍다 수배령이 내려지게 됩니다. 박헌영과 같은 길을 걸었던 임화, 김남천, 이원조 등도 북한으로 탈출하지 않으면 안 되었지요. 이원조도 해방되었기 때문에 자기 신념을 따라 선택한 노선이었는데, 결국 이육사와 똑같은 운명이 된 것입니다. 이미 권력을 틀어쥐고 있었던 북한의 김일성이 남로당의 거두 박헌영을 절대 그대로 안 두죠. 6·25전쟁 실패의 탓을 그들에게 돌려 숙청 대상이 돼 처형을 받고 역사에서 사라지죠. 결국 이육사는 일본제국주의자의 손에 죽었지만 이원조는 같은 민족의 손에 희생된 것입니다. 이게 통탄할 일 아닙니까?"

이 교수는 커피를 한 모금 마시고 다시 시작했다. 순국은 이 교수의 입담에 놀랐다. 마치 학생들 앞에 강의하는 것 같았다.

"한심한 것은 작금의 남한의 현실을 보세요. 남북한으로 갈라진 것도 모자라 남한에서는 보수, 진보로 나누어 난리들을 치니. 이게 나라를 찾아도 온전한 국가라 할 수 있습니까. 언제까지 이 지랄

들을! 북한이나 남한 양쪽 다 한심하죠. 채만식이 자살 아닌 자살을 선택한 이유를 알겠어요."

한 떼의 여학생 네 명이 우르르 2층으로 올라왔다. 이 교수의 목소리만 쩌렁거리더니 카페가 갑자기 여러 소리가 혼합되어 시끄러워졌다. 여학생들은 각자 떠들어댄다. 순국은 이 교수 이야기보다 그들이 신기해 자리에 앉을 때까지 보았다. 마치 참새 떼 같다. 젊음은 욕망과 동급인가. 할 말이 많다는 것은 욕망이 많다는 것이다. 이 교수는 그 와중에도 계속 이야기를 멈추지 않는다. 양쪽의 떠드는 소리에 소리들이 아우성을 치며 천장에 부딪쳐 웅웅거린다. 순국은 순간 아무 소리도 들리지 않고 귀가 멍멍해진다. 순국이 벌떡 자리에서 일어섰다.

"아, 제가 연구실에 누가 찾아온다는 것을 깜박했네요. 죄송합니다."

도망치듯 카페를 나왔다.

이 교수와 헤어져 카페를 나와도 계속 귀가 멍멍거리는 것 같고 이 교수의 흥분된 목소리가 들리는 것 같았다. 해방 직후로 되돌릴 수만 있다면, 우리 민족이 그 시점부터 다시 새로운 나라로 만들 수만 있다면 하는 안타까움이 더 짙어졌다. 그럼에도 남한은 국민의 힘을 믿는다. 독재는 국민을 병들게 한다. 남북한의 변화가 그대로 보여준다. 북한은 세계 최빈국가로, 남한은 세계 10대 경제국에 진입한 양극단의 차이는 국민의 자율에 맡기느냐, 집단농장, 집단체제 하면서 인민을 당의 지시에 의해서 움직이는 인형으로 살게 하느냐에 있다. 북한의 김일성이나 남한의 이승만 모두 야욕으로 인해 민족 분열을 자초한 책임이 있다. 그러나 이승만의 독재를 무너뜨린 것은 남한의 국민들이었고, 군부였다. 다시 군부의 독재가 있었지만 그것도 남한의 국민들은 용납하지 않았다. 국민에 의한 민주주의 실현을 위한 정부로 다시 태어났다. 그러나 북한의 독재는 3세대에 걸쳐서 계속되고 있고, 인민들은 지속적인 기아에 허덕이고 있다.

주미가 꽃제비가 된 것도 북한에서 태어났기 때문이다. 딸들도 제대로 건사 못 해 꽃제비로 살게 한 자괴감은 주미로 인해 황당한 일을 부딪칠 때마다 더 커진다. 자신이 북한에서 그대로 버텼다 해도 결국 유배형으로 사지를 떠돌고 있을 것이다. 자신이 죽어 없어지지 않는 한 똑같은 운명의 소용돌이 속에 헤매고 있을 것이다. 그렇다고 당이 외치는 구호를 그대로 따라 외칠 수는 없었으니까. 자신이나 주미의 고통은 모순 덩어리의 땅에 태어난 죄다. 순국은 자신이 주미를 꽃제비라는 나락으로 떨어뜨린 책임을 자신이 결코 아니라고 부정하고 싶다. 어느 누가 자신의 딸을 꽃제비라는 나락으로 밀어 넣겠는가. 아무리 부정하려 해도 혼자 살아남으려고 한 무의식까지는 부정 못 한다. 순국은 캄캄한 밤 자신도 모르게 흐느끼고 있는 자신을 만난다.

8

음악회의 초대

음악회의 초대

지연이 친구 집으로 초대받은 그 전날. 순국이 퇴근 후 집에 도착, 현관문을 열자 지연이 인사를 하는 둥 마는 둥 얼른 주미 방으로 들어갔다. '주미는?' '잠시만요.' 부연 설명도 없이 한마디 하고는 다시 방으로 사라졌다. 저녁에 들어오면 으레 나는 음식 냄새와는 다른, 그동안 집에서 느껴보지 못했던 묘한 냄새가 집안을 감돌았다. 순국은 고개를 갸우뚱거렸다. 가방을 서재에 갖다 놓고 욕실로 손을 씻으러 갔다. 욕실에도 이상한 향이 떠돌았다. 순국은 손을 씻고 집에서 입는 옷으로 갈아입었다. 두 사람이 뭔가 순국한테 알리고 싶지 않은 일을 하고 있는 것이다. 책상 위에 아침에 보던 신문을 뒤적거렸다. 7시가 지나도 기척이 없었다. 배도 슬슬 고파왔다.

중단하고 나온 이원조 논문이 머릿속에서 회오리친다. 이육사와 이원조 형제가 오버랩되어 머릿속을 떠나지 않는다. 이육사에게 목숨을 중히 여기라고 한 이원조는 김일성에 의해 숙청당했을 때 어떤 생각으로 죽었을까. 배가 고프니 그쪽 생각으로 치닫는다. 거실로 나왔다. 기척 소리에 다시 잠깐만요, 하는 소리가 난다. 순국은 속으로 혀를 찼다. 서재로 다시 들어가려 하자 현관에서 벨 소리가 울렸다. 음식 배달이다. 처음 있는 일이다. 저녁에 배달이라니. 피자 두 판에 샐러드다. 안에서 지갑을 들고 지연이 나온다. 오늘 주미가 피자 먹고 싶다고 해서 시켰어요. 당신도 괜찮죠? 일방적이다.

주미가 얼굴에 오이를 덕지덕지 붙인 채로 욕실로 달려간다. 지연은 식탁으로 옮겨 온 피자와 샐러드를 접시에 옮기고 개인 접시까지 준비한다. 주미가 온 이후 분위기가 확실히 달라졌다. 그동안 된장찌개 아니면 육개장 등이 오므라이스, 카레라이스, 피자로 나날이 메뉴가 달라진다. 지연이 주미에게 요리하는 법을 가르쳐준다고 간단한 것부터 하나씩 가르치고 있다. 그저께는 마파두부를 주미가 만들었다고 그것으로 밥을 비벼 먹었다. 한 사람의 가족이 새로 생기니 모든 구조가 달라진다. 그동안 순국 위주였던 일상이 주미 위주로 돌아갔다. 어떤 때는 순국이 들어와도 둘이 외출에서 돌아오지 않을 때도 있다. 그럴 때는 식탁 위에 메모가 기다리고 있다.

순국은 샐러드를 같이 입에 가져가며 주미에게 물었다. 오늘 주미는 무슨 생각을 하고 지냈어? 순국은 마치 돌 지난 아이가 단어를 한번씩 터뜨릴 때처럼 주미의 한 마디 한마디가 재미있다. 일상적인 용어와는 좀 다르다. 저녁 먹으면서 그 한마디를 듣는 것이 요즈음의 즐거움의 하나다.

음악회의 초대

"몸이 그동안 저를 참아주었다는 것이 고마웠어요."

순국과 지연이 서로 마주 얼굴을 보았다. 주미의 한마디 한마디가 철학자 같은 말이다.

"그동안 저는 정말 몸을 막 굴렸거든요. 아무것이나 주워 먹고 피가 나도 흙으로 한번 쓱 문지르고, 배탈이 나도 그냥 물만 마셨어요. 그런데 개천가 물을 마시니 설사가 더 심해지는 거예요. 설사로 기운이 빠져 며칠 동안 의식을 잃었다 일어났더니 다시 거뜬해지잖아요. 그때부터 저는 몸도 자연이구나, 스스로 치료가 되는구나, 생각했는데 이런 병이 몸에 도사리고 있을 줄이야. 몰랐어요. 자연적인 치유를 할 수 없다는 것은 더 이상 몸이 못 참는 것이잖아요. 참다못해 반란을 일으킨다는 생각이 들었어요. 그래서 이번에 고이고 이 한번 모시려고요!"

지연은 주미를 감탄의 얼굴로 쳐다본다. 순국도 주미의 한마디 한마디는 뼈아픈 고통의 서사시임에도 대견하게 느껴졌다. 주미는 피자 조각을 포크로 집어 올리며 다시 말했다.

"하루 종일 몸 마사지, 얼굴 마사지를 하면, 내 몸이 이렇게 귀중한 대접을 받는구나 생각되어요. 나 스스로도 소중하게 생각되어요. 그동안 도망 다닐 때는 내 몸이 얼마나 귀찮게 생각되던지, 순간순간 죽어도 좋다고 생각했는데 내 의사와는 달리 위기가 닥치면 스스로 달리는 거예요. 제대로 밥 세끼 먹고 지낸 지가 얼마 안 되는데 이렇게 키가 큰 것도 신기하지 않아요? 제 몸은 산, 숲, 공기,

이슬로 자랐을 거예요. 봄이 되면 새들이 왜 그렇게 지저귀는지, 새들도 봄이 오는 줄 아나 봐요. 새벽부터 시끄러워서 잠을 잘 수가 없었어요.

더 이상 욕심을 부리지 않기로 했어요. 아버지 만난 것만 해도 기적인데 이런 대접까지. 이것으로 그동안 꽃제비 생활하며 도망 다녔던 공포와 분노는 물론 더 힘든 것도 참을 수 있을 것 같아요. 요즈음은 거의 가려움증이 없어졌어요. 그러나 이렇게 있어도 되는가 하고 불안해요. 항상 가슴은 두근두근해요."

"가슴이?"

지연이 피자를 들고 입으로 가져가다 묻는다.

"여기 온 이후 지금까지 경험해보지 못했던 것뿐이잖아요. 꽃제비 생활할 때 무슨 소리만 나면 도망갈 때 둥둥거리는 가슴의 고동소리가, 여기서는 도망도 다니지 않는데, 낯설고 모르는 것을 만나면 가슴이 둥둥거려요."

순국은 말을 끊고 컵으로 차를 마셨다. 주미 역시 젊긴 젊다. 줄곧 말을 하면서도 순국이 한 조각 먹을 때 벌써 두 조각을 먹었다.

"저도 어머니처럼 살고 싶어요."

"어머니처럼?"

순국이 되물었다.

"남을 지극히 섬김으로 남을 살리는. 아버지는 어떻게 어머니를 알아봤어요?"

순국도 지연도 얼굴이 빨개졌다.

순국은 주미가 지연을 처음으로 어머니라고 지칭하는 소리를 듣고 놀랐다. 지연도 놀라 샐러드를 포크로 가져가다 멈칫했다. 주미가 어머니라고 지칭한 것이 놀라운지, 주미의 칭찬이 민망한지 지연은 얼굴이 빨개지며 순국을 쳐다봤다. 그리고 금방 주미를 향하여 말했다.

"그렇게 엄마로 받아주어 고마워! 주미야. 나도 아기를 낳으면 해주고 싶은 게 많았거든. 그것을 지금 주미에게 다 쏟아붓는 거야."

주미는 놀란 표정으로 피자를 입으로 넣다 그대로 멈칫했다. 순국은 다시 얼굴이 빨개졌다. 그리고 고개를 돌렸다.

지연이 말머리를 돌렸다.

"내일 주미가 처음 남한에 와서 초대받은 날이잖아. 주미가 항상 입고 다니는 패딩은 내일은 안 돼! 남한에서는 누구 집에 갈 때나 음악회를 갈 때는 파티복까지는 아니더라도 좀 정장을 차려입고 가는 것이 예의거든. 그래서 내일 주미는, 내가 그때 사준 원피스에 반코트를 입고 가면 어떨까?"

주미의 얼굴 표정이 확 바뀌었다. 불안한 표정으로

"내일 저는 안 가면 안 돼요?"

했다. 순국이 지연을 쳐다봤다. 지연이 표정을 가다듬고 차분히 말했다.

"내일 주미를 위해 연주 선곡도 했고, 하루 전날 취소, 그것은 초대한 분에 대한 예의가 아니지."

주미는 예의 불안한 표정으로 말했다.

"아직 한 번도 치마를 입어본 적이 없어요."

"그럼 저녁 먹은 후에 코디를 한번 해보자."

"네? 코디?"

"아니, 옷을 잘 맞춰보자고."

주미는 더 이상 먹지 못하고 불안하게 이것저것 건드리다 말았다. 순국도 불안해졌다. 겨우 최근에 주미가 평상 심리를 회복했는데. 남의 집 초대에 응한다는 것이 시기상조였나? 알 수 없는 불안이 밀려왔다. 그러나 주미는 음악을 들으면 심리적 안정을 얻는 아이가 아닌가. 애써 마음을 다시 회복했다. 주미를 진정시키기 위해 한마디했다.

"주미, 내일 연주회 음악을 들으면 네가 지금껏 텔레비전이나 라디오, 핸드폰 유튜브로 듣는 것보다 얼마나 황홀한지 놀랄 것이다. 아버지는 처음 남한에 왔을 때, 음악회에서 차이콥스키의 〈백조의 호수〉를 듣는데, 얼마나 황홀한지. 라디오나 녹음기로 들었을 때는 귀로 들리는데, 실제 연주하는 것을 들으니까 음악이 몸에 스며들며 온몸이 짜릿짜릿한 게, 그날 밤새 그 음악이 내 몸에서 울려 나오는 것 같은 특별한 감동을 받았어. 너에게는 미안하지만 그때 남한에 온 것을 절대 후회하지 않기로 했단다."

음악회의 초대

"정말요?"

순국의 말을 듣자 주미의 얼굴이 환해졌다.

"내일 기대해도 돼! 조금 불편해도 지연이 하자는 대로 좀 따라서 해봐. 남한은 남한대로의 예의라고 할까, 생활 상식이 있으니까. 알겠지."

주미가 겨우 고개를 끄떡였다.

"그러나 치마는 아무래도…… 도저히 안 될 것 같아요. 제가 거기 있는 동안 내내 불안할 것 같아요."

"그래 알았어, 그럼 스웨터에 바지, 그리고 반코트로 하자. 괜찮지?"

지연이 결론을 내렸다.

다음 날 아침, 평상시는 지연을 도와 같이 아침 준비를 하고 있을 주미가 그날은 보이지 않았다. 지연이 식탁에 수저까지 다 놓았다. 순국이 주미 방문에 노크를 했다. 안에서는 아무 소리가 없다. 순국이 지연에게 물었다.

"주미 어디 갔어?"

"아니요, 없어요?"

지연이 국을 뜨다 말고 주미 방으로 왔다.

"침대도 그대로 있고 자지도 않은 모양인데? 얘가 어디 갔지?"

순국은 가슴이 덜컥 내려앉았다. 얘가 또 그 밤중에 산에 간 것 아니냐? 순국은 방에 들어가서 점퍼를 찾았다. 점퍼를 걸치면서 현관으로 나가 운동화를 꺼내 신었다. 잠시만요, 전화 한번 해봐요!
지연이 번호를 누른 모양인지 신호가 계속 울린다. 그러나 받지 않
는다. 좀 울리다가 전화를 받을 수 없으니 메시지를 남기라는 멘트
가 나온다. 일단 한번 산으로 가볼게.

"지연이는 집에 있다, 주미가 오면 연락 줘!"

"네."

순국은 엘리베이터가 올라오는 것도 못 참고 계단으로 내려갔
다. 한 번도 이런 적은 없었다. 역시 오늘 초대가 부담스러웠나. 아
직 생활에 익숙하기에는 겨우 한 달인데, 초대에 응하기에는 아직
주미 심리가 불안해. 순국은 산 입구를 들어서면서도 초대에 응한
것을 후회했다. 지연이 친구들은 너무 친밀하게 지내는 것까지는
좋은데 어떤 땐 북한과 다른 문화라 순국도 부담스럽기는 마찬가지
다. 순국을 몇 번씩 초대했어도 응하지 않았다. 만났다 하면 순국도
알 수 없는 북한에 관한 구체적인 것까지 이것저것 질문했다. 그리
고 순국이 입으로 북한 체제에 대해 실컷 욕해주기를 바란다. 순국
은 그것이 너무 싫다. 자신이 비록 남한에 와 있지만 한때 몸담았던
북한을 욕하는 것은 싫다.

주미를 생각하면 북한에 대해 화가 난다. 주미가 갈 곳은 산밖에
없다. 밤새 산에 있을 리가 없지 않나? 산은 높지 않지만 제법 넓어
서 어느 방향으로 잡아야 할지 모르겠다. 벌써 산책을 다녀오는지
돌아오는 연세 든 부부부터 몇 명이 아파트로 향해 간다. 순국은 산

이 좀 깊은 왼쪽으로, 방향을 잡아 발길을 좀 빠르게 걸었다. 그러면서 전화번호를 계속 반복해서 누른다. 어디서 자든 지금 시간이면 일어날 시간이다. 전화까지 안 받는 것은 불길한 징조이다. 어제분명히 오늘 음악회 갈 옷을 골랐다. 치마 아닌 바지로 입자며 지연과 합의를 보았다. 그리고 각자 방으로 갔다. 그래도 많은 사람들앞에 나타나는 것이 주미에게는 공포일지 모른다. 20년 이상 야생의 생활습관이 주미에게 박혀 있다. 한 번도 밤에 돌아다닌 적이 없다고 했다. 주미는 불이 번쩍거리는 거리를 활보하는 것을 제일 무서워했다. 분명 산이다. 그런데 산도 그 시간에는 10시 이후에 다니는 사람들이 거의 없어 무서울 텐데, 순국은 점점 불안해지기 시작했다. 2년 전에 산에서 불미스러운 사건이 있어 10시 이후 입산을 금지시키고 있다. 입구에 분명히 써 있을 텐데 주미는 보지 못했을 것이다. 진땀인지 땀인지 계속 흘러내린다. 30분 이상 와도 주미가 있을 만한 곳은 없다.

그때 마침 전화벨이 울린다. 지연이다. 서로 주미에게 전화가 있었냐고 묻는다. 아직 아무 연락이 없다고 한다. 휴~. 순국은 한숨이 절로 나온다. 태양에 반사되어 빛을 품은 잎들이 은빛으로 살랑거린다. 눈이 부시다. 순국은 잠시 눈을 감는다. 막상 산에 오니까막막하다. 집에서 출발할 때는 산밖에 없다고 생각했는데, 도대체어디를 어떻게 찾아야 할지. 아, 잠시 지난번 주미가 일광욕을 했다는 곳도 움푹 파진 곳이라는 생각이 들었다. 순국은 걸으면서 웅덩이진 곳을 찾아 두리번거린다. 좀체 그런 곳은 눈에 띄지 않는다. 산등성이까지 오니 비탈진 곳에 나무들이 안간힘을 쓰고 버티고 있다. 나무 둥치를 잡고 조금씩 아래로 발을 옮겼다. 조금 아래 마치 장독을 심었다 뺀 것처럼 움푹한 곳이 보인다. 움푹한 곳에 나뭇잎들이 수북이 쌓여 있다. 순국은 웅덩이를 향해 발을 떼놓다 돌멩이를 밟았는지 그대로 흔들리면서 미끄러졌다. 그러자 새벽의 이슬에 젖은 잎들 위로 발이 줄줄이 미끄러진다. 다른 등성이로 이어지는 골짜기까지 미끄러져 내려갔다. 다시 주위 나뭇가지를 잡고 비탈을 조심조심 올라왔다. 미끄러지지 않으려고 얼마나 안간힘을 썼는지 손에 진땀이 끈적하다. 웅덩이가 크지는 않아도 깊어서 한 사람 몸을 숨기기엔 안성맞춤이다. 저 정도 크기의 웅덩이라면 주미가 충분히 몸을 숨기고 일광욕을 할 수 있겠다는 생각이 들었다. 이곳이 주미가 일광욕을 했다는 곳인가? 여기도 없고 그럼 어디로 갔단 말인가? 그럼 또 다른 웅덩이가 있단 말인가? 순국은 산을 다녀도 웅덩이를 처음 보았다. 대체로 비탈 쪽에 한두 개 있다. 누가 저 웅덩이를 일부러 파놓았을까? 짐승들이? 저절로 파진 것일까. 산에 이런 웅덩이가 있다는 것을 주미는 어떻게 알았을까.

밥 달라고 보채듯 허기가 계속 배를 훑으며 끄르륵거린다. 더 이상 산을 다니다가는 허기 때문에 쓰러질 것 같다. 그렇다고 돌아갈 수도 없다. 순국은 그 자리에 퍼져 어떻게 할 수가 없다. 물이라도 가져올 것을, 급히 오느라고 아무 준비 없이 왔다. 그 순간에는 산에 가면 금방 주미를 만날 수 있을 것 같았다. 갑자기 덜컥 주미가 이 산에 있기나 할까 하는 생각이 들었다. 역시 음악회 초대 때문일까? 그 정도로 불안한 것일까. 무슨 사고가 난 것은 아닐까? 이제 순국은 별별 상상이 머릿속을 혼란스럽게 했다. 내려가서 밥을 먹고 경찰과 함께 다시 올까? 그때 다시 핸드폰이 주머니 속에서 부르르 떨었다. 벌떡 일어났다. 얼른 핸드폰을 열었다. 지연이었다. 주미가 집으로 왔다는 것이다. 순국은 그 자리에서 다시 퍼질러 앉았다. 그리고 온몸에 기운이 빠져나갔다.

순국이 집에 왔을 때 주미는 샤워를 하고 있었다. 순국은 아무 말을 할 수 없었다. 순국도 안방 목욕탕으로 가서 샤워를 했다. 밥상에 앉아서도 누구 하나 아무 말을 꺼내지 않았다.

"죄송해요. 어젯밤에 불안한 맘을 달래기 위해 전에 근무하던 병원 뒷산에 갔었어요. 거기서 마음이 안정되면 다시 오려고 했어요. 그런데 제가 간 지 얼마 안 되어 이상한 소리가 제 곁에서 나는 거예요. 놀라서 그 소리 나는 곳으로 갔더니, 까치가 다른 새랑 싸웠는지, 물렸는지 날갯죽지에서 피가 흐르고 못 견뎌 퍼드득거리고 있었어요. 그래서 제 주머니에 있는 손수건으로 상처를 동여매어도 계속 피가 흐르더라고요. 그래서 동네로 나와 약국에 가서 상처에 바르는 약을 사서 발라주고 다시 수건으로 싸맸어요. 그리고 한참 품고 있었어요. 그러다 잠이 들었는지 눈이 부셔 깨어보니 아침이 잖아요. 그런데 까치는 어디 갔는지 그 근처를 아무리 뒤져도 없는 거예요. 까치를 찾다 찾다 그냥 왔어요."

그러고는 고개를 푹 숙였다. 순국도, 지연도 아무 말을 할 수 없었다. 바깥에서 그렇게 잠을 잘 수 있다는 것도, 까치 생각만 있고, 노심초사 자신으로 인해 불안해하는 부모들은? 아무것도 이해되지 않고 혼란스러울 뿐이다. 그건 주미만의 생활감정이고 생활방식이다. 그동안 다른 길을 걸어온 주미를 어떻게 순국이, 지연이 이해할 수 있는가. 순국의 가슴속에 분노인지, 슬픔인지 모르는 착잡함이 내려앉았다. 그러다 무슨 일을 당하려고? 그동안 지연이 공을 들여 겨우 치료한 피부병이 다시 재발되면? 속에 있는 말들이 부글부글 끓고 있었다. 아무 소용이 없다는 것을 순국은 안다. 돌아온 것만 다행이다를 속으로 몇 번씩 몇 번씩 반복했다. 국과 밥이 차츰 식어 가고 있었다. 아무도 수저를 들지 않았다. 오직 침묵만이 영원한 것처럼 흘렀다. 이것은 슬픔도 분노도 아니다. 떨어져 살아왔던 시간만큼의 거리이다.

아침을 수저를 겨우 뜨는 둥 마는 둥 아침 시간을 지연은 지연이대로, 순국은 서재에서 주미는 방에서 나오지 않았다. 멍 때리는 시간이었다. 오전을 보내고 지연이 밖에서 식사를 하자고 했다. 순국도 주미도 그럴 기분이 아니라고 모두 간단히 점심을 했다. 그때 주미가 말했다.

"오늘 어쨌든 음악회는 참석할게요."

순국은 이미 거절하라고 지연한테 말했다.

음악회의 초대

"저를 위해서 준비한 음악회라니까 가야 되겠죠. 어머니 입장도 있는데."

지연이 얼굴이 환해졌다. 그러나 순국은 주미가 또 거기에서 어떤 엉뚱한 짓을 할까 불안했다. 아무 말을 할 수 없었다.

저녁이 되자 미세먼지가 뿌연 잿빛 하늘에 구름의 움직임조차 요란했다. 주미는 검은 바지에 자주색의 스웨터, 자주색 반코트를 맞춰 입으니 더 차분하게 가라앉아 보인다. 항상 패딩 코트로 가려져 있던 몸체가 드러나 다른 사람처럼 보였다. 그동안 살도 좀 찐 것 같다. 살이 찌니 젊을 때 순국 자신의 얼굴을 보는 것 같다. 순국은 뒷좌석에 앉아 있는 주미의 표정을 거울로 흘깃 쳐다본다. 창문 바깥을 쳐다보고 있으면서도 양손으로 손수건을 움켜쥐고 있다. 긴장하고 있다. 도심을 빠져나와 용인으로 들어서자 오히려 바람까지 잦아들고 옅은 구름이 산등성에 걸려 있었다. 지연이 운전대에 있는 컨트롤로 교통방송에서 FM 음악 방송으로 채널을 바꿨다. 그리 그의 〈솔베이지의 노래〉가 흘러나온다. 주미가 몸을 곧추세운다. 주미는 음악이 나오면 처음엔 긴장하다 다시 평온한 감정으로 돌아온다. 순국도 무거웠던 마음이 좀 가벼워졌다.

큰 도로가 아닌 국도를 향해 꽤 지루하게 들어가자 마치 대궐 같은 큰 한옥이 나왔다. 큰 소나무로 빽빽한 정원을 끼고 비슷비슷한 규모의 한옥 세 채가 기역 자로 배열되어 있다. 순국은 의외의 주택의 큰 규모에 놀랐다. 음악을 좋아하는 주미를 한 번 연주회에 데려가야겠다고 생각하고 있었다. 초대한 사람들이 지연의 친한 고등학교 친구라는 것 외에 아무것도 모른다. 지연에게 뭐 하시는 분들이냐고 물었다. 남편이 사업하는 분인데 여기가 고향이라 고향집을 더 넓혀서 지은 것이라고 해요. 딸이 음악을 전공하고, 남편도 음악을 좋아해 지인들과 즐기려고. 일부러 실내악 정도로 연주할 수 있는 홀을 따로 지었다고 해요.

역시 남한 사람들은 북한 사람들과는 다르다. 남한 사람들은 어떻게 돈을 벌어 각자 취미에 맞게 사느냐에 관심이 있다. 그러기에 각자의 생업에도 열심히 매달린다. 그러고는 또 다양한 취미를 즐긴다. 지연을 따라 장욱진이라는 화가 전시회에 따라간 적이 있었다. 그분은 서울대학교에 재직하다 정년이 되기 전에 그림을 그리기 위해 일찍 퇴직을 했다고 한다. 그러고는 한적한 시골을 여기저기 몇 년씩 마음에 맞는 곳을 찾아 정착한다. 지루하면 다시 떠난다. 주로 가족을 소재로 한 그림을 다양하게 그렸다. 지금 최고 호가의 그림이 그렇게 가족이라는 단순한 소재를 그린 화가라는 것이 새삼스러웠다. 북한이라면 부르주아 의식이 어쩌니 하고 숙청감이다. 자신의 이상향을 그린 그림이지만 얼마나 간단하고 단순한가. 그렇게 그 화가가 최고 인기를 누리는 것은 그만큼 대부분의 남한 사람들의 의식과 맞닿아 있다고 할 수 있다.

탈북자들이 남한에 와서 적응하지 못하는 것은 그들이 개인의 자율적인 삶을 살아보지 않았기 때문이다. 당이 하라는 일을 하고 당이 나누어주는 배급으로 살아가고, 그 체제가 잘 돌아가면 그것만큼 편한 생활이 없을 것이다. 개인의 고민 같은 것은 필요가 없기 때문이다. 그냥 하라는 대로만 하면 된다. 그런 체제에서는 자신의 욕망은 버려야 한다. 자신의 선택은 없는 것이다. 당이 무엇을 요구하느냐만이 중요한 것이다.

남한은 공무원 이외에 특별한 경우를 제외하고는 자신의 생업이 중요하지, 국가가 어떻게 되든 관심이 없다. 그러나 최근 정부가 개인재산을 세금으로 환수하려는 움직임에 많은 사람들이 숨죽이고 있다. 남한 정치는 정치가가 하는 것이며, 그리고 개인은 자신의 생활만 관리하면 된다. 그러다 보니 개인주의가 너무 발달, 공공의식이 부족하다. 최근에 와서 집값, 전셋값과 부동산 세금이 폭등하면서 정치가들에 대한 불신의 폭이 커져간다. 대부분의 사람들은 부동산 가격과 세금에 민감하다.

안으로 들어갔을 때는 다른 한 가족도 모두 도착해 있었다. 지연이 준비한 와인을 선물로 주고 친구랑 포옹하며 초대 감사를 했다. 그러자 키 175센티 정도의 좀 날카롭게 생긴, 한복을 입은 이 집 주인인 듯한 분이 순국에게 다가왔다.

"김명재라고 합니다. 이렇게 멀리 와주셔서 감사합니다."

"공순국입니다. 저희가 고맙습니다. 이런 상황에 저희 애를 위해 일부러 이렇게까지."

"정작 공 교수님을 한번 뵙고 싶었은데, 번번이 사양하셔서, 흐흐, 책을 출판할 때마다 보내주셔서 고맙습니다. 어떻게 지금 연세까지 그렇게 학문에 열중하시는지 경탄스럽습니다. 저희 친구들 중에 공 교수 팬이 아주 많아요. 오늘 정말 잘 오셨습니다."

"공 교수님, 여기서 또 이렇게 뵙네요."

키가 작은 편에 속하지만 당당해 보이는 안면이 있는 분이 언제 다가왔는지 인사를 건넨다.

"네, 덕분에 이렇게 건강하게 뵙네요."

순국이 허리에 문제가 있을 때마다 찾는 정형외과 의사다. 인사가 대략 끝나자 순국은 주위를 돌아봤다. 지연이 주미를 데리고 인사를 시키고 있다.

홀 앞쪽 테이블에 뷔페 음식이 차려져 있다. 벽 양쪽으로 음악회를 배경으로 한 사진 작품과 현악기를 모은 대형 사진 작품이 걸려 있다. 대충 인사가 끝나자. 화장실로 가서 손들을 씻고 나왔다. 식사 먼저 하기로 했다며 주인장이 뷔페 테이블 앞에 서서 한 사람 한 사람 개인 접시를 나눠주었다. 어디에선가는 연주 연습을 위해 활 맞추는 소리, 첼로 연주 소리, 잡담 소리가 뒤섞여 들려온다. 쇠고기와 야채를 곁들인 산적과 미역국, 시금치, 더덕구이, 묵 무침, 김치류가 있었다. 순국은 이것저것 접시에 담다 주미 접시를 흘깃 보았다. 오직 시금치와 미역국이다. 슬쩍 순국은 주미 접시에 자신이 가져온 산적을 한 꼭지 넘겨주었다. 주미가 놀라며 흘깃 보았다. 눈을 깜박거렸다. 지연은 음식을 옮겨 담으며 친구와 이야기를 나누고 있었다.

연주가 시작하기까지 아무 일이 일어나지 않아야 한다. 주미에게는 아무렇지 않은 일이 종종 코미디같이 벌어져 난처한 경우가 있다. 지난번 산에서의 일광욕 같은 것이다. 혼자 오랫동안 살아온 탓인지 주위 시선을 가끔 망각한다. 이번에도 연주회가 아니었으면 이런 모임에 참석을 생각조차 못 했을 것이다. 역시 주미는 긴장 탓인지 고개를 숙이고 미역국에만 숟가락이 간다. 밥도, 다른 반찬도 건드리지도 않는다.

"산적 고기도 양념이 잘 되어 고기가 부드럽네요. 주미야, 산적 고기와 버섯도 먹어봐!"

지연의 권유에 흘깃 쳐다볼 뿐 산적은 거들떠도 안 본다. 계속 미역국에만 수저가 간다. 워낙 미역국을 좋아한다. 주미는 아직 긴장이 안 풀렸다. 순국은 향이 그대로 살아 있는 더덕구이를 입에 넣으며 안타까운 듯 주미 쪽을 쳐다본다.

"따님이 아버지를 닮아 미인이네요."

오늘 초대한 친구가 주미 가까이로 왔다.

"아이쿠, 감사합니다. 이렇게 초대해주시고 훌륭한 음식까지, 황송한 대접을 해주셔서 몸 둘 바를."

순국은 주미 때문에 더욱 마음이 송구스럽다. 주미가 고개를 숙이고 있다. 답례로 응대 한마디 안 하고 음식을 앞에 두고 미적거리는 주미 하는 양을 보고 있으니 안타깝다.

주미가 일어서 물을 가지러 간다. 얼굴에 진땀이 난다.

"당신이 더 긴장하는 것 같아요."

지연이 손수건을 주며 말했다.

"오히려 친구들이 다 이해해요. 너무 신경 쓰지 마세요. 당신이 그럴수록 주미가 더 긴장해요. 특별히 실례가 안 되면 내버려두어요. 서서히 합시다."

다행히 사람들이 한 명 두 명 연주회장으로 간다. 지연은 오히려 테이블로 간다. 주미가 물 두 컵을 들고 온다. 순국에게 건네준다. 물컵을 받아 마시며 태연하게

"이제 연주장으로 건너갈까?"

라고 하니 주미가 자신의 백을 챙겼다. 지연이 뒤처리를 도우려는 모양인지 테이블에서 돌아오지 않는다. 연주장으로 갔을 때는 자리가 정돈되어 있었다. 족히 30명 가까이 들어갈 수 있는 규모의 연주장이다. 오늘은 무대를 중심으로 빙 둘러앉게 자리를 배치했다. 그런데도 연주자가 다섯 명이나 된다. 연주장의 그랜드피아노가 있는 벽 옆에는 몇 년 전에 작고한 화가인 김점선의 그림이 붙어 있다. 주로 말을 소재로 그림을 많이 그린 김점선이 살아 있을 때 지인과 함께 한 번 만난 적이 있다. 그때 만난 인상이 특이해서 작품 세계를 눈여겨보았었다. 푸른 초원에서 머리카락이 모두 살아서 하늘로 뻗쳐 있는 선머슴 같은 처녀가 장화를 신은 발로 활개를 치고 있다. 초록과 붉은색이 대비되는 그림이다. 주미가 그 그림을 뚫을 듯이

쳐다보고 있다. 순국도 지연도 다시 그 그림을 유심히 살핀다. 푸른 초원에 대한 향수인가. 근데 뜻밖의 반응이다.

"아버지, 저 여자 꼭 저 같지 않아요. 여자도 남자도 아닌 선머슴 같지 않아요?"

"주미는 전혀 선머슴 같지 않은데?"

지연이 말했다.

"도망 다닐 때 저 모습으로 달렸지요. 그때 아마 제 모습이 저랬을 거예요. 그러면 남자들이 쫓다가도 자기들끼리, 남자디? 여자디? 하다가 가버려요. 얼마나 편한지, 그 이후 저 모습이 저한테 딱 맞는다는 생각이 들었어요."

순국은 주미가 극히 여성스럽다고 생각했던 어릴 때가 기억났다. 주미 엄마도 하지 않던, 퇴근만 하면 순국의 파자마를 질질 끌고 오던 모습, 순국의 어질러진 책들을 가지런히 치우던 모습, 그동안 몹쓸 세월을 보내는 동안 자신 속의 정체성까지 변모시킬 수밖에 없었던 것은 생존본능 때문인가.

사회자가 프로그램을 나누어주었다. 그리고 연주 순서, 연주 곡명과 연주자를 한 명씩 소개했다. 프로그램을 보면 대부분이 유명한 교향악단 소속의 실력 있는 연주자들이다. 교향악단 연간 계획만 해도 힘들 텐데, 이런 것까지 기획하고 대단한 연주자들이다. 모두 화려하지 않은 조촐한 연주복인데도 세련된 모습이다. 순국은 주미를 얼핏 보았다. 주미는 무심한 듯 바라보고 있다.

첫 곡으로 첼로곡인 오펜바흐의 〈재클린의 눈물〉, 이어서 차이콥스키의 〈안단테 칸타빌레〉, 그리고 리스트의 피아노곡으로 〈위로 3번〉이다. 보통 이런 규모에서 3중주로 끝내는데 4중주까지. 소품으로만 된 곡이 아니다. 차이콥스키 곡은 연주 시간만 1시간이다. 순국은 놀랍다는 생각이 들었다. 곡 하나하나가 정말 주미를 위한 곡인 것 같다. 이 집 주인장의 기침 소리와 첫 첼로 연주자의 활을 맞추는 소리로 시작을 알렸다. 모든 곡들이, 순국이 딸들을 생각하며 몇 번씩이나 듣던 연주곡들이었다.

오펜바흐의 〈재클린의 눈물〉은 천재 첼리스트 재클린 뒤프레를 생각하고 작곡한 곡이다. 재클린 뒤프레는 11세부터 영재로 발굴되어 연주 활동을 시작한 천재 첼리스트였다. 21세에 천재 피아니스트이자 지휘자인 다니엘 바렌보임과 결혼, 그 당시 세계 최고의 음악가 부부가 탄생되었다고 극찬했었다. 불행하게도 23세에 다발성 경화증이 발발, 26세에 연주 생활을 마감하였다. 그에 안타까움을 가진 오펜바흐가 재클린 뒤프레를 위로하기 위해 이 곡을 썼다고 알려져 있다.

연주 내내 재클린의 마음을 위로하는 듯 잔잔하게 혹은 비탄스럽게 움직이는 활의 연주를 듣고 있으니 순국도 비탄스러워졌다. 그동안 포기하고 있었던 어머니 생각이 났다. 얼마나 순국을 그리워하며 원망하고 있을까. 순국이 음악 속에 몰입하고 있는 동안, 지연은 죽 주미를 쳐다보고 있다. 주미의 눈에서는 하염없이 눈물이 흘러나오고 있다. 순국도 남한에 와서 처음 가족들을 떨어진 외로움과 자기 자신의 앞날에 대한 두려움으로 연주들을 들으면서 엄청울었었다.

다음에는 감미롭고 애잔한 곡, 차이콥스키의 현악 4중주 〈안단테 칸타빌레〉이다. 자리를 정돈하는 사이 순국은 물을 가지러 갔다. 다행히 따뜻한 차가 있었다. 지연이 주미 것까지 두 잔을 가지고 왔다. 주미는 차를 받으면서도 눈물이 그치지 않는다. 다행히 아무도 아는 척을 안 한다. 연주회 동안 주미의 마음이 조금이라도 위로가 되고 치유가 된다면 그것으로 오늘 연주회 온 것은 보람 있다. 이런 기회는 쉽지 않다. 한국에서 가정집에 이런 소규모 연주회장을 가진 집도 그렇게 많지 않을 것이다. 음악을 좋아하고 돈도 있어야 한다.

아마 첫 번째 첼로 연주한 여성이 이 댁 딸인가 보다. 어머니와 닮았다. 주미와 같은 나이라고 들었다. 순국은 주미를 다시 쳐다보았다. 새로운 연주가 시작해도 계속 눈물이 흘러내린다. 첫 번째 곡보다 덜 부담스럽다. 애잔한 멜로디지만 경쾌한 무드가 따라 나와 한쪽 정감으로 흐르지 않게 막아준다. 이 곡은 톨스토이가 모스크바를 방문했을 때 차이콥스키가 연주했는데, 톨스토이가 작가로서의 노고에 최고로 위로를 받은 곡이라고 극찬한 곡이다.

마지막 곡도 리스트의 〈위로〉라는 제목의 시리즈 곡 중 D 메이저 곡으로 섬세함이 요구된다. 여성 피아니스트가 다이내믹한 움직임으로 곡을 따라가는 듯한 손놀림이 마음을 사로잡았다. 한 곡 한 곡이 모두 주미를 위해서 선곡했다고 할 정도로 마음을 애무하면서 다독거리는 곡들이었다. 이 정도의 인원으로 듣기에는 너무 아까운 연주이다. 주미는 이제 눈물은 그쳤다. 그러나 아무 말이 없다. 모두 흥분해서 왁자하다. 연주자들에게 몰려가서 칭찬들을 한다. 순국도 이런 소규모 연주에서 이런 충일감을 느낄 수 있는 연주를 들을 수 있다니! 감동 그 자체다. 주미가 자리에서 일어나지 않고 계속 앉아 있다.

"같이 가서 고맙다고 인사라도 할까?"

지연이 주미를 일으켜 세운다. 순국은 주미가 다시 울음이 터질까 봐 마음이 불안하다. 마침 사회자가 오늘 공주미 양을 위해서 준비한 연주니까 공주미 양 앞으로 좀 나올 수 없을까요, 한다. 놀랍게도 주미가 자리에서 일어나더니 어색한 미소를 얼굴에 띠며 순국과 지연을 한 번 보고, 씩씩하게 사회자에게로 간다. 지연과 순국은 놀란 눈으로 주미를 지켜본다. 사회자는 우리가 공주미 양을 위해 선곡하는 동안 많은 갈등도 있었고 연습하면서도 힘들기도 했는데 어떠셨는지 감상을 한마디 말해주시면 저희는 그동안의 힘든 것을 싹 잊을 수 있을 것 같습니다, 라고 했다.

마이크를 사회자로부터 넘겨받자 마치 딴사람같이 주미는 똑바로 청중들을 쳐다보았다.

여러분, 감사합니다. 그리고 한참 마이크를 잡고 고개를 숙이고 있었다. 순국은 다시 가슴이 쿵 하고 내려앉았다. 고개를 들었을 때 눈 주위가 불그스레해졌다. 한 사람을 위해 이렇게 소중하게 대접하시는 것에 감동했습니다. 다시 고개를 숙인다. 모두들 숨을 죽이고 있다. 이번에는 금방 고개를 다시 들었다. 이 연주를 듣는 동안 저는 그동안 도망 다니면서 살았던 세월이 마치 영화 필름을 되돌리듯 장면들이 하나하나 생생하게 다시 살아났습니다. 그 힘들고 고통스럽던 그 순간들……. 다시 고개를 숙인다. 순국은 가슴이 쿵쿵 방망이질한다. 고개를 들었을 때 눈물 한 방울이 흐른다. 저는 남한에 오려고 마음먹을 때만 해도 아버지를 만나면 이 고통의 세월이 끝이 나겠지 하는 생각이었습니다. 아버지 없는 바깥은 인간들이 모두 이빨을 드러내 물어뜯으려는 개 같아 보여 공포였습니다. 순국은 얼굴이 빨개졌다. 저는 남한이 어떻고 북한이 어떻고 아무것도 모릅니다. 도망만 다녔기 때문입니다. 저의 머릿속에는 아직도 뛰고 있는 것 같습니다. 그리고 꿈속에서도 언제나 도망가는 꿈을 꿉니다. 북한 공안을 피해서, 또 중국 공안을 피해서, 뭇 남자들을 피해서 너무나 많이 뛰었습니다. 저는 아직도 그들을 피해서 숨었던 웅덩이들을 잊을 수가 없습니다. 그 웅덩이들은 엄마의 가슴처럼 따뜻하게 품어주었습니다. 저는 아직도 집 안보다 산속의 웅덩이가 편합니다. 순국과 지연, 두 사람은 놀라서 서로를 쳐다보았다. '아직도? 집보다 웅덩이가 편하다고?' 순국은 가슴이 무너지는 것 같다. '그럼 지난번 그 사건도?'

"저는 여기에 아버지를 만나러 왔을 뿐 남한에 온 것은 아니었습니다. 그런데 여러분 때문에 오늘 남한에서 다시 태어난 기분입니다. 여러분들이 받아들여줬기 때문입니다. 이제부터 씩씩하게 살아가겠습니다. 그리고 열심히 살겠습니다."

그리고 한참 그 자리에서 흐느꼈다. 그 댁 따님이 빨간 장미 송이 꽃다발을 주미에게 주었다. 그리고 두 명이 포옹을 했다.

다들 숙연한 분위기에서 그대로 앉아 있었다. 누군가는 흐느끼는 사람도 있었다. 한 사람이 박수를 치자 연달아 따라나온 우레 같은 박수 소리에 큰 현관 유리창마저 흔들리는 것 같았다. 사회자가 공주미의 대한민국에서의 재탄생을 축배하는 뜻에서 케이크를 자르며 와인 한 잔씩 들고 축배의 노래를 부릅시다. 이미 테이블에는 케이크가 준비되어 있었다. 연주자들이 주미를 떠밀어서 테이블의 케이크 앞으로 보냈다. 다른 분들은 와인 잔을 드세요. 공주미 양과 동갑내기 이 댁 따님 김미경 양이 함께 케이크를 자르겠습니다. 다들 여러분은 축배의 노래를 불러주세요. 연주자들이 축배의 노래 연주를 했다.

일행들과 헤어져 순국 가족이 주차장 있는 곳으로 왔을 때 지연이 '저 보름달 좀 봐.' 하고 하늘을 가리켰다. 그 집 정원의 소나무 사이로 보이는 하늘 위에 보름달이 휘영청 떠 있었다. 순국은 주미를 깊게 포옹했다. 주미도 역시 두 손으로 목을 끌어안았다. 그때 놀랐는지 소나무에 앉아 있었던 새들이 끼루룩 소리를 내며 날아갔다. 순국은 주미를 포옹한 채 밝은 보름달을 횡단하는 새들의 날갯짓을 쳐다보았다. 지연이 시동 거는 소리에 두 부녀는 놀라 차에 올랐다.

오늘 초대한 이 댁 가족이 너무 고맙다. 아무리 친한 친구의 가족이라도 이렇게까지 배려는 그들의 마음이 깊지 않으면 생각할 수 없는 것이다. 마음 깊이로부터 그들에 대한 감사가 우러나왔다.

"나중에 그 가족들 한번 초대해서 식사합시다."

지연을 바라보았다.

"웬일로 당신이 그런 말을!"

"당신은 참 좋은 친구들을 가졌소."

그리고 핸들 위에 있는 지연의 오른손을 따뜻하게 움켜쥐었다.

순국은 집으로 갈 때까지 눈을 감고 내내 감격에 젖어 있었다. 대학 연구실에 친한 어느 교회 장로인 교수가 있었다. 말은 신실하다고 들었는데도 한 번도 신앙에 관련된 말을 순국에게 권고한 적도 없었다. 그분은 모든 것의 우선이 신앙 생활이었다. 오히려 순국이 그분의 신앙에 대해 궁금했다. 어느 날 순국이 물은 적이 있었다.

"신앙인으로 저에게 한마디로 전도를 하신다면 뭐라고 하시겠어요."

그분은 한참 눈을 껌벅거리고 있더니, 차분하게 말했다.

"살아가다 보면 생각지도 못한 일이 일어날 때가 있지요? 그런 사건은 자신이 추구하거나 원하지도 않아도 일어나는 경우를 공 교수도 경험했을 것입니다. 근데 그것을 신앙적인 차원 아니면 설명해줄 방법이 없더라고요. 공 교수도 북한에서 남한에 오려고 하지 않았는데도 갑자기 오시게 되었다면서요. 그게 무엇 때문이라고 설명할 수 있어요? 그 답을 하나님이 가르쳐주지요."

그때 그 말을 할 때만 해도 그 말이 와닿지 않았다. 무슨 뜻인 줄도 몰랐었다. 그런데 이 순간 그 말이 떠올랐다. 오늘의 이 벽차오름도 바로 그런 순간인 것인가. 가슴 졸이면서 들었던 주미의 어눌한 것 같으면서도 또박또박 하고 싶은 말을 다 내뱉은 모습에 온몸이 회오리치는 듯한 감동의 물결이 몸을 휩쌌다.

순국은 감탄으로 몇 번씩이나 주미를 쳐다보았다. 식사할 때 긴장해서 얼굴도 못 들고 미역국만 먹던 모습과 그 대중들을 향해 자기 이야기를 자기 언어로 내뱉는 두 상반된 모습을 어떻게 이해해야 할지 모르겠다. 주미 멀미를 하면서 조금씩 알아가야 하는 것인가. 그렇지 않으면 음악회가 준 큰 환대가 주미의 혼을 흔들었나. 도무지 주미의 두 간극 사이에 순국도 정신을 차릴 수 없다. 주미의 기차에 흔들리면서 함께 가야 하는 수밖에. 딸 바보로 살더라도.

주미는 주미대로 자신이 오늘 그 많은 사람 앞에서 말을 했다는 것이 신기했다. 자신의 입에서 나오는 말이라고 믿을 수 없을 정도였다. 자신이 말을 하면서도 자신 속에 이상한 힘을 느꼈다. 자신의 몸을 휘감고 있는 공포가 차츰 물러나고 있음을 느꼈다. 아버지가

어머니가 옆에 있다는 것이 이런 것이구나. 새삼 앞에 운전하고 있
는 어머니를 쳐다보고 차를 탄 후 꼼짝하지 않고 있는 아버지의 뒷
모습을 바라보았다.

길의 도중에서

길의 도중에서

주미가 공안에게 쫓겨 다닐 때였다. 뒤쫓던 그들이 이미 사라져
버렸음에도 공포 속에서 정신없이 달린다. 죽을힘을 다해 달리다가
막힌 길에 직면할 때가 있다. 그럴 때면 헐떡거리는 열기로 녹아내
릴 것 같은 심장을 움켜쥐고 그 자리에 꼬꾸라진다. 정신의 줄을 놓
아버리고 몇 시간의 영겁의 시간이 지나고 겨우 의식이 돌아온다.
긴장되었던 근육이 파르르 전율을 일으킨다. 더 이상 쫓기고 싶지
도 않다. 멍하게 하늘을 올려다본다. 그러다 누군가의 그림자만 눈
에 띄어도 마음보다 몸이 먼저 달렸다. 몸이 일으키는 바람을 타고
집들과 상점과 주위의 모든 것들이 함께 달렸다. 어느 시점부터는
주위의 모든 풍경이 지워지고 오직 달리고 있는 주미만 존재했다.
바람에 휘날리는 자신의 머리카락……. 막힌 듯 다시 끊어진 길에
서는 항상 예상치 못한 길이 나타났다. 마치 자신을 위해 열린 무지
개처럼 달빛을 받아 긴 그림자를 남기며 은은히 내비쳤다. 길은 빛

이고 소망이었다. 그 길은 언제나 유일한 주미의 친구였다. 달리는 순간만은 길이 희망이었다. 많은 생각들을 품게 해주고 무엇보다도 아버지와 해후할 순간을 꿈꾸게 했다.

주미는 지금 동소문동 아버지네 아파트를 나와 거리를 따라 걷고 있어도 현실감이 없다. 아버지와의 만남은 꿈처럼 왔다. 아버지와 만나고 나서는 주미 자신만의 생각과 상상으로 채워졌던 순간순간들이 감쪽같이 사라져버렸다. 이제 주미는 혼자였을 때의 주미가 아니다. 아버지뿐만 아니라, 새엄마의 생각도 읽어나가야만 했다. 자신의 행동을 하나하나 점검하고 혼자였던 시절에 불쑥불쑥 떠오르던 생각들을 지워나가야 했다. 그들 속에 있는 자신이 한없이 낯설다. 길을 혼자 걸을 때는 쫓겨 다니던 그때 생각이 새록새록 떠오른다. 길은 언제나 새 길을 안내하고 주미에게 많은 이야기를 하는 것 같다. 주미는 혼자 길을 걸을 때가 오히려 덜 외롭다. 외출한 자신이 돌아오기 때문이다. 길은 언제나 길을 보여준다.

아직은 아버지와 있는 것도 새엄마와 함께 있는 것도 다 불편하다. 같이 있을 때는 그들의 눈치를 살피느라 주미는 사라져버린다. 산속의 나무들과 이름 모를 갖가지 꽃들과 함께 있을 때만 자신이 살아 있음을 생생히 느낀다. 사람들과 함께 있으면 자신이 아닌 타인이 자신의 행세를 하는 것 같아 깜짝깜짝 놀라기도 한다. 구석구석 스며드는 햇살과의 그림자놀이, 주미를 괴롭혔던 갖가지 벌레 쫓기 놀이까지도 주미는 그립다. 그들은 언제나 갖가지의 새로운 얼굴로 주미를 위로했다. 산속의 새벽은 푸름을 머금은 희뿌연 얼굴로 어루만지듯 주미를 에워싸다가도 숨바꼭질하듯 뭉게뭉게 떠도는 안개 속에 자신을 숨기기도 했다. 칠흑 같은 밤, 하늘은 가슴까지 활짝 열어 파노라마처럼 펼쳐지는 별과 유성들의 휘황한 쇼로 주미를 열락의 도가니로 몰기도 했다. 그들의 만 가지의 얼굴을 새롭게 만날 때마다 가슴이 뛰었다. 그러나 사람이 주위에 많으면 많을수록 불안했다. 그 시간은 주미에겐 견딤과 인내의 시간이었다.

아버지가 아파트로 들어오라고 했을 때, 아버지가 주미에게 베푸는 최선의 배려였지만 주미는 고통스러웠다. 20여 년간의 헤어짐만으로도 아버지가 낯설었다. 친엄마가 아닌 새엄마와 함께 있는 모습은 더더욱 낯설었다. 그런데 새엄마는 특별한 재주가 있었다. 주미보다 앞서 주미의 마음을 간파하고서 불편하지 않도록 배려하고 감싸 주었다. 친엄마와 전혀 다른 타입의 여자였다. 주미는 지남철 끌리듯 아버지네 집으로 들어갔다. 남한에 온 이후 주미는 왜 그렇게 일에 매달렸는가를 알게 되었다. 일을 할 때는 마음이 편했다. 일은 정직했다. 일을 한 만큼의 대가가 저금통장에 자신의 돈으로 쌓인다는 생각에 마냥 즐거웠다. 간호사 언니가 만들어준 저금통장에 월급이 차곡차곡 쌓여도 그것이 얼마인지, 신용카드가 있어도 한 번도 돈을 찾아 사용한 적이 없었다. 최소한의 용돈은 환자의 가족들이 봉투에 넣어준 돈으로 사용했다. 그 돈도 남았다. 처음에 새엄마가 통장을 보고 의외로 많은 액수에 놀랐다.

어비의 식당을 당분간 도와주면 어떻겠냐는 아버지와 어머니 두 분의 제의에 얼마나 설렜던가. 주미는 마치 구원받는 기분이었다. 어비가 크게 앓고 난 이후의 제안이었다. 주미에게 일은 구원과 같았다. 남한은 너무나 낯설었다. 어디를 가도 물건으로 혹은 사람으로 꽉꽉 채워져 있었다. 숨 쉴 틈이 없었다. 그때 야간 간병인으로라도 취직이 되지 않았더라면 어디론가 도망쳤을 것이다. 어비도 부모를 잃은 비슷한 나이의 탈북녀였다. 주미가 어비의 식당에 가면서 스치는 건물이나 가게들이 이제야 온전한 모습으로 눈에 들어왔다. 예전에 달리면서 보았던 집들이나 가게들은 그렸다 지워버린 그림처럼 자취만 남은 모습이었다. 이렇게 낮에 버젓이 길을 걷는 것도 낯설다. 길거리에 늘어선 상점 안에 보이는 물건들이 어쩜 그렇게 많은지, 그 물건들은 어디서 오며 그 많은 물건들을 누가 다 사 가는지 신기했다. 지금까지 주미가 다녔던 북한이나 중국 거리에서 본 것은 여기저기 물건들이 길거리 바닥에 깐 가마니나 종이 상자 위에 어설프게 어지러이 늘어놓은 먼지 낀 물건들뿐이었다. 그러다 공안이 들이닥치면 부리나케 둘둘 말아 도망을 갔다. 남한은 그동안 살아왔던 세계와는 전혀 다른 세계였다. 시장 안에 있는 어비의 식당은 겨우 10여 명이 앉을 만한 자그마한 곳이다. 주미는 작은 식당이 좋다.

주미가 도착했을 때 어비는 고개만 까딱하고는 불안스레 실내를 오갔다. 문을 열면 언제나 유튜브로 흘러나오던 윤종신의 〈환생〉은 아예 들리지 않았다. 어비는 가요를 좋아했다. 같은 노래를 반복해서 들어 주미가 그 노래들을 다 외울 정도이다. 그중 GOD의 〈길〉은 주미도 좋아하게 되었다. 주미는 고개를 갸우뚱거렸다. 그날 주문 들어 온 깻잎찜, 오이소박이, 두부조림 등 일이 산더미 같은 데도 어비는 마음을 잡지 못했다. 주미는 이래저래 흩어져 있는 깻잎을 주워 모아 다듬으며 자꾸 어비를 힐끗거렸다. 어비는 계속 문 쪽으로 시선을 보내곤 했다.

"누구 기다리세요?"

어비는 깜짝 놀란 듯 당황했다. 마치 주미의 존재가 옆에 있다는 것조차 잊은 사람처럼. 그러면서 어색한 웃음을 흘렸다. 주미는 다시 고개를 갸웃거렸다. 지금까지 못 본 모습이다. 다듬은 깻잎을 싱크대에서 씻어 물을 털었다. 그동안 어비는 북한 사람들 상대로 하던 식당의 메뉴를 바꾸었다. 근처에 있는 집에서 주문하는 반찬을 중심으로 만들었다. 그리고 간단히 찌개나 카레를 상에 내놓기도 한다. 퇴근하고 혼자 사는 사람들이 집밥이 그리워 찾아온다. 점심시간에 혼자 찾아오는 손님도 꽤 쏠쏠하다.

밑반찬은 주미가 새엄마 지연한테 배우기 시작했다. 새엄마는 음식도 만들어볼 겸 겸사겸사해서 잘됐다고 했다. 주미도 음식 만드는 것이 의외로 재미있었다. 어비가 며칠 아프고 난 후 두 분이 어비에 대해 가슴 아파했다. 주미는 이제 자신의 피부병도 괜찮아졌고 어비를 당분간 돕겠다고 했다.

다음 날부터 주미는 매일 출근했다. 아침 10시쯤 와서 저녁 9시 이후에 집으로 돌아갔다. 그 사이에 어비는 계속 가요를 들었다. 어비는 남편이 코로나로 일어나지 못하고 저세상으로 갔을 때 가요를 들으면 위로가 많이 되었다고 했다. 주미도 반복해서 들으니 계속 노래가 머릿속에서 맴을 돌았다. 주미는 집으로 돌아가면 또 밑반찬을 한 가지씩 어머니가 만드는 것을 도우면서 배웠다. 이상하게 어비 집에서부터 부엌일을 하면서 계속 가요를 들었기 때문인지 부엌에만 들어가면 들었던 노래를 흥얼거리게 된다. 아버지와 어머니는 주미의 새로운 모습에 어리둥절해했다.

오늘따라 전혀 다른 어비의 모습에 주미는 당황스럽다. 멸치를 꺼내어 양념장에 넣으면서, 전날 저녁 자신이 집으로 돌아간 이후 무슨 일이 있었나, 주미도 슬슬 불안해지기 시작했다. 물을 뺀 깻잎을 열 장씩 냄비에 안치고 양념장을 한 켜 한 켜 올리고 다시 열 장씩 올리고 또 양념장을 숟가락으로 넣으며 어비를 흘깃 쳐다보았다.

아무 말 없이 미역을 가위로 자르며 불안하게 서성이던 어비가 갑자기 문 쪽으로 쏜살같이 달려갔다. 어비의 요란한 발소리에 재빨리 문 쪽으로 고개를 돌렸다. 아장아장 걷는 아기의 손을 잡고 찌들어서 반질반질한 패딩 점퍼를 입은 30대 초반의 남자가 들어왔다. 어비는 마치 자신의 아이처럼 아기를 덥석 껴안아 올리면서 남자를 바라보았다.

"왜 이렇게 늦었어요?"

남자가 어눌하게 뭐라고 하는데 주미는 무슨 말인지 알아들을 수가 없다.

"식사하고 갈래요?"

남자가 주미 쪽을 보며 고개를 살래살래 흔들었다. 주미는 물끄러미 바라보다가 그만 그의 눈과 마주쳤다. 얼른 얼굴을 숙이는데 얼핏 보이는 눈이 아무런 죄책감 없이 누군가를 속일 사람처럼 생각되었다. 주미는 왜 그런 생각이 드는지 몰랐다. 어비의 불안 때문일까.

"아침도 안 먹었죠? 앉아서 먹고 가요. 배고파서 어떻게 일을 하려고."

남자는 고개를 푹 숙이고 있었다. 어비는 주미를 향해 밥을 좀 차리라는 눈짓을 했다. 그리고 어비는 아기를 안고 방으로 들어간다. 주미는 어리둥절한 채, 우선 해놓은 반찬을 몇 가지 차린다. 남자는 주미에게 고개만 까닥하고 자리에 앉는다. 고개를 숙이고 된장찌개에 밥 한 공기를 다 붓더니 다른 반찬은 아예 거들떠보지도 않고 김치하고만 푹푹 퍼먹는다. 그러고는 어비에게 인사도 안 하고 도망치듯 나간다. 주미가 고개를 갸우뚱했다.

주미가 어비에게로 갔다. 주미는 문 앞에 놓여 있는 인형 같은 신발을 보았다. 그리운 듯 그 신발을 한참 내려다보았다. 자신이 어릴 때 도망치다 시장에 버린 그 신발 같았다. 이 아기보다 훨씬 컸었는데, 왜 그때 그 신발이 생각날까. 아버지가 사다 준 마지막 신발이었다. 그걸 잃으면 영원히 아버지를 못 볼 것 같았다. 다음 날 그 주위를 몇 번씩 돌았다. 신발은 자취도 없었다. 주미는 아버지를 잃은 것처럼 얼마나 울었는지 모른다. 주미는 눈시울이 붉어지는 자신을 다잡으며 아기를 쳐다보았다. 아기는 마치 제 엄마처럼 어비의 얼굴도 만지고 귀밑까지 내려온 머리카락을 만진다.

"얘는 누구예요? 그 남자는?"

어비는 그저 탈북 남자라는 것만 알 뿐이라고 한다.

"그런데 이 아기는?"

"엄마가 도망갔다네요. 남한 사람 중에 나쁜 사람 많아요. 그 여자가 저금통장도 집 보증금도 다 뽑아 도망갔다네요. 그래서 매달 방세도 만만치 않은데. 아기 때문에. 일을 가야 하니까, 어젯밤에 와서 당분간 봐줄 수 있냐고. 방세가 밀려 쫓겨나게 생겼다고. 아기 우윳값도 끼닛거리도 하나도 없다고. 당분간만 봐주면 우선 급한 불 끄고, 또 다른 방법을 찾겠다고. 어제는 갑작스런 제안에 당황해서, 아무 약속을 못 했어요. 그래서 오늘 혹시 안 올까 봐. 얼마나 불안했는지."

"아니, 왜요?"

"어제 잠시 왔다 갈 때 아기가 나를 꼭 껴안고 안 떨어지려고 우는 거예요. 밤새 마치 내 손에 새 한 마리가 들어왔다 날아간 것처럼 아기가 영원히 다시 안 올 것 같았어요. 근데 밤새 그 아기의 냄새, 부드러운 살맛이 떠나지 않고 머릿속을 맴돌지 뭐예요. 그러면서 남편과 사랑을 나눌 때 온몸을 휘감던 그 황홀함이 제 가슴을 벅차게 하는 거예요! 주미 씨 이런 경험 해봤어요?"

주미는 별들로 꽉 찬 하늘을 볼 때 가끔 가슴이 확 열리는 그런 기분을 느꼈다.

"네, 알 것 같아요!"

어비의 입가에 묘한 웃음이 돈다.

"아니, 그런 것 아니에요!"

주미는 당황해서 손까지 흔든다.

"그 이후 잠을 전혀 못 잤어요."

어비는 주미의 손을 잡았다.

"당분간 여기에 같이 있어줘요. 우리 틈틈이 이 아기 봐줘요. 얘를 보는 순간 남편 있을 때 몇 년간 그렇게 가지고 싶어도 못 가졌던 아기 생각이 나 처음 볼 때부터 혼을 빼앗겼나 봐요. 그때는 지나가는 아이를 유괴라도 해서 키우고 싶더라고요. 그 마음 아직 이해 못하죠?"

주미가 고개를 갸우뚱했다. 아기는 정말 어비에게 안겨서 마치 오랜만에 그리운 사람을 만난 듯 떨어지지 않았다. 그때 문 여는 소리에 놀라 주미가 일어났다.

청년들 두 명이 들어오며 주문부터 했다.

"카레라이스 2인분 주세요."

주미는 일단 김치, 깻잎찜, 북어 부침 등 밑반찬을 쟁반에 들고

가서 놓았다. 그리고 넓은 대접에 카레라이스 수프와 공깃밥, 배춧
국을 들고 갔다.

"주인이 바뀌었어요? 메뉴도 바뀌고 반찬도 바뀌었네요."

"네, 근처 이웃분들이 밑반찬을 주문해서 만들다 보니. 주인은
안에 아기 손님이 와서!"

"아기 손님?"

자기들끼리 키득거린다.

"여기 반찬이 너무 마음에 든다. 집밥보다 더 집밥 같네."

주미가 고개를 푹 숙이고 '고맙습니다.' 인사를 했다. 천연스럽
게 손님을 대하는 자신에 순간 깜짝 놀았다. 아기가 오기 전에는 주
미는 주방에만 있었다. 손님들을 맞아 상을 차리는 것은 처음이다.

아기를 아장아장 걸음마 시키면서 어비가 주방으로 나왔다.

"잠시 아기 좀 봐줘요. 반찬 몇 군데 배달해야 하니까."

냉장고에 준비해놓은 밑반찬을 끌고 다니는 배달 박스에 옮겼
다. 아기는 '아빠, 아빠' 하며 어비만 쫓아다닌다.

"얘는 '아빠'만 아나 봐."

"엄마, 엄마."

어비가 입술을 붙였다 떼며 몇 번씩 엄마를 발음해 보인다. 아기
는 그래도 '아빠, 아빠'만 한다.

"돌아오면 점심 같이 먹어요."

마침 손님이 일어선다. 계산을 하고 손님이 나가자 주미가 아기

를 안고 밖에까지 따라 나간다. 어비가 다시 달려온다. 아기는 또 '아빠, 아빠' 하며 어비에게 달라붙는다. 어비는 입을 앙다물고 '엄마, 엄마' 몇 번씩 발음한다. 주미가 아기를 억지로 어비에게 떼어놓는다. 아기가 '아빠, 아빠' 하며 발버둥을 친다. 주미는 당황스럽다.

"맘마, 먹을까? 맘마!"

여자 아기인데도 온몸으로 발버둥을 치니 주미가 감당하기 힘들다. 억지로 안고 방으로 들어갔다. 다시 아기가 밖으로 나가자고 손짓하며 '아빠, 아빠' 한다. 주미는 아기를 업었다. 온몸으로 거부한다. 등 뒤로 떨어지려고 한다. 주미는 진땀이 난다. 부엌 가스레인지에서는 계란찜 얹혀놓은 것이 넘치고 있다.

"맘마 맘마!"

패대기를 치며 울어대는 아기를 내려놓았다. 핸드폰을 열어 유튜브에서 동요를 찾아 틀어주었다. 노래가 나오자 금방 조용해진다. 눈물이 범벅인 채로 핸드폰을 쳐다본다. 휴지를 꺼내어 눈물을 닦아주었다. 화면의 그림을 쳐다본다. 핸드폰을 손에 쥐여주었다. 빨리 부엌으로 가서 불을 낮추고 들어왔다. 잠시 조용해진 듯하더니 다시 자지러질 것처럼 운다. 우는 대로 내버려두고 계란찜에 밥을 비벼서 가지고 왔다.

맘마! 아기는 밥을 보자 금세 주미에게서 밥숟갈을 뺏는다. 아기의 밥숟갈이 입에서 떨어질 틈이 없다. 밥의 반은 옷에 떨어지고 반은 겨우 입으로 들어간다. 뜨거운 것도 아랑곳없이 잘 삼킨다. 주미는 꽃제비로 떠돌 때 배를 움켜지고 남들이 먹는 밥이라도 **뺏어** 먹고 싶은 적이 있었다. 주미는 다시 주방으로 가서 계란찜을 두 수저만 덜어내고 잠깐이라도 식히려고 나머지를 냉동실에 넣었다. 아니나 다를까, 숟가락으로 그릇을 친다. 저것이 바로 본성인가. 아기가 숟갈로 그릇을 딸랑거리는 모습이 새삼스러웠다. 꽃제비 아이들도 배가 고프면 저렇게 차고 다니는 그릇에 숟갈로 딸랑거리고 다녔다. 그러나 누구 한 명 밥을 주기는커녕 오히려 밥을 먹다가도 숨기기 일쑤였다. 시장 바닥에 있는 사람들은 너도 나도 굶다 못해 자신들의 이불이나 그릇들을 들고 나왔다. 자기네도 겨우 한끼 때우는 밥을 거지들에게 **빼앗길** 수 없다. 주미는 냉동실에 넣은 계란찜에 다시 밥을 비벼 아기에게 주었다. 게눈 감추듯 다 먹었다. 불쌍해서 안아주려는데, 주미를 떠밀고 핸드폰이 있는 데로 간다. 핸드폰을 들고 와 다시 해달라고 한다. 주미는 유튜브 동요를 찾아 다시 틀어주었다. 이번에는 〈뽀뽀뽀〉 노래이다. 아기가 앙, 울음을 터뜨린다. 왜? 아기야 왜? 진땀이 났다. 조금 전에 틀어주었던 동요를 찾아 다시 틀어주었다.

마침 어비가 돌아왔다. 들어오자마자 미친 듯이 어비에게로 돌진한다. 핸드폰을 안고 '아빠, 아빠' 하며 달려간다.

"어머, 동요 듣는구나."

어비는 다시 아기를 안고 '엄마, 엄마' 입을 모아 가르친다.

"우리도 점심 먹어요."

자리에 앉은 주미는 자신도 모르게 한숨이 나왔다. 어비가 수저를 들다 놀라 주미를 쳐다본다.

"웬 한숨?"

"아기가 어찌나 발버둥을 치고 울어대는지, 혼났어요!"

"미혼모와 다르게 미혼부는 출생신고도 못 하고 시설에서도 안 받아준다네요. 미혼모가 받는 양육비도 못 받고요. 너무 딱하지 않아요? 그런데 일을 하려니 아기 때문에 꼼짝할 수가 없으니. 그렇다고 식당 문을 닫을 수도 없고. 주미가 도와주는 동안에라도 봐주고 싶어요. 힘이 닿는 한 도와줘요. 탈북자끼리 돕지 않으면 탈북자들은 남한에서 견디기 힘들어요."

"어떤 분인지 모르잖아요? 무섭지 않아요? 난 아버지 아닌 남자만 보면 무서워요. 이 집에 애기 아빠가 드나들면, 저는 무서워서 싫어요."

우유병을 문 아기를 어비가 안았다. 피곤한지 어비 품에서 금방 잠이 들었다. 담요를 꺼내 깔고 눕혔다.

"애기 아빠가 어떤 남자라 해도 무조건 도와주고 싶어요. 남한 법이 참 이상하잖아요. 어떻게 미혼부는 출생신고를 못 한다는 것인지. 아기는 제가 꼭 지켜줄 거예요. 아기가 나를 선택했다니까요."

주미는 어비가 그동안 얼마나 간절히 아이를 원했는지, 아기에 집착하는 것을 보고 이해가 갔다. 그러면서도 아무런 대책 없이 남의 아기를 선뜻 받아들인다는 것은 이해가 안 간다. 주미는 단순하면서도 적극적인 어비가 부럽기도 하지만 한편으론 불안하다.

그날 저녁, 집에 와서 주미는 어비가 아기를 받아들인 일을 이야기했다.

"애를 버리거나 구박하는 사람들, 아이들이 만들어내는 기적의 순간들을 경험해봤을 텐데 정말 이해가 안 가."

지연의 말에 아버지와 주미가 어리둥절해 서로 얼굴을 쳐다보았다.

"조카를 어릴 때 잠시 데리고 있어봤어요. 조카가 뛰어놀면 뛰어노는 대로 그 공간이 살아나고, 아기가 뭔가를 손에 잡으면 그 자체가 신기한 물건이 되잖아요? 아기가 건드리는 것은 새로운 생명을 얻는 것 같더라고요."

"워낙 지연이 아기를 좋아하니까 그런 느낌을 받은 거겠지."

아버지가 말했다.

"어비가 식당을 하기 때문에 장기간 아기와 함께한다는 것은 힘들겠지만, 아직 코로나 상황이라 식당이 바쁜 건 아니니 아기 아버지의 상황이 좋아질 때까지 당분간 봐주는 것도 나쁘지 않지요."

어머니 역시 적극적으로 나온다.

"만일 힘들면 나도 봐줄 수 있고."

어머니도 아기를 가지려고 노력하다 포기한 경험으로 아기라면 무조건 환영이다. 아버지는 생각이 좀 달랐다. 그건 아기 문제만

이 아니라는 것이다. 혹시 그것을 빌미로 그 남자가 어비를 괴롭힐 수도 있으니 그리 환영할 일은 아니라고. 주미는 아버지의 말에 문득 끊임없이 흔들리던 그 남자의 눈빛이 떠올랐다. 주미도 어비가 식당을 포기한다면 모르지만 아기를 데리고 식당을 하는 것은 반대이다. 아무리 자신이 돕는다 해도 손님이 있을 때 아기가 식당 쪽으로 나올 때도 있고, 울 때도 있을 것이다. 그렇다고 어비가 식당일을 안 하고 살 수는 없다. 주미는 간병인 일을 하면서 알았다. 건물을 청소하는 분, 식당에서 일하는 분, 간병인, 간호사들의 일이 명확하게 구분되어 있었다. 주미는 자기 할 일을 분명히 하는 게 좋다고 생각한다.

다음 날 주미가 식당에 도착하니 유튜브에서 동요가 울려 나오고 어비는 아기에게 미역국에 밥을 말아서 먹이고 있었다.

"아기가 오늘은 일찍 왔네요."

어비가 주미 얼굴을 바라보았다.

"어제 애기 아빠가 안 왔어요!"

"어머, 그럼 데리고 잤겠네요. 전화도 없었고요?"

"그동안 서로 전화번호도 교환을 안 했더라고요. 무슨 일이 생겼나? 분명히 10시쯤 데리고 간다고 했어요! 그 전날 왔을 때 오전 11시쯤에서 밤 10시까지만 봐달라고."

"어디 사는 줄도 모르고 연락처도 없고! 아기 두고 영영 안 오면 어떡하실 거예요?"

"설마 그러겠어요?"

"모르는 일이잖아요. 아기 출생신고도 안 되었다면서요?"

"법적으로 친모가 동의해야 출생신고가 가능한데 친모가 가출한 이후 어디 사는지 연락도 안 된다네요."

"어비 씨처럼 이렇게 남의 아기를 봐주겠다는 사람도 있는데, 어쩜 자기 애를 나 몰라라 도망까지. 오늘도 반찬 몇 가지 만들어야죠?"

"네, 멸치볶음과 우엉조림, 시금치나물, 가지나물 등 몇 가지 되네요. 국은 북엇국."

아기에게 밥을 다 먹인 어비는 아침에 반찬 배달할 곳이 있다며 주미에게 아기를 넘겼다. 어비의 시선은 계속 밖으로 향해 있다. 애기 아빠를 기다리는 눈치가 역력하다.

"참, 아기 이름이 뭐예요?"

"아기 이름도 안 가르쳐주고, 나도 물어볼 틈이 없었고."

"우리가 예쁜 이름 붙이죠. 이슬 어때요? 새벽이슬처럼 영롱하게 자라라고."

주미는 제멋대로 아기의 이름을 부른다.

"이슬아, 맘마 많이 먹었어?"

어제보다는 덜 뻗댄다. 몸은 주미에게 있지만 어비의 움직임을 따라 눈이 간다. 아기 이름을 붙여주니까 아기가 어제보다 훨씬 붙임성 있게 보인다. 눈동자도 이슬처럼 영롱하다. 어제는 하도 울어대는 바람에 제대로 얼굴도 못 보았다. 찬찬히 살펴보니 이목구비가 아주 뚜렷하다. 주미가 이슬의 얼굴에 자기의 얼굴을 맞대었다. 이슬이가 뻗대면서 어비 가는 쪽으로 고개를 돌리고 '엄마, 엄마' 한다. 주미는 눈을 똥그랗게 떴다. 어제는 엄마를 못 하더니 어비가 얼마나 연습을 시켰으면. 어비도 놀라 달려온다.

"이슬이 지금 '엄마' 했어요?"

"네, 얼마나 연습을 시켰어요?"

"엄마 소리를 천 번도 더 했건만, 영 안 하더니! 와아!"

어비는 이슬이를 어스러질 정도로 껴안는다. 어비는 마치 세상을 다 얻은 것처럼 기뻐 어쩔 줄 모른다.

"이런 애를 어떻게 버리고 갔을까. 아, 배달도 가기 싫다. 난 이슬이만 데리고 놀라고 하면 좋겠다."

"근데 그 남자는 어비 씨가 어떻게 탈북인인 줄 알았대요?"

"아마 식당에 다녀간 적이 있었겠지요. 이전에는 여기가 탈북자들이 오는 전용 식당이었거든요. 탈북자들끼리 여기서 모임도 하고 소식 전할 것 있으면 여기다 전하기도 하고. 그때 자가 격리하느라고 식당 문 닫았을 때도 한 번 다녀갔다고 해요."

"근데 그 사람이 어비 씨에게 아기를 맡긴 걸 보면, 어디에서 어비 씨가 아기를 기다리다 못 낳았다는 말을 들은 모양이죠?"

어비는 고개를 갸웃거리며,

"그것까지는 모르겠어요."

하고 이러다가 배달 시간 늦겠다며 그만 배달 수레를 끌고 나간다.

"그사이 이슬이 아빠가 오지는 않겠지. 혹 오면 꼭 기다리라고 해요."

"싫어요. 어비 씨가 없는 동안 어떡해요? 무서워요!"

"누가, 이슬이 아빠가요? 왜?"

"저는 남자는 모두 무서워요."

"다 큰 처녀가 사람을 보고 무섭다니요?"

"아무튼 빨리 와요. 손님이라도 오면 어떡해요?"

이슬은 "엄마 엄마" 반복해서 부르며 어비 쪽을 보더니, 주미의 손을 핸드백 쪽으로 끌어당긴다. 주미가 핸드백 속에서 핸드폰을 꺼내려 하자 이슬의 손이 먼저 핸드폰을 꺼낸다. 노래가 안 나오니 이슬이 핸드폰을 주미에게 내민다. 주미는 유튜브에서 동요를 찾아 들려준다. 그런데 이슬이 느닷없이 거세게 운다. 핸드폰을 가리키며 계속 운다. 얼른 다른 동요로 바꾸어 들려준다. 하지만 이슬이는 다짜고짜 누워서 다리를 뻗대며 자지러지게 운다. 어제 들려준 동요를 찾을 수가 없다. 주미는 진땀이 난다. 주미는 주방에서 물병을 들고 나와 벌컥벌컥 마시고선 컵에 물을 따라 이슬에게도 준다. 이슬이 컵을 손으로 치고서 더 발악을 한다. 재빨리 문으로 가서 문고리를 건다. 어비가 없는 동안 누구든지 온다는 것은 무섭다. 주미는 이슬이를 안고 함께 누워 자장가를 불러주었다. 주미는 자장가를 부르다 말고 화들짝 놀라 일어나 앉았다. 자장가는 엄마가 불러준 노래였다. 자신이 까마득히 어린 시절 엄마가 자장가도 불러주었구나 하는 생각을 새삼스럽게 했다. 자신의 머릿속에 각인된 엄마의 모습은 헤어지기 바로 전의 몇 장면이었다. 엄마는 가두 혁명 사업 핑계로 언니와 주미를 떼어놓고 어떻게 하면 밖으로 나가려고만 기를 썼다. 엄마가 자장가를 불러주었다고 생각조차 해본 적이 없었다. 자신이 자장가를 부를 수 있다는 것이 신기했다. 어느새 이슬이는 잠이 들었다. 주방으로 나왔다. 이슬이 아빠가 오늘은 올 것인가. 안 오면 어비는 어떻게 되는 거지? 이슬이를 계속 길러야 하는가. 어비가 배달 가서 꽤 시간이 걸리는지 아직 안 온다. 다행히 그 사이에 손님이 오지 않았다. 주미는 싱크대 위에 내어놓은 북어를 찢었다. 그리고 국 냄비를 꺼내 북어를 들기름에 살짝 볶아 물을 붓고 간을 맞추었다. 두부를 꺼내 썰고 우엉은 껍질을 벗겨 길쭉하게 썰었다. 문 두들기는 소리에 주미는 칼질을 멈추었다.

시계를 보니 점심시간이 되었다. 다행히 여자 손님 세 명이다. 문을 열어주었다. 두부찌개 주문을 받고 밑반찬을 먼저 차렸다. 어비가 워낙 친절하고 적극적이라서 그런지 주위 사람들에게 인심을 많이 얻었다. 혼자 사는 할아버지, 할머니께 반찬도 무료로 가져다주곤 한다. 누구의 부탁을 거절하는 법이 없다. 어비는 자주 말했다. '전 주변 사람들이 모두 형제고 가족이라 생각하고 살아요. 그렇지 않으면 이 세상 못 살아요. 주미 씨와 난 입장이 또 다르지요. 이제 주미 씨만을 위하는 부모가 생겼잖아요. 난 울타리가 없잖아요.'

아버지도 어비의 긍정적인 사고가 좋다고 했다. 어비가 제일 좋아하는 노래도 윤종신의 〈환생〉 같은 곡이다. 그 노래를 듣고 있으면 몸이 저절로 흔들거린다. 주미는 그 노래를 몇 번이나 반복해서 들었는지 멜로디와 가사도 완벽하게 외웠다. 그동안 아버지의 취향이 자신의 취향이 되었고, 음악은 클래식만이 전부인 줄 알았다. 어비 덕분에 차츰 유튜브로 가요를 듣게 되었다. 그 가사에 힘입어 자신에 대해 생각하는 힘이 생겼다. 자신도 노래를 좋아하고 멜로디와 가사도 금방 외워진다는 사실에 놀랐다. 어비는 주미와 〈환생〉을 같이 부르다가 호들갑을 떨었다.

"가수 해도 되겠어. 노래 원래 잘했어요?"

"아뇨, 노래라는 것을 처음 들어보고, 처음 불러보는 노래인데요. 저는 주로 클래식 음악을 들었지, 가요는 어비 씨가 듣는 〈환생〉이 처음이에요."

"정말요? 그런데 어떻게 그렇게 잘해요?"

"몇 번씩 반복해서 들으니 리듬과 가사가 저절로 외워지는데요."

주미는 계속 유튜브로 노래를 듣는 것이 재미있었다. 일을 할 때도 이어폰으로 한번 들어봐서 좋다 싶은 것은 계속 들었다. 주미는 자기도 모르던 자신 속의 자신을 만나는 것에 깜짝 깜짝 놀라면서도 기쁘다. 새로운 것을 시도하다 보면 자기도 모르는 자신이 나타나는 것 같아 일상이 새롭고 즐겁다. 새로운 사건들을 만날 때마다 다른 자신을 발견한다. 마치 새 길을 만났을 때 새롭게 시작되는 모험처럼.

어비가 유튜브를 통해 노래를 들을 때도 그랬다. GOD의 〈길〉을 들으면서 자신에게 들려주는 이야기 같아 주미는 많이 울었다. 수없이 도망을 치면서 이 길이 맞는지, 그 선택이 얼마나 무서웠는지를 생각하며 자신이 지금 어떤 길 위에 서 있는지를 생각했다. 어비를 당분간 돕고 자신은 이제 어디로 가야만 하는지, 어떻게 살아야 하는지 슬슬 걱정이 되었다. 부모님 두 분은 주미가 검정고시 학원을 다니면서 학력 인증을 받아야 대학에 들어갈 수 있다고 했다. 대학 입학은 북한에서 산 것이 인정되면 특례입학이 가능하니 검정고시를 통해 중등, 고등 학력 인증을 받아야 한다고 했다. 일단 공부를 하면서 대학 진학을 하든지 아니면 직업훈련을 받으면 된다고 했다.

주미는 다음 날 식당에 가기 전에 이슬이가 방에서 타고 놀 수 있는 탈것을 보기 위해 시장 안에 있는 장난감 가게에 들렀다. 종업원이 몇 살이냐고 물었다.

"두 살 정도?"

"정확한 개월은 몰라요?"

"예, 2년 지났다고 들었어요."

"그만한 아이가 실내에서 탈것은, 자전거나 씽씽은 아직 어리고…… 글쎄, 마땅한 것이!"

바로 주미 앞에 놓여 있는 실로폰이 눈에 띄었다. 봉으로 실로폰을 치자 노래가 저절로 흘러나왔다.

　　"이 스위치를 누르면 저절로 노래가 나오고 끄면 자신이 치는 대로 연주도 할 수 있어요."

　　주미는 신기해서 실로폰을 덥석 샀다. 식당에 도착하자마자 방으로 들어갔다. 어비가 두붓국에 밥을 말아 이슬이에게 먹이고 있었다. 밥을 다 먹기 전에 내어놓으면 흥분해서 밥을 못 먹을 것 같아 실로폰을 숨겼다. 이슬이 주미를 보자 바로 주미 핸드폰을 찾아 핸드백을 가리킨다.

　　"이슬이 밥 다 먹고. 우리 이슬이 착하지! 어제 이슬이 아빠 왔어요?"

　　"네, 잠시 들렀어요."

　　"근데 안 데려갔어요?"

　　"이슬이 엄마 찾으러 다녀야 해서 당분간 어린이집에 맡길 생각인가 봐요. 이슬이 불쌍해서 어떡하지? 밤새 고민했어요. 제가 키울까 하고. 그런데 저도 먹고살아야 하고, 주미 씨가 가고 나면 이슬이 데리고 식당은 아무래도. 근데 이슬이를 다른 데 보낼 수가 없을 것 같아요."

　　어비의 눈에서 눈물이 흘러내린다.

　　"잠시 잠깐 봐주는 것은 괜찮아도 이렇게 전적으로 봐주는 것은 힘들지 않겠어요? 근데 이슬이 엄마를 찾을 수는 있대요?"

"모르는 일이죠! 본인도 답답해서 그러는 것이겠지만 작정하고 도망간 사람을 어떻게 찾아요? 이슬이 엄마만 찾으면 출생신고가 가능하니까, 어린이집에 아침에 맡기고 저녁에 찾아오면 한결 손이 쉬울 텐데. 그렇게만 되면 식당 하면서 내가 데리고 있어도 될 텐데."

이슬이가 밥을 다 먹자 다시 주미 핸드폰을 달라고 주미에게 안긴다. 주미가 실로폰을 내어놓고서 노래를 틀었다. 이슬이가 눈을 동그랗게 뜨고 주미 손에 들린 봉을 빼앗는다. 이슬이가 쳐도 소리가 잘 안 들리니 다시 주미에게 봉을 준다. 멜로디를 치려니 최근에 배운 가요 말고는 아는 것이 없다. 그런데 어렴풋이 자장가의 멜로디가 떠오른다. 이리저리 치면서 음을 맞추었다. 그리고 금방 엄마가 섬 그늘에 굴 따러 가면 아기는 혼자 남아 집을 봅니다. 노래를 부르며 멜로디를 따라 음을 맞추어 나갔다. 가슴이 뛴다. 이런 황홀함이…… 어비도 놀라고 이슬이는 좋다고 펄쩍펄쩍 뛰며 봉을 빼앗는다. 이슬이가 몇 번 해보더니 안 되니까, 다시 주미에게 봉을 내민다. 주미가 자장가를 처음부터 끝까지 쳤다. 어비가 놀란다.

"주미 씨 천재 아니야? 학교도 안 갔다며 이런 어려운 것을."

주미는 자기도 모르게 눈물이 얼굴을 타고 흘렀다. 다시 윤종신의 〈환생〉 노래를 쳤다. 몇 번 연습하니 금방 정확한 음이 이어졌다.

"와아, 주미 씨 대단해요."

어비가 주미를 끌어안는다.

"확실히 음악에 소질이 있어요. 노래도 금방 배우고."

"이러다가 오늘 식당 문 닫는 것 아니에요?"

주미가 주방으로 가려 하자 어비가 만류했다.

"어제 이슬이 재우고 잠이 안 와 반찬 몇 가지 만들었어요. 언제까지 주미 씨를 의지할 수도 없고, 오늘 손님 올 때까지 그냥 쉬어요. 오늘은 배달도 저녁에 있고."

아직 점심시간이 멀었는데 갑자기 문 여는 소리가 난다. 둘은 동시에 문 쪽을 보았다. 주미 어머니다.

"어머, 웬일이세요?"

"아기가 왔다는 말 듣고 아기 간식을 좀 가지고 왔지. 아기도 한 번 보고."

어린이 치즈와 요구르트 등 유아용 간식을 테이블에 주섬주섬 내려놓는다.

"애기 아빠가 그저께 안 왔다고 주미가 걱정하던데?"

"아, 어제 잠시 들렀어요. 아기 생모를 찾으러 다니느라고. 생모를 찾아야 출생신고도 할 수 있고, 어린이집에도 갈 수 있대요. 애기 아빠도 일을 해야 하니까."

"안 그래도 그것을 주민센터 아는 분한테 물었더니, 지금 관련 법안이 국회에 상정되어 있다네. 얼마 전에 김지환이라는 미혼부도 아무것도 할 수 없자 1인 시위도 했대. 인터넷에 나온다고 주민센터 직원이 이야기해 찾아봤어. 시간이 걸리긴 해도 해결은 될 거래. 당장이 문제네. 우선 일주일에 며칠은 내가 봐줄 테니, 어비 씨 하고 나누어서 차례로 봐주면 혼자 감당하는 것보다 나을 거야. 지 아버지는 주미더러 3월이 되면 검정고시 학원에 등록하라고 하는데."

어머니의 말허리를 자르며, 어비가 끼어들었다.

"아, 참 주미 씨가 음감이 너무 좋아요. 노래도 한두 번 들으면 금방 따라 부르더니 오늘은 아기 준다고 사 온 실로폰으로 연주도 했다니까요."

어머니가 눈이 동그래진다.

"그래? 하기야 지 아버지가 워낙 음악에 소질이 있는 분이라."

"아니, 아무렇게나 치는 것이니 그 정도는 아니고요."

주미가 끼어들었다.

"한번 노래 테스트해보든지, 피아노 레슨을 받아보든지 해야겠네."

"아니에요, 어비 씨가 괜히!"

"배우지 않았는데, 연주도, 노래도 전 죽인다 해도 못 해요."

어비가 다시 주미를 칭찬하려 들자 주미가 어비의 입을 막는다.

"됐어요, 그 정도로."

아기는 대화에 방해가 될 정도로 계속 실로폰을 띵동거리고 있다.

"아기가 예쁘게 생겼네?"

"이슬이라고 이름을 우리가 지었어요! 원래 이름은 아버지가 안 가르쳐줬어요."

"아, 어제 물어봤어요. 순이라네요. 순하게 자라라고."

"에이, 촌스러. 우리는 이슬이라 불러요. 아직 호적에 안 올랐으니 바꿀 수도 있잖아요."

"애기 아빠가 알아서 하겠지."

어머니가 말했다. 주미가 '하긴,' 하며 주방으로 간다.

"커피 한잔 드릴까요?"

"아니, 가야지."

어머니는 약속 시간에 늦겠다며 서둘러서 나갔다.

이슬이 아버지는 그 이후 나타나지 않았다. 이슬이는 어머니가 사흘씩 봐주기로 했다. 주미 아버지는 그 남자가 일부러 아기를 어비한테 맡겼을 것이라고 했다. 부모가 두 사람 다 행방불명이면 오히려 고아로 처리되어 쉬울지도 모른다. 만일 어비가 키우려면 입양 절차를 밟아야 한다고 했다. 그 입양 절차도 여간 까다롭지 않다고 했다. 아무튼 이슬이 아빠가 어떻게 될지 모르니 기다리는 수밖에 없다.

난데없이 어비가 생모가 되면 어떠냐고 주미가 아버지에게 물었다. 아버지는 한숨을 쉬었다.

"주미야, 왜 네가 공부를 해야 하는지 그 이유를 설명할게. 그 사회 구성원들이면 서로 알고 있어야 하는 그 사회체제, 상식과 비슷한 통념 같은 것이 있는데, 이런 것은 교육을 통해서만이 가능한 것

이다. 어비가 친모로 증명받으려면 이슬이를 낳았다는 증명서, 일
테면 산부인과에서 출산한 서류 같은 것이나 DNA 검사에서 부모
자식 간이 확실하다는 증거가 있어야 한단다. 그런 것들을 모르면
자신도 모르게 범죄자가 되어버리기도 한단다. 어비가 멋모르고 무
조건 아기를 기르다가, 나중에 친부모가 고발하면 그냥 범죄인이
되는 거지."

골치 아프니 결국 기다리는 수밖에 없다고 아버지도 결론지었
다. 그래도 새엄마는 아기가 출생신고를 하고 유아원에라도 갈 수
있게 계속 방법을 알아보자고 했다.

일요일에는 식당 손님보다 주로 밑반찬을 사러 오거나 배달 일
만 있다. 그날 마침 배달이 없다고 해서 주미는 집에서 쉬기로 했
다. 오랜만에 집에서 마음껏 뒹굴었다. 외출한 새엄마를 대신해 주
미가 저녁 식사를 준비했다. 우럭 매운탕을 드시며 '이젠 요리 박사
네!' 아버지가 환하게 웃으며 주미를 추켜세웠다. 주미 입가에 웃음
이 맺혔다. 주미는 어머니 대신 제 손으로 아버지께 식사를 대신 해
드릴 수 있는 것만으로도 감격스러웠다.

딸기를 먹으면서 텔레비전에서 흘러나오는 뉴스를 보았다. 최근
핫이슈가 되는 적폐 청산 인물로 지난 정권의 대법원장의 법정 뉴
스가 끝나자, 탈북자 뉴스가 나왔다. 아버지가 헛기침을 두 번쯤 한
다. 탈북자 이야기가 나오면 아버지는 의외로 긴장한다.

탈북자가 경기도 어느 마을에 숨어 있던 동거녀를 찾아 몸싸움

하던 중 넘어지면서 맷돌에 부딪쳐 119로 응급실에 실려갔다는 것이다. 아직 의식불명 상태라고 했다. 그 탈북자는 현장에서 체포되었다. 손에 수갑을 찬 탈북자는 고개를 푹 숙이고 동거녀를 죽일 의도였느냐는 기자의 질문에 어눌하게 답했다. 아기 출생신고가 필요해 억지로 끌고 가려고 실랑이하다 넘어졌다는 것이다. 자신이 남한에 와서 벌어 저축한 돈과 집 보증금을 빼서 아이까지 두고 도망갔다고 했다. 고개를 푹 숙인 모습이 낯설지 않다. 아, 이슬이 아버지다. 어비 집에서 보았던 때 묻은 패딩 점퍼 그대로였다.

"어떡해, 어떡해? 우리 이슬이! 저 남자가 이슬이 아빠예요."

주미가 핸드폰을 꺼내 어비에게 전화를 하려고 번호를 찍었다. 아버지가 주미의 전화를 빼앗았다.

"기다려! 좀 정리가 되면!"

아버지의 얼굴이 굳어졌다. 그리고 한참 말없이 딸기만 포크로 찍어 먹었다. 그때 마침 어머니가 돌아왔다. 주미가 자초지종을 털어놓았다. 어머니도 아버지와 같은 의견이었다. 여자의 의식이 늦게라도 돌아올 수 있고, 그러면 가볍게 풀려날 수도 있으니, 좀 기다려보자는 것이다. 이슬이의 '이모' 하는 어눌한 소리가 주미의 귓가에 맴돌았다.

조금 전까지 조용하던 하늘에서 우르르 꽝 하며 번개 빛이 거실 유리창에 번쩍거린다. 소낙비의 쏴아 하는 소리와 함께 거센 빗발이 유리창에 부딪친다. '웬 갑자기 소나기' 중얼거리며 어머니는 방마다 환기를 위해 열어놓은 창문을 닫았다. 텔레비전에서는 아직 뉴스가 계속되고 있었다. 주미는 뭔지 모르는 불안이 스며들기 시작했다. 조용히 일어나 자기 방으로 들어왔다.

주미는 책상에 앉았다. 이 책 저 책을 뒤적거리며 자기도 모르는 사이 GOD의 〈길〉을 흥얼거린다.

오늘도 난 걸어가고 있네
사람들은 길이 다 정해져 있는지
아니면 자기가 자신의 길을
만들어 가는지
알 수 없지만 알 수 없지만
알 수 없지만
이렇게 또 걸어가고 있네
나는 왜 이 길에 서 있나

10

낯선 손님

낯선 손님

무거운 바퀴가 가슴 위를 지나는 것 같다. 그동안 주미의 출연에 흥분, 큰딸 생각을 잠시 미루었다. 최근 영미가 자주 꿈에 나타난다. 지난밤에는 큰딸 영미가 꿈속에 나타나 멀리서 순국을 쳐다보며 울고 있었다. 울음은 차츰차츰 굵어지며 그 눈물이 강을 이룰 정도로 폭포처럼 흘러내렸다. 잠 속에서 몸이 마치 물속에 떠내려가는 기분이었다. 순국은 무슨 이런 꿈을! 침대에 몸을 일으키며 아직도 희뿌연 창문 쪽을 쳐다보았다. 부엌에 가서 물 한 컵을 마시고 거실 소파에 몸을 던졌다.

다시 북한에 있던 기억이 회오리쳤다. 차츰 북한 사회가 자신을 따돌린다는 기분이 든 것은 남한으로 오기 바로 전이었다. 그 이후 북한 사회가 견딜 수 없이 싫어졌다. 북한의 모든 제도까지 싫어졌다. 남한에 와서 이런저런 북한 전문가들의 이야기에 의하면 순순히 남한에 교수로 보내줄 리가 없다는 것이다. 그러니까 순국의 유배지로 남한을 택한 것이다. 초창기 북한 경제정책에 대한 순국의 공적과 장인의 덕이라 생각했다. 나중 탈북한 학자들에 의하면 순국이 떠나오자마자 중앙당에서는 순국이 스스로 떠난 것이라고 공표했다고 한다. 그들로부터 공식적인 버림을 당하였다는 생각이 들었다. 순국도 스스로가 견딜 수 없었다. 당의 정책과 현실에서 오는 모순된 괴리감은 지금까지 그를 괴롭혔다. 20년이 지나 처참한 어린 시절을 보낸 주미를 만나자 그동안 숨어 있던 죄의식이라는 괴물이 불쑥불쑥 다시 나타났다. 속죄하는 마음으로 주미를 거둘 생각에 죄의식을 쫓으려 해도 어느 순간 또 나타났다.

전날 밤 주미와 처음으로 큰딸 영미 이야기를 했다. 주미는 이야기를 하다 갑자기 흑 하고 눈물을 터뜨렸다. 순국 앞에서 처음 보이는 눈물이었다. 어릴 때도 언니를 찾으며 우는 주미였다. 주미 말에 따르면 언니가 했던 마지막 말은 '반동 간나이 새끼'였다는 것이다. 그러고는 뒤도 돌아보지 않고 주미를 떠났다는 것이다. 최근 주미의 꿈에 영미가 불쌍한 얼굴로 주미를 멀리서 쳐다보는 꿈을 자주 꾼다는 것이다. 주미 이야기 때문인지 자기 전에 스쳐 지나가듯 아스라하게 순국을 부르는 영미의 목소리를 들은 것 같았다.

아침 식탁에 앉아서도 순국도 주미도 조용하다. 다만 지연만이 최근 이슬이의 재롱이 늘었다며 이슬이 재롱을 흉내까지 내며 이야기했다. 두 사람이 아무 반응이 없자 지연이 뻘쭘해져 두 사람을 쳐다봤다.

낯선 손님

"두 사람 다 잠을 못 잤나 봐요. 반찬은 건드리지도 않고 국그릇에만 손이 가는 것을 보니."

"어제 중간에 일어나 엎치락뒤치락했더니 밥이 모래알 같네."

순국이 숟가락을 놓으며 먼저 일어섰다.

"주미 너도!"

"네."

두 사람이 같은 꿈을 꾸었나? 주미의 얼굴을 쳐다보았다.

"아버지를 만난 이후 꿈을 안 꿨는데 최근 언니 꿈을!"

'소식이 오려나?' 지연은 입속의 말을 삼켰다. 주미를 만날 때도 순국이 그랬다. 주미가 꿈에 자주 나타난다고,

주미는 오늘 검정고시 학원도 쉬고 싶다. 몸이 가라앉는 것 같다. 또 제일 어려워하는 영어 문법 시간이 들어 있다. 이제 겨우 영어에 익숙해졌다고 한숨을 돌리자 현재완료, 과거완료 등 아무리 이해하려고 해도 이해가 안 되는 문법이 튀어나왔다. 과거에서부터 지금까지 해오던 것이 무언지 아무리 생각해도 모르겠다. 영어의 완료시제를 생각만 해도 머리가 지끈거린다. 그냥 문법 없이 해석만 하려고 하면 웬만큼 따라갈 것 같았다. 그러나 일일이 문법의 시제를 이해하려고 하면 할수록 미궁에 빠진다. 무조건 생으로 외우라지만 그게 쉽지 않다.

순국은 주미를 지하철역에 내려주고 학교로 향하는 차 속에서도 머리가 멍했다. 오늘은 차를 운전하지 않을까 하다가도 주미와의 몇

분간의 동행을 위해서 차에 올랐다. 순국은 그동안 같은 학교 교수들이 자녀들을 데려다주고 학원까지 데리러 가는 모습이 얼마나 부러웠는지 모른다. 그런 조그마한 행복은 평생 포기하고 살아야 한다고 생각했다. 기적처럼 온 행복의 시간을 놓치고 싶지 않다. 지연과 함께 있을 때와 또 다른 애틋함이 두 사람 사이에 있다. 둘이만 있을 때는 아무 말도 하지 않아도 그냥 마음이 편하고 좋다. 그건 순국도 무엇 때문이라 설명하기 어렵다. 분명 첫 아내보다 지연을 만났을 때 사랑이라는 감정을 더 많이 느꼈다. 그런데도 마음이 자꾸 주미에게로 흐른다. 주미와 같이 살아도 주미에의 갈증은 사라지지 않는다. 그것은 지연이 옆에 있기 때문일까? 지연이 그런 인물이 아니라는 것을 알면서도 지연과 함께 있으면 눈치를 보게 된다.

연구실에서 커피를 내렸다. 커피 내릴 때의 향기가 연구실에 확 퍼진다. 커피잔을 들고 한 모금 머금었을 때 학교 전화벨이 울린다. 순간 깜짝 놀랐다. 학교 전화가 있다는 존재 자체도 잊고 있었다. 대체로 요즈음은 사무적인 일조차 이메일 아니면 핸드폰으로 연락을 받았다. 보이스 피싱만은 주로 유선 전화기로 왔다. 순국은 보이스피싱을 의심하며 전화기를 들었다. 진한 북한 사투리의 여성이 공순국 교수가 맞냐고 물었다. 그렇다고 하자 자신을 한 번만 만나주었으면 고맙겠다고 했다. 누구인지, 볼일이 뭔지를 알아야 만나지 않겠냐고 했다. 자신의 이름을 밝힐 수 없지만 만나면 공순국 교수도 잘 아는 사람이다. 만나보면 다 알게 된다고 지금은 아무 말도

낯선 손님

해줄 수 없다고 했다. 순간 순국은 꿈을 떠올리며 혹 영미 소식인지도 모른다고 생각했다. 순국은 있는 곳을 이야기하면 찾아가겠다고했다. 다음 날 남산도서관 앞에서 5시에 만나기로 했다.

점심을 먹기 위해 교수식당에 들어서니 몇몇 아는 교수들이 정치 이야기로 날 선 공방이 왔다 갔다 한다. 그들과는 거리를 두고자리를 잡는다. 오늘은 끼어들고 싶지 않다. 지금 남한에서는 진보정당이 들어서면서 분파 정치로 인해 많은 혼란을 일으키고 있다. 그래도 남한은 국민들 한 사람 한 사람이 살아 있다. 특정 정당의횡포를 용납하지 않는다. 당의 부속품이라는 느낌으로 살지 않으면견딜 수 없는 북한 사회와는 전적으로 다르다. 잘못되어도 다시 물길을 찾아 제대로 흐를 수 있도록, 움직이고 살아 있는 생명체와 같은 정치가 남한에는 있다.

최근에는 집값 폭등으로 동료들도 자리에 앉으면 현 정부를 욕한다. 순국은 북한의 경험으로 자신에게 분수에 맞는 아파트는 딱30평 미만으로 규정, 방 세 개 이상 욕심도 없다. 북한에 있을 때는18평가량 아파트로 방 두 개에 거실을 서재로 사용했다. 거기에 비하면 28평 아파트에 방 세 개, 서재에 주미 방까지 줄 수 있으니 대만족이다. 그나마 지연이 간호사로 오래 근무했기 때문에 가능했다. 30평 미만 아파트는 세금이 많지 않다. 그리고 가격도 정부가규제하는 9억, 12억과는 거리가 멀다. 일반 남한의 평균 수준과는거리가 있어서인지 세금에 대한 걱정은 없다. 같은 동료 교수들은 어떻게 그렇게 큰 아파트를 장만했는지 앉으면 한숨이고 욕이다. 거기에 대해서는 할 말이 없다. 항상 북한에서 굶주리고 있는 동포들을 생각하면 자신의 현재의 삶은 차고 넘친다. 거기다 죽었다 생각하고 살았던 주미까지 만난 이후로 더 이상 바랄 것이 없다. 더 바란다면 주미가 남한에서의 정착을 순조롭게 안착하는 것을 돕는 일이다.

점심 식사 후 연구실에 와서도 이런저런 잡생각이 끼어들면서 마음이 잡히지 않았다. 자료만 이것저것 뒤적거렸다.

최근에는 이원조 연구를 시작으로 해방 후 남북한 정치 경제적 정착 과정을 연구하는 재미에 빠져 있다. 북한에서만 바라본 한정된 시각에서 국제정치사까지 어우르며 남북한의 문제를 바라보니 그동안 이해할 수 없던 문제들이 어느 정도 납득되었다. 이승만 대통령이 친미 성향으로 일관되어 있었다고 알고 있었다. 그러나 해방 직후 이승만이 미국과는 다른 방향으로 자신의 고집을 꺾지 않는 그를 제끼고, 미 군정 당국이 중도파인 여운형을 세우기로 했던 것도 처음 알았다. 결국 미 군정은 스탈린 세력이 남한까지 적화하려는 야욕 때문에 다시 이승만을 신임하기로 했다.

더 놀라운 것은 해방 직후의 토지개혁이었다. 그동안 순국은 북한의 토지개혁이 무상몰수 무상분배로 성공적이었고, 남한의 토지개혁은 실패라고 알고 있었다. 그런데 정반대였다. 남한의 유상몰수 유상분배는 농지 개혁법과 함께 수행되면서 토지의 사유권을 인정하였다. 평년작 주작물 생산량의 1.5배를 분할하여 5년 동안 지주에게 상환하는 조건이었다. 북한의 농지개혁은 지주의 소작농을 국가로 전환한 것에 지나지 않았다. 그러나 남한의 농지개혁은 소작농들을 명실상부한 자작농으로 전환시킨 것이었다. 게다가 농지개혁 직후 6 · 25전쟁이 발발하고 인플레가 심해지면서, 농지개혁으로 농지를 분배 받은 농민들은 큰 이득을 보게 되었다.

1960년 이후, 공업화에 따른 경제성장과 더불어 자작농에 의한 농민들의 자존감은 너도 나도 농사를 지어 자녀들을 대학에 보내는 것이었다. 그들은 대학을 우골탑으로 부를 만큼 인재 양성에 앞장섰다. 남한이 개인적 소유의 기쁨을 누릴 수 있는 사적 자본주의의 체제를 택하면서 소작농에서 자작농으로의 변환은 진정한 사유를 체험하게 했다. 평생 땅을 가지지 못했던 80% 이상의 농부들이 자작 농지를 가지면서 삶의 질은 높아졌고, 삶의 에너지는 충전되었다. 국가의 공업화 정책에 따른 경제 발전 속도도, 일을 열심히 하면 잘살 수 있다는 자신감으로 더욱 가속화되었다. 개인과 국가 간의 상호협력에 의한 시너지 효과는 해방 직후 남한이 발전한 원동력이 되었다.

순국은 자료를 보다가 눈을 잠시 감았다. 북한의 자료는 북한에 있을 동안 대부분의 그쪽 자료를 훑어본 터라 남한의 자료를 보면서 북한과 남한의 현실이 조금씩 이해되었다. 자료를 통하여 객관적으로 분석하면서 또 양쪽 현실을 실지 체험을 통하여 나름 민족의 앞날에 대해서도 꿈을 꿀 수 있다. 물론 그것은 어디까지나 양쪽 정치 당국에서 그 꿈을 받아들여줄 때지만.

그러나 딸들의 생각으로 돌아가면 금방 마음이 우울해진다. 그나마 주미는 이제 자신의 옆에서 조금씩 정착해가는 모습을 볼 수 있어 마음이 놓인다. 그동안 큰딸은 워낙 씩씩하고 북한 체제에 잘 적응해 그렇게 마음이 쓰이지 않았다. 그러나 요 며칠 바짝 큰딸 꿈을 꾸다 보니 머리만 들면 꿈에서 본 모습이 떠올라 가슴이 섬뜩하다.

아침에 온 전화도 신경이 쓰인다. 북한에서 온 여자의 음성이 생생하다. 남한에 온 탈북민들은 북한에서 온 것을 숨기기 위해 온 지 며칠 안 되어 금방 남한 말씨를 흉내 낸다. 근데 그 여성은 외부에 전화를 할 정도면 이미 하나원 교육 수료가 끝났을 텐데도 찐 북한 말씨 그대로였다. 대학의 교수 요원 중에는 여성이 거의 없지만, 그 요원들이 탈북할 사람도 그렇게 많지 않다. 북한에서 대학만큼 엘리트가 집단적으로 모여 있는 데도 없고 또 대학만큼 안정된 직장도 없다. 일부러 대학에서 순국을 감찰하려는 계획이 아닌 다음에야, 그 여성이 대학에서 왔을 리가 없다. 순국은 일체 학회에 논문 싣는 것 외에는 활동을 하지 않는다. 시비야 만들면 시비가 되겠지만. 남한에 와서 좋은 것은 자신을 둘러싸고 내밀하게 진행되는 음모 같은 것이 없는 것이다. 남한에는 국제적으로 알려진 쟁쟁한 학자들이 많아, 순국은 단지 한 사람의 평범한 학자일 뿐이다. 자신의 존재에 관심을 두지 않는다. 순국은 그것도 좋다. 자신이 하고 싶은

낯선 손님

연구를 마음대로 할 수 있으니까 좋았다.

집 현관 문을 열자 이슬이가 '하비' 하며 뒤뚱거리며 달려 나온다. 오늘 이슬이 오는 날이구나. 가방을 거실 소파에 던지고 화장실로 가서 손을 닦고 나왔다. 이슬이를 얼른 안아 올렸다. 입 주위에 두부가 묻어 있다. 휴지를 뽑아 입을 닦아주었다. 두부가 들어간 시금치국 그릇을 지연이한테 건네받아 이슬이를 먹였다. 지연은 부엌으로 향하면서 말했다.

"이슬이 며칠 안 본 새 큰 것 같죠! 시장하지 않아요?"

"아니, 아직 괜찮아! 주미 오면 같이 먹지!"

"주미는 오늘 좀 늦게 온다고 전화 왔어요. 이슬이하고 노는 재미에 빠져 저녁 놓칠 뻔했어요."

"뭐가 그렇게 재미있었을까?"

국 옆에 놓여 있는 가자미 흰 살을 골라주며 지연을 쳐다보았다. 입에 맞는지 동요 〈아기 상어〉에 고개를 흔들거리며 잘 받아먹는다. 〈아기 상어〉는 엄마 상어, 아빠 상어 등 가족 상어들이 하나씩 나와서 같은 노래를 반복하는 동요이다. 가사가 단순하고 반복적이라 이슬이가 특히 좋아하는 노래이다. 이슬이가 있을 때는 언제나 이 노래 아니면 아기 상어 동영상이 온 집을 가득 채운다. 순국도 가사를 외울 정도이다.

갑자기 목에 가시가 걸렸는지 꽥꽥거린다. 순국이 급히 등을 두드려주었다. 그래도 안 나오는지 계속 꽥꽥거린다. 순국이 이슬이 입을 '아' 하라고 하고 입속을 자세히 쳐다보았다. 살만 골랐는데도 언제 가시가 들어갔는지 목 근처 가는 가시가 박혀 있다. 지연이 달려왔다. 이슬이 입을 크게 벌리고 울고 있다. 지연이 손으로는 안 되겠다며 눈썹 빼는 가는 족집게를 가져왔다. 입을 크게 벌리고 있어 가시는 쉽게 뽑혔다. 그런데도 이슬이는 계속 입을 벌리고 울고 있다.

"하비가 미안해!"

안아주려도 순국을 밀어낸다. 국을 좀 넘겨보면 괜찮을 텐데. 지연이 국을 떠 넣어주어도 아예 도망간다.

"이슬이 놀랐구나. 괜찮아 괜찮아."

이슬이 할머니한테 업힐까. 졸지에 이슬이 때문에 할머니가 된 지연은 등을 대고 순국이더러 이슬이를 업히란다. 그러나 이슬이는 누구한테도 안 오고 거실 구석에 박혀 울기만 한다. 눈이 졸리는 눈이다. 지연이 방으로 들어가 이슬이용으로 준비한 이불을 가지고 와 소파 옆에 깔았다. 이슬이 여기서 잘까. 이슬이 구석으로 파고 들어가며 나오지 않으려 한다. 순국은 이슬이가 좋아하는 어린이 치즈를 냉장고에서 꺼내어 가져왔다. 먹는 것을 보고 더 큰 소리로 운다. 이슬이가 가시에 혼이 난 모양이네. 이슬아 물 먹을까, 해도 고개를 절레절레 흔든다.

지연은 어쩔 수 없다는 듯이 다시 부엌으로 가 밥을 차린다. 순국도 방으로 들어가서 옷을 갈아입고 나왔다. 계속 울고 있다. 이슬이 엄마한테 갈까? 그때야 이슬이 들고 다니던 가방을 끌고 온다. 어비가 보고 싶은가 보다. 순국은 이슬이를 안아 등을 토닥거려주었다. 어느 사이 울음이 그쳤다. 역시 잠이 오는가 보다. 순국이 품에 폭 기댄다.

이슬은 아빠하고 지냈기 때문인지 남자를 잘 따랐다. 순국이 집에 온 첫날부터 '아빠, 아빠' 하며 오히려 지연이보다 순국을 더 잘 따랐다.

"우리 늦둥이인 줄 알겠네요. 하하."

지연이 할아버지 하고 입 모양을 만들어 가르쳐도 계속 '아빠, 아빠' 하고 따라다니더니 어느 날 퇴근할 때 '하비' 하며 현관으로 달려 나왔다. 순국은 딸들을 키울 때 한 단어 한 단어 말이 늘어날 때마다의 감격이 되살아났다. 새로 딸들을 기르던 때로 돌아간 것 같다. 이슬이를 통해서 과거 딸들의 기억이 지워진 과거처럼 아스라하다.

"어비도 바쁜 시간 지났을 테니까. 데려다줘야겠네, 얼른 와서 식사하세요."

순국은 식탁으로 향하였다. 두 사람은 식탁에 앉아 슬금슬금 이슬이 쪽을 쳐다보았다. 이슬이 깔아놓은 이불 귀퉁이를 입에 물고 흐느끼고 있다. 순국도 가자미에 시금치국이다. 구운 오리고기와 가지볶음이 더 있다. 순국은 가자미의 가시를 골라내며, '큰 가시를 통째로 제거, 더 이상 가시가 없다고 생각했는데 어디서 가시가 숨어 있었는지.' 혼잣말처럼 낮은 소리로 말했다. 그러자 지연이 말한다.

"이제 이슬이한테 생선은 주지 말아야겠어요. 아무리 가시를 조심한다고 해도 언제 들어갔는지."

"그러게 생선은 아직! 가시 없는 참치살이나 괜찮으려나."

탈북자인 이슬이 아빠가 강제로 데려가려다 넘어져 의식불명이었던, 이슬을 낳은 여인의 의식이 다행히 이틀 후에 돌아왔다고 한다. 그러나 척추를 심하게 다쳐 수술을 받아야 했다. 여러 정황을 참작하여 이슬이 아빠는 상해치상으로 6개월간 구속이었다. 순국과 지연이 개입해서 이슬이를 낳은 엄마로부터 이슬이 아빠의 저금통장을 다시 돌려받고, 병원에서 퇴원하면 이슬이 출생신고를 해주기로 합의했다. 저금통장 돈은 거의 인출되어 남은 돈은 얼마 되지 않았다.

이슬이 아빠가 출소하기까지 어쩔 수 없이 어비가 이슬이를 맡을 수밖에 없었다. 3월이 되면서 검정고시 학원이 시작되어 주미마저 어비 식당을 도울 수가 없었다. 당분간 지연이 어비와 함께 이슬이를 돌보기로 했다. 요즈음 주미는 학원을 다녀와도 저녁 설거지만 끝나면 방으로 들어가 줄곧 책상에 앉아 있다. 계속 외워야 하는 것도 많고 숙제가 많다는 것이다. 그러다 보니 순국 부부는 저녁 시간이면 주로 이슬이와 세 명이서 보낸다. 주로 이슬이 비위 맞추느라 거실에서 말도 태워주고 노래도 불러주며 이슬이와 일체가 된다. 텔레비전에서 동요 등 모션을 따라 하라고 응 응 손가락으로 텔레비전을 가리키면 그대로 따라 해야 한다. 그렇지 않으면 패악을 부린다. 그러다 9시가 되면 어비한테 데려다준다. 대부분 순국이 운전하고 지연이 이슬이를 안고 함께 간다.

어비를 데려다주고 오는 차 속에서 문득 학교로 전화한 여성이 다시 궁금해졌다. 누굴까. 아무리 궁리해도 짐작이 안 간다. 내일이면 만날 텐데 하고 생각을 밀어내어도 다시 불쑥 떠오른다. 북한에 있을 때도 대학 여직원들 외에는 다른 여성을 만날 기회가 없었다. 가두사업이나 광장에 모였을 때 스쳤던 여성들은 있었겠지만 기억에 남는 여성은 없다. 그 여성은 할 말이 많다고 했다. 할 말이 많다는 것은 자신의 남한으로 올 때의 신상에 관한 것 말고는 없다. 워낙 조심스럽게 행동은 하고 있지만 순국의 남한 행적을 가지고 지금까지 시비를 걸지 않는 것만으로도 다행이라 생각하고 있다. 북한 체제에 맞지 않는 자신을 남한에 조용히 살게 내버려두는 북한의 당이나 대학에 고맙게 생각하고 있다. 이미 남한 국적을 취득한 지 오래되었는데도 아직도 자신을 북한에서 관리하나!

"앗, 빨간불이에요."

지연의 고함 소리에 깜짝 놀랐다. 갑작스럽게 멈추니 몸이 출렁한다.

"아니, 무슨 생각을 그렇게! 신호등 바뀐 것도 모르고!"

"미안, 잠시 딴 생각을!"

집으로 돌아와 텔레비전 뉴스를 보다 거실에서 그대로 잠이 들었다. 주미도 들어오기 전이었다. 무슨 소리에 깜짝 놀라 깨었을 때는 주미가 목욕탕에서 샤워를 하고 있었다. 시계를 보았다. 11시가 넘었다. 지연이 부엌에서 과일을 깎고 있다. 그릇 부딪치는 소리였나? 무언가 분명 부딪치는 소리였다. 과일 좀 드릴까요? 아니면 맥주? 그럴까, 주미하고 간단히 한잔할까! 순국은 일어나 서재 쪽 화장실을 다녀왔다. 주미가 손가락을 넣어 머리를 빗으며 목욕탕에서 나왔다.

"아까는 너무 곤하게 주무시더라고요. 이슬이가 또 말 태워달라고 했어요?"

"이슬이 목에 생선 가시에 걸려 울기만 하다 갔어."

"어머, 그래서 어떻게 했어요?"

"간호사인 너네 엄마가 있잖아. 오늘 왜 이렇게 늦었어?"

"느닷없이 하나원 교육받을 때 영미 언니랑 유치원 같이 다녔다는 언니한테서 오늘 전화가 왔어요. 저녁때 보자고. 마침 약속도 없고 해서 저녁을 같이 먹었어요."

순국은 영미 이름만 나와도 목이 뻣뻣해졌다. 숨도 쉬지 않고 주미의 다음 말을 기다렸다.

"그런데?"

"1년 전에 영미 언니한테 북한에서 전화가 왔다는 거예요. 자신이 북한에서 장마당에 물건을 내놓고 파는데, 남한 가요가 인기 있다고 낡은 녹음 테이프라도 괜찮으니 그것을 좀 구해서 인편으로 보내달라고. 그래서 제 소식을 알려주고 주미한테 연락하라고 했더니, 절대로 주미한테 알리지 말라고 하더래요. 그래서 주위 남한 친구한테 이야기했더니 지금은 사용하지 않는다며 카세트테이프를 어마하게 모아서 주었대요. 한 달쯤 되어 구했다고 인편으로 어떻게 보내면 되느냐고 했더니, 나중에 전화할 테니 기다리라고 하더래요. 근데 그 이후로 연락이 안 된다고, 혹시 저한테 연락 온 것 없냐고."

순국은 깜짝 놀랐다. 직접 자신들한테 연락을 않고 제3자에게 연락을 했는지. 이해가 안 갔다. 최근 꿈에 나타난 영미의 모습에 혹 무슨 변고가 생기지 않았나 걱정이 되었다. 영미가 연락이 가능한 지척에 있는 느낌이 들었다. 전화로 주미와 아버지 만난 이야기를 하고 영미도 남한으로 오라고 했더니, 울기만 하더라는 말을 듣고 깜짝 놀랐다고, '반동 간나이 새끼들 내래 잊은 지 오래야.' 그럴 줄 알았는데 계속 울더라고. 엄마를 만나지 못한 것 아니냐고 주미의 눈에 눈물이 가득하다.

"전화번호라도 받아내지 않고?"

"소용없대요. 전화가 불통이래요."

순국은 다시 가슴에 무거운 통증이 내려앉는다. 영미가 장마당에서 장사를! 그것도 위험한 남한 가요 테이프를! 남한을 그렇게 싫어하던 영미가 남한 상품을 장마당에서 유통한다는 것도 놀랍다.

아마도 그것은 비밀리에나 가능할 것이다. 그것이 발각되면 아무도 모르게 유배지로 끌려갈 것이다. 영미가 그런 위험한 일을 한다는 것은 엄마와 함께 살지 않는다는 것을 말한다. 생각만 해도 가슴에 무거운 통증이 내려앉았다. 그동안 악몽이 이런 소식을 들으려고 그랬나. 주미 소식을 들었을 때 놀라움과 함께 착찹함이 마음에 퍼지던 생각이 떠오른다. 주미와는 또 다른 영미는 제 엄마랑 북한 사회에서 잘 적응하길 바랐다. 가족 중 애들 엄마와 영미는 북한 혁명정부에 호의적이었고 체질에 맞는 것 같았다. 북한 사회에 열심히 적응하려고 노력했을 때는 그들의 단순함과 열정이 부러웠다. 그러나 차차 그들의 강요가 너무 개인의 삶을 구속한다는 생각이 들었다. 당이나 혁명정부 자체 내의 반성은 절대 안 했다. 언제나 개인에게만 자기반성을 요하는 그 자체가 너무 혐오스러웠다. 인간은 잘못을 저지르면서 시행착오 속에서 바른 방향을 찾아가는 것이 역사고 교육이다. 그런데 걸핏하면 자아비판이라니! 자아반성은 자신의 내부에서 스스로 우러나온 것이다. 당의 잣대로 만들어낸 자신의 죄를 하나씩 끌어올려야 하는 고육지책 중의 하나였다. 순국이 혼자 생각에 몰두하다 지연의 목소리에 정신을 차렸다.

"두 사람이 너무 나쁜 쪽으로만 생각이 모아지는 것 아니에요? 아직 확실한 연락이 올 때까지는 생각을 여기까지 멈추고 이제 자러 들어갑시다. 이미 11시가 넘었어요."

두 사람은 동시에 거실 벽 시계를 보았다. 벌써 11시 30분이 지

낯선 손님

나있었다. 주미는 서둘러 일어나더니 둘에게 저녁 인사를 하고, 그러고는 목욕탕으로 들어간다. 순국은 아직도 몽롱한 상태에서 깨어나 비실비실 침대방으로 들어갔다. 순국이 하품을 하며 침대에 몸을 누였다. 그러나 몽롱할 뿐 잠이 달아나버렸다. 지연이 술 먹은 뒤처리를 하는지 부엌에서 달그락달그락 소리가 난다.

다음 날 주미에게서 영미 이야기까지 들어서 그런지 하루 종일 일이 손에 잡히지 않았다. 남산도서관에서 만나기로 한 여성이 초조하게 기다려졌다. 분명 영미에 관해 무언가 알고 있을 것 같은 예감이 들었다. 순국을 만나러 온 것은 북한의 순국 주위 사람들에 관한 일 때문일 것이다. 그렇지 않으면 자신의 신상에 대한 위험 신호를 알린다든가. 그것은 순국이 당할 테러에 대한 위협을 알리는 것이다. 자신은 이미 북한에서 잊혀진 존재이다. 폐기처분된 인물이다. 대학 당국에서도 제 취미생활 실컷 하라고 하며, 그까짓 하잘것없는 연구라고 결론을 내렸다고 한다. 얼마나 다행인가, 그들의 관심에서 벗어날 수 있다는 것이. 그런데 느닷없이 북한에서 여성이, 아무리 짐작하려고 해도 짐작이 안 된다.

하루의 시간이 그렇게 긴 줄 몰랐다. 집중 안 되는 책에 열심히 코를 박아도 다시 그 생각의 가지들이 뻗어나갔다. 한참 시간이 지났다고 생각해서 시계를 보면 겨우 30분이 지났다. 시간에 고문을 당한다는 말이 이런 것인가. 어젯밤 들은 영미 소식 때문에 이렇게 초조한 것인가. 아무리 아니라고 해도 영미의 소식일 것이라는 데

결론이 닿았다. 그것도 좋은 쪽보다 나쁜 쪽이라는! 최종적으로는 그 여성을 만나고 싶지 않았다. 순국은 연구실을 몇 바퀴 돌았다. 서향의 창문으로 스며 들어온 한 줄기 햇빛 속으로 순국이 걸을 때마다 먼지들이 일어나 함께 부유한다.

그녀를 만날 시간에서 10분이 지나서였다. 순국이 도서관 계단 백범 동상 가까이 서 있자 택시가 멈추는 것을 보고 눈을 돌렸다. 감색 원피스의 단아하고 우아한 여성이 내렸다. 순국은 고개를 갸웃거리며 계단을 내려갔다.

"저 공순국인데요."

택시가 떠나자 인사를 했다.

"아, 네. 저는 손정미 동생, 손정숙인데요."

손정미? 순국은 전혀 생각이 안 난다. 두 사람은 자연스럽게 도서관 맞은편 숲 쪽을 향해 걸었다.

"아, 걸으면서 이야기할까요? 아니면 어디?"

"저도 걷는 게 좋아요. 김민 대학위원장 부인이었던 손정미 아시죠?"

"아! 네."

"제가 동생이에요."

전화와는 달리 서울말이다.

"탈북하셨나요?"

"네, 이제 겨우 6개월 되었어요."

낯선 손님

"어떻게 저를?"

그녀는 묻는 말에는 대답도 않고 바로 본론으로 들어간다.

"혹시 공 교수님은 김민 위원장이 지금 누구와 살고 있는 줄 아세요?"

"글쎄요! 그것까지는…… 또 알 필요도 없고……."

순국은 그때서야 몇 번씩 의심하다가도 물리쳤던 생각이 떠올랐다. 머릿속에 각인된 이미지! 쏟아지는 햇빛 아래 김민 위원장 연구실에서 나오던 아내 순녀!

"혹시 제 아내였던 순녀와?"

손정숙은 의아해하는 순국의 눈을 피했다.

"그것으로 끝나는 게 아니에요. 너무 단순하시네요. 지금 교수님은 편안하세요?"

그때 다시 영미 생각이 떠올랐다.

"혹시 큰딸 영미는 아세요?"

"제가 하려는 이야기가 바로 그것입니다."

"차근차근 들어보세요."

"지금 제 큰딸이 엄마랑 함께 살지 않아요? 무슨 일이 있는 거예요?"

"어머, 알고 있었어요?"

그 말에 순국의 걱정이 현실이 되어버렸다. 냉정하게 나오던 어투가 흥분으로 목소리마저 떨렸다. 그러더니 손부채를 만들어 계속 얼굴을 향해 부채질을 했다.

"더우신 것 같은데 어디 들어가서 찬 것이라도 마실까요."

"아, 네, 물이라도."

두 사람은 남산 올라가는 길 중턱에 있는, 카페와 식당을 겸하고 있는 곳으로 들어갔다. 잠시 차를 시키는 동안 순국이 보니 김민 위원장 부인 정미를 닮았는데도, 정미는 현대적 미인이라면 정숙은 고전적 미인이다. 여전히 볼이 붉게 물들었다. 순국은 따뜻한 커피를 정숙은 냉커피를 시켰다.

"잠시 묻고 싶은 것이 있는데, 전화하실 때는 진한 북한 말을 사용하던데, 어떻게 남한 말을 그렇게 유창하게?"

부끄러운 듯 손을 입으로 가리며,

"혹 전화할 때 남한 말을 하면 저를 못 믿을 것 같아서. 저희 부모님은 서울 출신이었어요. 6·25전쟁이 끝나면 숙청당할 것을 알고 저희를 먼 친척한테 맡겨서 저희는 안전했어요. 남로당 숙청당할 때 부모님도 숙청당했어요. 저희 자매는 이 집 저 집 옮겨 다니며 겨우 살았죠. 어릴 때 부모들이 집에서 서울 말을 쓰게 했죠. 그 덕분에 언니가 방송 시험에 합격했고 저까지 거기에서 일하게 되었죠."

목이 마른지 냉커피를 마치 물 마시듯 벌컥벌컥 마셨다.

"다시 이야기를 시작할게요. 언니에게 잘못된 원고를 건네준 것도 바로 공 교수 부인이었어요."

"어떻게 저의 전처가 방송국까지."

낯선 손님

"부인의 사촌이 당비서를 하면서 방송국을 장악하고 있는 줄 몰랐죠?"

놀랍다는 생각이 들었다. 그때 김민 위원장 연구실에 온 것도 결국은? 그동안 궁금했던 사건들이 실에 꿴 구슬처럼 하나로 엮어졌다. 순국은 커피를 한 모금 마셨다. 금방 순국의 얼굴이 찡그렸다. 몇 번 우려낸 커피 맛이다.

정숙은 얼굴을 손수건으로 땀을 닦으며 다시 말을 이었다.

"영미가 중국에서 들어와 처음에는 그 부부와 같이 살았어요. 그런데 무심코 두 사람이 서로가 서로를 원망하며 싸우는 중에 엿듣게 되었나 봐요. 그때서야 영미는 아버지가 남한으로 떠나기 전 길을 지나갈 때 동네 사람들로부터 들은 '쟤 어머니가 완장 찼다'고 한 말이 사실이었다고. 자신이 지금까지 아버지를 북한을 배반한 '반동 간나 새끼'라고 욕했다며 울더라고요. 두 사람으로 인해서 결국 자신의 가족이 남과 북으로 갈리게 되었다고, 북한은 당이고 총화 사업이고 모조리 거짓말투성이라고 하며 뛰쳐나왔어요. 그리고 영미가 김민 위원장과 지 어머니의 음모를 당에 고발하겠다고 가다가 중간에 지 엄마한테 끌려갔나 봐요. 지하에서 한 달간 감금되었다가 다시 뛰쳐나왔어요. 장마당에서 우연히 도망 나온 영미를 우리 집으로 데려왔어요. 저도 언니가 유형지로 떠나자 방송국에서 쫓겨났어요. 그렇게 되고 보니 먹고살 길이 없어 처음에는 닥치는 대로 이 일 저 일 하며 배만 채우고 다녔죠. 그 당시 장마당에는 젊은이

들 사이에 '노동당은 밥을 주는 것도 아니면서 충성만 강요하는 꼰대 짓만 한다'는 말들이 공공연히 돌고 있어요. 젊은이들 중에는 장마당에서 수레와 자전거로 짐을 날라주고 돈을 버는 청년도 있고, 대학 다니면서 낮에는 공부하고 밤에는 장사로 대학 다니는 학생들도 있어요. 한동안 장마당을 떠돌다 보니 장마당의 생리를 터득하게 되었어요. 그래서 이것저것 중국에서 물건을 몰래 들여와 장마당에 조금씩 내어놓았어요. 중국 물건도 인기지만 남한 물건은 장마당에 나왔다 하면 금방 동이 나요. 몇 년 하니 돈이 꽤 모이더군요. 차츰 큰 물건을 떼어와서 팔았죠. 근데 어느 날 완전히 옷이 찢어져 가슴이 다 들여다보이는 옷을 입은 여자가 피멍투성이로 길거리 한 귀퉁이에 쓰레기처럼 버려져 있었어요."

순국은 눈을 감았다. 더 이상 듣고 싶지 않았다.

"그 여자아이를 승용차에 태우기 위해 내리는 사람이 옛날 형부더라고요. 피멍투성이 처녀는 질질 끌리다시피 차 안으로 들이미는 순간 쏜살같이 멀리 내빼는 거예요. 저는 그 처녀가 누군지 너무 궁금했어요. 그런데 그 처녀가 어느 날 또 장마당에 나타난 거예요. 그래서 제가 살짝 그 처녀를 불렀죠. 그 처녀의 대단한 기세에 섣불리 놓칠 것 같아, 김민 위원장이 옛날 형부였다고 아예 처음부터 말했죠. 놀라는 기세에 제가 우리 집으로 우선 가자고 했죠. 그래서 영미한테 언니 이야기를 다 해줬죠. 그랬더니 '아바디 배반하고 완장 찬 년놈들 웬수놈들'이라며 언젠가 원수를 갚겠다고. 그래서 그러지 말고 자신과 돈이나 벌어 아버지와 동생 있는 남한으로 가자고 계속 설득했죠. 아무리 설득해도 자신의 조국은 북한이라며 그렇게 울기만 하더라고요. 그래도 마음을 잡았는지 얼마 전부터 장사를 자신도 해보겠다고 해서, 동생한테 전화가 되면 가요 녹음된 테이프를 모아서 장마당에 내어놓아보라고 했어요. 그래서 동생한테 전화했다고 하더라고요. 그리고 얼마 안 있다가 또 그 집에서 영미의 행방을 알았는지 저희 집에 쳐들어왔더라고요. 밤에 느닷없이 영미가 끌려갔죠. 저도 그 이후 위협을 느꼈어요. 계속 누군가 미행이 따라붙는 거예요. 그런데 얼마 지나지 않아 영미가 자살했다는 소문이 장마당에 돌기 시작하는 거예요."

순국은 꼼짝할 수가 없었다. 그리고 몸에 진땀이 흘러내렸다.

"어마, 얼굴에 땀이!"

정숙이 백 속에서 자신의 손수건을 꺼내 순국에게 주었다. 순국은 땀을 닦고 앞에 있는 컵을 들어 물을 벌컥벌컥 마셨다.

"괜찮으세요?"

"아, 네!"

순국은 눈을 감고 한참 있었다. 울분과 함께 눈물이 쏟아졌다. 순국의 흥분에 잠시 숙연해졌다. 그것도 잠시 다시 이야기를 시작했다.

"작년부터 한류 유포자를 사형에 처하는 반동사상 문화배격법이 통과되었어요. 그 집에서 아마 그것을 알고 미리 영미를 끌고 간 것 같아요. 영미가 그렇게 방향을 잡지 못하고 헤매다 겨우 이제야 삶의 의지를 다졌는데 너무 안타까웠어요. 저도 영미가 그렇게 되었다는 것을 알고 저한테도 영향을 미칠까 봐 그동안 모은 돈을 공안한테 바치며 중국으로 넘어오고 다시 브로커를 통해서 남한으로 왔어요. 정작 교수님을 만나고 싶었는데 하나원 교육은 마쳐야 사람을 만날 수 있다고 해서 기다리다 교육 끝나자 바로 전화를 드린 거예요. 제가 영미를 좀 일찍 만나 남한행을 했으면 죽지도 않았을 텐데, 너무 후회스러워요."

순국은 한참 아무 말 않고 그대로 앉아 있었다. 한차례 청년들이 왁자하니 안으로 들어왔다. 그들은 무슨 모임을 했는지 양쪽 테이블에 나누어 앉으며 행사 후의 이야기를 중구난방으로 떠들고 있었다.

"혹 식사라도?"

정숙이 일어섰다. 청년들 소리가 말을 먹어버렸다. 순국도 일어섰다. 밖으로 나오니 잠시 동안의 소음에 갇혔었는데도 무거운 마음과는 달리 시원했다. 영미 이야기를 듣고 아버지로서 책임을 다하지 못한 죄책감이 강하게 밀려왔다. 영미는 북한 체제에서 씩씩하게 잘 살아갈 수 있다는 안이한 생각으로 아버지로서의 책임감을 회피했다. 오직 자신의 연구를 계속할 수 있는 남한의 자유로운 분위기에 도취해서. 알아보려고만 했으면 영미에 대해서 알아볼 수 있었을 것이다. 주미는 어릴 때부터 마음이 여려서 걱정했지만 영미는 엄마와 잘 맞아서 북한에서 제 엄마와 잘 살 줄 알았다. 가슴이 먹먹해졌다. 한참 순국이 혼자 생각에 파묻혀 있자, 정숙도 말없이 옆에서 혼자 걸었다. 지금 식당으로 가서 밥을 먹을 기분도, 또 집으로 들어가고 싶지도 않았다.

"식사는 나중 만나서 하고 저는 간단히 술 한잔하고 들어갈 테니, 바쁘시면 먼저 들어가도 됩니다."

"저도 괜찮습니다."

"초면에 숙녀를 이렇게 대접해서 죄송합니다."

"아닙니다. 지금 공 교수님 기분이……."

정숙은 말을 삼켰다. 한참을 아무 말 않고 걸었다. 큰길가로 나와 도로 옆 건물 2층에 맥주와 간단한 치킨 등을 하는 맥줏집으로 들어갔다. 다행히 아직 이른 시간이라 아무도 없었다.

"정숙 씨, 치킨하고 감자튀김 괜찮아요?"

"네!"

치킨과 감자튀김 그리고 맥주를 두 병 시켰다. 맥주를 따라 마시며 순국은 모두 자신의 책임이다, 영미도 자신이 죽인 것이나 마찬가지라며 자책했다. 자신이 그 체제에 적응하려고 노력하고 거기에 맞춰 살았으면 전처인 순녀도 영미도 주미의 삶도 달라졌을 것이다. 북한에서 이야기하는 자신의 개인주의 의식이 가족 전체의 삶을 붕괴시킨 것이다. 자신이 열심히 혁명사업에 참여하고 북한 체제에 잘 적응했으면, 순녀도 가정을 배반하지 않았을 텐데.

"참, 그 댁 부인이 처녀 때부터 우리 형부 짝사랑한 것은 알고 있어요?"

"네? 그 무슨 말씀인지?"

"그 댁 부인 친정과 언니 시댁이 나란히 붙어 살았잖아요. 그 댁 부인이 여고 시절부터 우리 형부를 짝사랑했다네요. 형부는 우리 언니를 대학에서 만나 첫눈에 반해 일찍 결혼했어요. 그 댁 장인이 공 교수님과 서둘러 결혼시킨 것도 그것 때문이라더군요. 그 댁 부인이 결혼한 후에도 계속 형부를 찾아왔었나 봐요. 언제 언니와 형부가 크게 그 일로 싸움을 하더라고요. 그때 형부가, 순녀 씨가 자신을 짝사랑한 줄 몰랐다고, 그래서 다시 합치자고 자꾸 찾아오느냐고 언니가 화를 내니 우연히 집에 갔다 만났다고 변명을 하더군요. 대학위원장도 순녀 씨 아버지가 추천했다고. 그 이후 더욱더 가까워졌다고."

"그럴 리가요. 사위가 같이 있는 대학에 사위를 두고 다른 사람을 추천할 리가."

"그 댁 부인이 그렇게 해달라고 아버지한테 졸랐다고. 부정하고 싶으시겠지만 현실이 그것을 증명해주잖아요."

순간 순국이 남한을 떠나기 전 장인 장모에게 인사를 가겠다고 했을 때, 순녀가 못 가게 말린 것이 기억난다. 그들이야말로 혁명사업 한다는 핑계로 가정을 배반하고 가족들을 속였단 말인가. 자신의 가족 운명이 그 둘의 연애 놀이에 희생되었단 말인가. 순녀에 대한 원망보다 영미에 대한 안타까움이 마음을 놓아주지 않았다.

낯선 손님

회한의 감정이 밀려오기 시작했다. 순국은 연거푸 술을 마셨다. 주미와는 다르게 영미는 따뜻하게 한번 안아준 적도 없었다. 젖먹이부터 엄마 치마폭에서 떨어지지 않았다. 순국이 손이 가면 기절할 듯 울었다. 자연히 울리지 않으려고 얼굴을 멀리했다. 그리고 말을 하기 시작하자, 제 엄마를 따라 외치는 혁명 구호에 소름이 끼친 이후 영미를 보면 자신도 모르게 얼굴을 돌렸다. 꿈속에서 본, 멀리 떨어져 순국을 원망의 눈빛으로 보고 있었다. 얼마나 원망했으면 마지막 떠나면서까지 자신의 원망을 아버지에게 보이고 싶었을까. 그 모습이 각인되어 가슴에 비수가 되었다.

정숙도 음식에는 손을 대지 않았다. 다시 계속 술을 마셨다. 이제 그만 마시라는 말도 무시한 채 계속 마셨다. 나중에는 정숙 씨의 만류도 귀찮았다. 먼저 가라고 손짓을 반복했다. 딸을 죽게 하고 꽃제비로 만든 아버지다. 자신 속에 몰입되어 상대는 이미 순국의 머릿속에서 사라졌다. 계속 술을 연달아 따라 마셨다. 몸이 술을 끌어당겼다. 결국 맥주로는 성에 차지 않자 양주까지 시켰다.

순국은 어떻게 집으로 온지 모른다. 주미를 만났을 때는 주미가 꽃제비였다는 충격보다 만남의 기쁨이 더 컸다. 그러나 영미의 죽음 앞에 그동안 버텨온 모든 것이 한꺼번에 무너졌다. 자신도 영미의 죽음이 그렇게 큰 충격일 줄 몰랐다. 영미는 북한에서 잘 살 줄 알았다. 그래서 그런지 영미 걱정은 하지 않았다. 그동안 초연한 척한 것인가. 엘리베이터에서 누군가에 의해 질질 끌려와, 거실에 내팽개쳐진 다음에는 의식을 잃었다. 다음 날부터 음식이 받지 않았다. 입에 무엇이 들어가면 다 토해내었다. 아무것도 먹을 수가 없었다. 몸이 모든 것을 거부했다. 멍한 상태에서 멀리서 원망스런 눈빛으로 울던 영미만 떠올랐다 사라지고를 반복했다.

지연과 주미는 그날 순국이 누구를 만났는지 궁금했다. 몇 번 물었지만 일체 말을 안 했다. 엘리베이터 앞까지 데려다준 여성이 누구인지도 궁금했다. 단지 아버지 핸드폰으로 어떤 낯선 여성이 주미에게 전화를 했다. 엘리베이터를 탔으니 모셔가라고. 전화를 받고 바로 뛰쳐나갔다. 현관을 나가자 바로 엘리베이터 문이 열렸다. 지연이 순국의 전화를 뒤져도 그날 만난 사람의 전화번호도 나오지 않았다. 그 여성이 북한에서 온 사람인지부터 두 사람은 그날 무슨일이 있었는가 하나씩 추리를 해나갔다. 결론은 북한에서 무슨 충격적인 소식을 들은 것이 분명해! 지금까지 저런 모습은 처음이야. 주미도 지연의 말에 마음이 스산했다.

순국은 일주일간 연구실을 쉬었다. 일체 서재를 나오지 않았다. 식사를 거부할 뿐만 아니라 꿀물도, 음식 일체를 거부했다. 지연이 어쩔 수 없이 링거를 처방받아 주사기를 꽂으려 하자 그것조차 거부했다. 지연이 말했다. 당신의 모든 거부를 저나 주미에 대한 거부로 받아들여도 되느냐고. 몸이 움찔, 그러나 아무 말도 안 했다. 침대에 눈을 감고 누워 있었다. 다시 지연이 주사기를 찔렀다. 움찔하더니 그러나 조용했다. 수액이 순국의 온몸으로 서서히 스며들기 시작했다. 조용하던 세포들이 기운을 얻는지 몸이 활짝 기지개를 켜는 듯했다.

어느 순간 서서히 영미가 사라졌다. 대신 주미의 환하게 웃는 모습이 가슴에 안겼다. 그래, 주미다. 이제 주미가 새로운 삶을 시작하지 않았는가. 주미가 남한에서 자신의 온전한 삶을 찾을 때까지 자신도 열심히 살아야 한다! 또 지연이 있지 않는가. 자신의 손발이 되어준 지연이, 언제나 자신의 일부처럼 느껴지는 지연이, 사랑하는 딸 주미, 그들이 이제 가족이지 않는가. 그것도 잠시 주미에게 영미의 죽음을 어떻게 알리는가 하는 걱정이 머릿속을 다시 혼란스럽게 했다. 아무리 생각해도 자신이 받은 이 충격을 주미에게까지 줄 수는 없다는 생각이 들었다. 지금 주미는 이제 겨우 남한 사회에 적응하고 있는 중이다. 알게 될 때 알더라도 지금은 아니다.

11

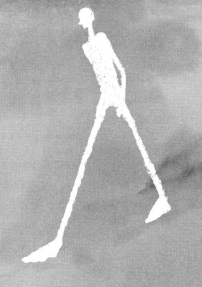

놀멍 쉬멍 걸멍

놀멍 쉬멍 걸멍

순국은 따라비오름에 오르자 한동안 멍해졌다. 힘들지는 않았지만 오름의 능선을 따라 걸을 때는 세찬 바람에 정신이 없었다. 능선에 오르자 마침 바람이 잦아지며 쏟아지는 햇빛 화살이 갈대와 함께 춤을 추고 있었다. 그 회색 찬란한 빛이 이리저리 번뜩였다. 빛에 반사되어 뿌옇게 길게 뻗은 오솔길, 빼곡하게 도열한 삼나무 행렬과 조선 왕실에서 골라갔다던 최고의 말, 갑마를 기르던 갑마장 길이 언뜻언뜻 보인다. 순국은 잠시 눈을 감았다. 갑마장을 누비던 갑마가 유유히 걷는 모습이 보이는 듯하다. 일상이 멀리 사라지고 원시의 숲속에 자신을 내던지고 싶다. 순국이 창걸에게 인터뷰를 요청했을 때 신경질적으로 '당신들신디 질렸버려수다.' 한 그 말이 떠올랐다. 창걸이 의미하는 당신들은 누굴까. 좌파 진영, 혹은? 왜 창걸이 여기를 함께 가자고 했는지 짐작이 간다. 창걸은 제주도 4·3사건 피해자 가족 중의 한 명이었다. 창걸과 만나기로 약속한

날 함께 가시리마을 근처에 있는 따라비오름을 오르기로 했다. '더 이상 할 말이 없다는데도 당신들에게 질려버렸수다' 신경질을 부린 것과는 달리 오름을 오르는 내내 창걸은 말이 없었다.

딸 영미의 죽음은 생각 이상으로 순국에게 충격이었다. 멍 때리는 시간들이 계속되었다. 다들 잠들고 칠흑 같은 어둠 속에서도 혼자 멍하게 눈을 뜨고 있었다. 자신의 생존 자체에 심한 회의가 일었다. 어떤 의욕도 생기지 않았다. 어둠 속에서도 큰길에서 달리는 차 소리, 주위 나뭇잎들이 서로 부딪치는 쏴아쏴아 하는 소리, 어딘가에서 변기 물 내려가는 소리 등이 간간이 들려왔다. 벽 시계의 재깍재깍거리는 소리가 영겁처럼 들려왔다. 바로 몇 주 전 일인데 오래전 일처럼 생각되었다. 아직 주미에게도 영미의 죽음을 얘기하지 못 했다.

우연히 제주대학에서 진행하는, 내년에 개최될 제주도 4·3사건 심포지엄 연구팀에 순국도 합류해달라는 요청이 왔다. 숙식을 함께 제공해주겠다는 것이었다. 그것은 구원과 같은 제안이었다. 당분간 모든 것에서 손을 떼고 쉬어야겠다는 생각을 하고 있었다. 새로운 제안을 받자 언제 멍 때렸냐는 듯이 다시 힘이 솟기 시작했다. 그러지 않아도 주미와 이번 여름에 제주도에 가기로 계획을 짜고 있었다.

또 제주 4·3사건을 한번 들여다보아야지 생각했던 것은 최근이었다. 그것은 최근 예술의전당 한가람미술관에서 전시되고 있는,

한국전쟁 중 미군이 북한의 신천리 주민을 학살했다고 알려진 사건을 소재로 그린 피카소의 〈한국전쟁의 학살〉이라는 그림 때문이었다. 미군의 신천리 주민 학살 사건은 시기는 다르지만 제주 4·3사건과 비슷한 성격의 사건이었다. 순국이 북한에 있을 때도 피카소의 그림을 두고 논쟁이 많이 있었다. 심지어 박헌영이 피카소에게 부탁해 그린 그림이라는 말까지 떠돌았다. 북한에서는 마치 성지처럼 외국인 손님만 오면 신천리를 데리고 갔다. 대신 남한에서는 피카소의 그림은 현실을 왜곡한 그림이라고 그동안 전시가 금지되어 오다 올해 겨우 전시되었다. 신천리 사건 역시 인민군과 남한 의용군 사이에 엎치락뒤치락 싸우면서 서로 상대편 주민들을 대량 학살한 사건이다. 그런데 진실은 접어주고 미군이 학살한 것으로 둔갑한 것이다.

주미의 학원이 방학에 들어가자 바로 지연까지 세 명이 한 달 살이로 서귀포시 표선면 가시리마을에 있는 빈집을 빌렸다. 지연의 친구가 있는 애월 쪽에 방을 얻을까 했지만, 마침 4·3사건의 피해자 인터뷰도 있고 그 피해자의 삶도 들여다볼 겸, 그쪽의 제안을 받아들여 가시리에 자리를 잡았다. 애월과 다르게 여기는 또 다른 문화가 있었다. 가시리마을은 한라산과 제주 바다가 만나는 전이 지대에 자리 잡은 마을이다. 한라산과 오름이 품어낸 용암이 바다로 흘러들어 가다 주저앉아 만들어진, 말들이 맘껏 뛰놀 수 있는 드넓은 평원 덕에 생겨난 마을이다.

대대로 말뿐만 아니라 말을 위해 목초지까지 관리하는 테우리로 살아온 창걸은 4·3사건에 대해서는 더 이상 할 말이 없다고 했다. 테우리로 살아온 삶을 이대로 계속 살고 싶을 뿐이라고 했다. 60대 초반인 창걸은 4·3사건 취재로 인해 엄청 시달린 모양이다. 다른 이야기할 때와는 달리 그 이야기만 꺼내면 얼굴에 짜증이 나타났다. 순국은 이번 창걸의 말을 토대로 4·3사건 이후의 피해자 후예들의 삶을 취재하기로 한 것이 실패로 돌아갈 수 있겠다는 생각이 들었다. 그나마 순국이 창걸을 따라 따라비오름에 같이 동행한 것은 지금까지의 다른 사람과 다르게 창걸의 일상적인 삶을 중심으로 인터뷰를 하기로 한 것 때문이다. 순국은 4·3사건에 피로감을 보이는 창걸에게 더 이상 그것에 관한 질문을 하면 안 되겠다는 생각을 했다. 그의 일상적인 말을 통해 주워들은 부스러기로 짜깁기를 할 수밖에 없다. 순국은 그가 목초지로 가서 풀을 깎으며 같이 그를 도왔고, 밭일을 하면 같이 밭일을 하고, 집안에서 연장을 손질하면 그것도 같이 해줬다. 순국은 우선 그가 왜 그렇게 4·3사건에 피로감을 갖는가가 궁금했다. 순국도 타인과 함께하는 일상이 피로했다. 그러나 그의 입을 열 때까지 어쩔 수 없었다.

주미는 가시리에 데려놓자 마치 풀어놓은 망아지마냥 여기저기를 헤매고 다녔다. 오름을 하나씩 탐험하고 다닌다더니, 어느 날 문도지오름에서 만난 말 이야기를 하기 시작했다. 목장이 있는 입구에서 만난 조랑말은 주미를 태곳적부터 만난 것처럼 아득한 세월을 그리워하듯 무심하게 쳐다보더라는 것이다. 주미가 그 말을 끌어안자 한없이 울음이 쏟아지더라는 것이다. 마치 자신이 그 말을 두고 어디 멀리 갔다 온 것 같았다는 것이다. 순국은 그 말에 자신도 모르게 심쿵했다. 한없이 펼쳐진 목초지 위에 어슬렁거리며 풀을 뜯고 있는 말을 볼 때면 천국이 따로 없구나 하는 생각이 들었다.

창걸은 아직 한마디 말도 하지 않았다. 그날 저녁 창걸을 집에 초대한 것은 술을 같이 먹고 좀 더 친해지자는 의도였다. 돼지 두루치기와 두부찌개를 곁들여 좁쌀 막걸리를 마셨다. 둘이서 막걸리 세 병을 비웠다. 그때부터 창걸은 전혀 다른 사람이 되었다. 주미와 지연은 일부터 자리를 피해 저녁을 먹고 산책을 나갔다. 순국이 먼저 말을 꺼냈다.

"고향에서 태어나 고향에서 여생을 즐길 수 있다는 것이 얼마나 행복한지 모르지요?"

"알지요. 문제는 당신들 때문에 왁왁하우다."

"왁왁?"

순국이 무슨 말인지 어리둥절하자,

"귀눈이 왁왁하우다."

다시 말했다.

"귀찮다는 말인지요?"

"귀찮고 캄캄하고 시끄럽고 그렇수다."

순국이 막걸리 잔을 들었다. 창걸도 술잔을 들어 단숨에 마셨다.

순국이 잔을 놓자, 창걸이

"고향이 어디우꽈."

하고 물었다.

"아, 저는 이북 출신입니다."

"38선 넘어왔수꽈?"

"아니에요. 20년 전에!"

"그럼 탈북민?"

"그것도 아니고."

"아맹허믄 어떵허우꽈. 됐수다."

그러고는 막걸리 잔을 들어 마셨다. 막걸리 마신 입을 닦으며, 창걸은 말을 시작했다.

"우리 집은 대대로 테우리로, 이 마을에서 살았수다. 아버지가 1948년 4·3사건 후 11월 중간산마을에 사는 친척을 찾아갔당 봉변을 당해십주. 경찰이 마을을 불태우고 학살하는 것을 보고 도망 나오당 총에 맞아 중상을 입어십주. 그 후 평생 불구로 살당 나신디 가시리마을을 벗어나지 말랜 유언을 남겨수다. 나가 무신 말을 할 수 이시쿠과? 당신들은 어느 쪽이냐에 따라 듣고 싶은 말이 다를 거 아니우꽈?"

"저는 어느 쪽도 아닙니다."

창걸이 한참 순국을 쳐다보았다.

"단지 4·3사건 자료만 보는 것보다 그 당시 피해자나 그 가족의 생생한 목소리를 듣고 싶었을 뿐입니다."

"인간은 믿지 않고 땅만 믿수다. 노동처럼 정직한 것은 없수다."

노무현 정권 이후 창걸네 가족은 정부에서 나오는 배상금 등 모든 것을 거절한 것으로 유명하다. 창걸 집안의 주수입원은 몇 마리 말을 키우면서 아들이 관광객에게 말을 태워주고 받는 사례금과 농작물이었다. 땅을 그래도 몇천 평 가지고 있어, 거기서 나오는 소출이 주 수입원이다. 순국이 산책을 할 때마다 길게 목까지 늘어뜨린 모자를 쓰고 밭에서 일을 하는 창걸 부부의 모습을 목격한다. 그들은 동트기 전에 이미 일을 시작한다. 한차례 노동을 끝내고 아침을 먹는다고 한다. 케일, 브로콜리, 귤, 파, 양파, 당근 등 농사도 다양하다. 말 관리는 주로 아들이 하고 농사는 두 부부가 한다고 했다.

순국은 더 이상 창걸에게 물을 것이 없다고 생각되었다. 그가 원하는 대로 편안하게 살게 내버려두는 것이 그를 위한 최선책이다. 과거의 사건에 대해서 무엇이 옳고 그르냐를 분석하는 자체가 그들에게는 의미가 없다. 그 사건을 계기로 개인의 삶과 인간을 존중하는 의식 운동이 확산되는 것이 더 바람직하다는 생각이 들었다. 피카소가 그렸다는 〈한국전쟁의 학살〉도 바로 남북한 정치가들에 의해서 저질러진 좌우 이념 대립에 희생당한 평범한 사람들의 당황스러움을 표현한 그림이다. 그 그림에는 당황하고 어찌할 줄 모르는 어른들에 비해, 아무것도 모르고 장난치고 있는 아이, 엄마를 끌어안고 있는 아기, 또 무표정하게 총으로 그들을 겨누고 있는 군인들이 보인다. 단지 피카소는 어느 먼 나라의 전쟁 소식을 듣고 평범한 사람이 당해야 하는 참혹함을 상상하고 그렸을 뿐이다. 이것을 이용하려는 정치가들 때문에 몇십 년 동안 한국 전시를 못 하고 이제야 하게 되었다니, 어느 쪽 할 것 없이 정치가들의 저열함에 치가 떨린다.

주미는 창걸의 아들을 따라다니며 말 다루는 법을 배우고 있다. 이쪽에 오면 주미가 좋아할 줄은 알았지만, 그렇게 편안한 표정을 본 적이 없다. 밤에는 별을 보기 위해 항상 새벽 3시가 넘어야 집으로 들어왔다. 서울에서는 산책 외에는 거의 외출을 안 하려고 했었다. 그런데 여기서는 잠자는 시간 외에는 바깥에 있다. 순국이 만나기조차 힘들다. 지연은 주로 애월의 친구 집에서 차를 한 대 빌려와 그쪽으로 매일 출근한다. 서울에서는 아파트에만 모여 있었지만 여기에서는 주로 순국만 집에 있다. 순국은 창걸의 일을 돕기 위해 가끔 외출할 뿐이다. 다행히 제주 4·3사건 피해자들에 대한 접근 태도는 이미 머릿속에 구상이 되어 있다.

그날 저녁 먹을 때 주미가 호들갑을 떨며 아버지, 엄마도 새벽 2시쯤 같이 별을 보러 가자고 졸랐다.

"여기까지 와서 별을 못 보면 불행하지 않아요?"

"별을 못 본다고 불행하다는 생각해본 적은 없는데."

순국이 농담으로 말했다. 주미가 흘깃 순국을 쳐다보며,

"여기에서 별이 너무 크고 많이 보여요. 서울에서는 절대 이런

광경을 못 봐요."

　"근데 왜 2시라야만 해?"

　지연이 묻자 별이 제일 많이 보일 때가 2시라고 했다. 그래서 새벽에 일어나서 별을 보러 가자고 했다. 한번도 같이 해보자고 제의한 적 없던 주미였다. 이 모든 자연의 주인이 자신인 것처럼 자신만만해 보였다. 결국 엎치락거리다 잠을 못 자고 별을 보러 나갔다. 멀리 어디에서 깜빡거리는 희미한 불빛 외에는 주위는 새까맣다. 한 치 앞도 보이지 않았다. 이렇게 어두운 곳을 어떻게 매일 나갔지. 혼자서 무섭지도 않았나. 순국은 갑자기 주미가 매일 어디로 간 것인지 궁금했다. 주미가 앞서고 각자 핸드폰 플래시 불빛을 따라갔다. 좀 넓은 들판으로 나가자 장난처럼 뻥 뚫린 하늘에 꽉 찬 별들이 서로 소곤거리듯 반짝거렸다. 그러면서 유성이 여기저기 빛화살처럼 떨어졌다. '어머나!' 지연이 고함을 질렀다. 이럴 수가! 마치 우주에 둥둥 떠다니는 것 같네! 이런 세상이 있으리라고는! 주미가 아무도 의지할 수 없는 꽃제비 시절에 자연과 동행하는 삶을 살았다는 게 그나마 다행이었다. 주미의 가슴속에 저 별들이 반짝이는 한 주미의 마음은 꿈으로 채워질 것이라고 순국은 생각했다. 주미가 언제 준비했는지 따뜻한 차를 보온병에서 따라주었다. 지연이 입에 넣어 굴렸다. 향이 은은하면서도 친숙한 향인데 무슨 향인 줄 모르겠다.

　"무슨 차?"

"아, 이거요. 동백꽃 차예요. 준서 씨가 준 것이에요!"

두 사람은 동시에 놀라운 표정을 지었다. 순국이 물었다.

"준서 씨?"

"문창걸 선생님 아들요!"

남자라고만 하면 무섭다고 도망가던 주미가 자연스럽게 남자 이름을 부르는 것도 새삼스러워 놀라웠다. 말 다루는 법을 배운다는 이야기는 들었지만 이렇게 선물까지 받는 사이라고는!

"그 아들이 어떻게 이런 차를?"

"제가 말 돌보아주는 것 고맙다고요. 처음에는 매일 일당을 주겠다고 해서 제가 싫다고 했거든요. 취직한 것도 아니고 제가 좋아서 말 만지게 하는 것만 해도 좋은데 안 받는다고 했더니, 자꾸 이런 것을 주더라고요. 아버지, 저 여기서 살면 안 될까요?"

순국과 지연은 서로 얼굴을 쳐다보았다.

"다니던 학원은?"

"여기서 다닐게요."

지연은 놀란다. 거기까지 생각했다는 게.

"정말로 그럴 생각이야?"

"네, 여기 오니까 서울 가기 싫어요."

"너 혼자?"

"두 분도 같이 계시면 좋지만, 그것은 힘들잖아요. 아버지 학교도 그렇고. 저 혼자라도 여기 있고 싶어요. 1년만 살아보고 계속 여

놀멍 쉬멍 걸멍

기에 있을지는 결정할게요. 지금 그 집을 제가 세 들어 살고 싶어요. 준서 씨도 도와준다고 하고요. 저는 말이 그렇게 좋은지 몰랐어요. 말을 보고 있으면 마음이 편안해져요. 그리고 말도 마치 나를 옛날부터 알았던 것처럼 나를 그리운 듯 그윽이 쳐다보는 것 같아요."

완전히 마음이 이쪽으로 기울여진 주미를 보며 순국은 마음이 착잡했다.

"준서 씨가 새벽에 이슬 속에서 잠을 깬 순간의 기쁨이라든가, 별이 주는 황홀감을 말할 때 저와 공감을 같이 할 수 있는 유일한 사람이라는 것을 알았어요. 또 하나는요. 반딧불 보기 위해 좁은 골을 지나 쭉 뻗은 산길을 따라가는데, 두 명이 동시에 부른 노래가 뭔지 알아요."

"환생?" 지연이 말했다.

"아니요. GOD의 〈길〉이었어요. 놀랍죠? 준서 씨도 엄청 놀라더라고요. 어떻게 이 노래를 부른 거냐며 묻더라고요. 전 불안할 때 이 노래가 저절로 나온다고 했더니, 준서 씨가 고개를 갸우뚱거리더라고요. 그 이후 더 친해졌어요. 언제든 제가 〈길〉을 부르면 준서 씨 역시 〈길〉을 흥얼거리는 거예요. 그것도 거의 비슷한 시점에. 신기하지 않아요? 그동안 이렇게까지 공감하는 사람이 없었거든요. 아직 10일 정도밖에 지나지 않았는데, 그렇게 많은 이야기를 할 수 있다는 게 신기해요. 준서 씨는 나보다 더 자연에 대한 공감력이 커요. 말을 다루는 것을 옆에서 보고 있으면 말을 사람처럼 소중하게 다루어요. 그리고 어느 새벽 밤새 별을 같이 보았거든요. 별자리에 대한 이야기도 많이 해줬어요. 준서 씨는 곧 여기에 대형 망원경을 설치한대요. 그래서 별을 같이 보자고 해요. 그래서 매월 적금을 넣고 있다고요."

"준서는 몇 살인데?" 지연이 물었다.

"아직 30세가 안 되었다고 해요."

"이러다가 밤새우겠다. 그런 이야기 차츰 하고 이제 내려가자."

순국이 서둘렀다. 주미가 준서 씨 준서 씨 하고 호칭을 부를 때마다 순국의 가슴이 묘하게 아릿했다. 아직 주미와 하고 싶은 것이 많았지만 코로나 상황이라 미루었는데! 주미에게 안 된다고 하고 싶다. 그러나 주미가 말할 때의 행복한 표정을 떠올리자 아무 말을 할 수 없다. 세 명은 각자의 생각에 빠져서 집으로 왔다.

순국이 창걸과 더욱 가까워진 것은 제주도에 폭풍이 왔을 때였다. 폭풍이 순식간에 들이닥쳤다. 천둥과 비바람에 온통 세상이 빗속에 갇혀 보이지 않았다. 순국이 집 거실에서 쏟아지는 비바람을 하염없이 바라보고 있었다. 멀리 쏟아지는 비바람에 번듯번듯 왔다 갔다 하며 뛰어다니는 모습이 눈에 들어왔다. 순간 주미 생각이 났다. 순국은 옷 위에 비옷을 걸치고 달려나갔다. 주미는 주미대로 날뛰는 말의 고삐를 아무리 당겨도 혼자 힘으로는 감당하기 힘들었다. 준서는 보이지도 않았다. 순국이 주미에게 가 힘을 보태 고삐를 끌어당겼다. 그래도 두 사람이 힘을 모으니 겨우 네 마리를 우리에 넣을 수 있었다. 주미가 준서에게 달려가는지 내달렸다. 순국도 주미를 따랐다.

세찬 비바람 속에서도 입에서는 열기로 단내가 났다. 사람 형체가 보이자 주미가 엄청난 속도로 달려 순국은 따를 수가 없었다. 한참을 달렸다. 말이 다쳤는지 누워 있고 준서가 왼쪽 말발을 헝겊으로 싸고 있었다. 자신의 옷을 찢었는지 윗옷이 벗겨진 채 갈기갈기 찢겨 있었다. 주미가 다가가자 주미에게 손짓하며 뭐라고 했다. 그러자 준서가 손짓한 방향으로 달려갔다. 순국도 주미가 달려간 쪽으로 달렸다.

말들이 오름 아래 바위 속에 들어가 그래도 비를 피하고 있었다. 주미가 달려가자 응답하듯 말들이 히힝거렸다. 순국은 놀랐다. 말들이 주미에게 말을 걸듯 주미의 몸을 비비고 코를 박았다. 주미가 한 마리 한 마리 쓰다듬으며 스킨십을 했다. 주미의 옷이 젖어 착 달라붙었다. 적나라한 부위까지 다 노출되었다. 순국은 저절로 얼굴을 숙였다. 순국은 입은 비옷을 벗어 주미 등에 걸쳤다. 흘깃 돌아보며 자신의 몰골이 눈에 띄었는지 얼굴이 벌게졌다. 비옷을 입었다. 주미가 고삐를 끌기 시작했다. 세찬 바람과 비가 몰아치자 말이 공포로 다시 날뛰기 시작했다. 순국이 주미와 같이 고삐를 끌어당겼다. 순국은 자기도 모르게 워이 워이 하는 소리가 나왔다. 어릴 때 소 몰던 버릇이 튀어나왔다. 겨우 말들을 끌고 우리에 도착했을 때 준서도 도착해 있었다. 다친 말을 어떻게 끌고 왔는지 말이 우리에 누워 있었다. 그때야 순국을 보았는지 꾸벅 인사를 했다. 집에 가서 약 상자를 가져와 소독시키고 약을 발라주어야 하니 먼저 들어가라고 했다. 그리고 순국에게 오늘 도와주셔서 고마웠다고 정중히 인사했다.

그 이후 창걸이 자신의 집에 초청했다. 폭풍 때 자신들도 농산물 간수하느라 정신이 없었는데 도와주셔서 피해가 없었다고 부인까지 인사를 했다. 몇 번 오름을 같이 오르고 두 집을 번갈아가며 술을 마셨다. 창걸은 정말 4 · 3사건 이야기를 싫어했다. 자신이 그동안 이쪽저쪽 인터뷰에 응해봤지만 그들은 양쪽 진영 다 피해자들 이름을 팔아 이용만 한다는 것이다. 창걸은 요순시대 이야기를 하며 현재 국민들 마음 편히 해주고 잘 살게 해주면 그보다 더 좋은 정치는 없다는 것이다. 과거 일 가지고 싸우는 집 치고 잘 되는 집 못 봤다며, 우린 술 맛있게 먹고 교수님은 열심히 공부하고 자신은 농사 잘 지으면 최고 아니우꽈? 했다. 그렇지요. 순국도 그렇게 생각했다. 학자들이 그것에 대해 역사적인 검증을 통해서 객관적 연구가 이루어져 제대로 역사적 평가가 중요한 것이지 정치가들이 이용할 것은 아니라는 생각이 들었다. 전적으로 창걸의 의견에 동의했다.

주미는 제주도에서 야간에만 다닐 수 있는 검정고시 학원도, 또 유튜브로 공부할 수 있는 것도 다 알아봤다고 구체적으로 나왔다. 순국은 주미를 포기하기로 했다. 주미 스스로가 원하는 삶을 살게 해주는 것이 주미를 위하는 길이라는 생각이 들었다. 떠나기 전에 영미 이야기를 꺼냈다. 그날 자신이 인사불성이 되어 온 날. 그 후 지연도 주미도 묻지 않았다. 물론 순국이 그 이후 많이 앓았다. 신기하게도 앓고 난 이후 영미가 꿈에 나타나지 않았다. 정숙 씨를 다시 한번 만났다. 이번에는 핸드폰으로 전화가 왔다. 그날 인사불성 이후 걱정이 되었다며 안부차 전화를 했다. 영미 소식을 알려줘서 그런지 여동생같이 친근하게 느껴졌다. 마침 제주도로 떠나기로 결정한 이후라 이슬이 부탁을 했다. 아직 일을 시작 안 했으면, 자신들이 돌아올 동안만 어비 집에 같이 있으면서 이슬이를 한 달간만 돌보아달라고 했다, 일을 찾고 있는 중이라 그렇게 하겠다고 했다. 덕분에 세 명이 함께 제주도에 올 수 있었다.

그날 저녁, 식사 후에 순국이 주미에게 요즈음도 영미 꿈을 꾸느냐고 물었다. 가끔 어릴 때 같이 놀던 그 시절 꿈을 꾼다고 했다. 순국이 정숙을 만난 일을 말했다. 차마 자살이라고 할 수 없었다. 그리고 영미와 엄마와의 불화도 꺼낼 수 없었다. 죽었다고만 전했다. 주미는 얼굴을 숙이고 낮은 소리로 속삭이듯 말했다. 그때 그 하나원에 같이 있던 언니가 영미 이야기를 했을 때 이미 짐작했다고 했다. 그날 잘 때 침대에서 어릴 때 자신을 돌보아준 것은 어머니가 아니고 언니였다고, 언니를 부르며 한참 울었다고 했다. 그리고 흐느끼며 잠이 들었더니 그날 밤 꿈에 작별 인사하러 왔다고 웃는 모습으로 나타났다고. 아빠가 인사불성으로 돌아온 날도 영미 언니의 소식을 들었구나 짐작했어요. 그래서 일부러 안 물어본 거예요. 순국은 주미의 추리력이 대단하다는 생각이 들었다. 지연은 그때 주미 올 때 영미도 같이 왔으면 좋았을 걸 하며 너무 안타까워했다.

"이제 다음 이야기로 넘어가자." 순국이 기침을 길게 했다. "주미가 여기 가시리 마을에 준서와 같이 일을 하는 것은 찬성이지만, 혼자 이 동네에 있으면 여러 가지 말이 많을 거야. 준서나 너, 둘 다 힘들어질지도 모른다. 준서가 결혼을 해야 할 경우 너로 인해 피해를 볼 수도 있다. 주미, 그런 점은 생각해봤어?"

주미가 고개를 푹 숙였다.

"지금은 우리가 같이 있으니 그런 눈치를 볼 필요 없지만, 너 혼자 여기 있을 경우, 여기 시골은 보수적이라 이런저런 구설수에 오를 수도 있다. 더구나 준서나 주미는 지금 적령기에 있는 나이가 아니야?"

일단 주미가 1년을 있어본 다음 자신이 결정한다고 했으니, 그 1년을 우리도 같이 있기로 했다. 그것이 너를 위한 최선책이라고 생각했다. 지연과 의논이 다 되었는지 지연은 아무런 표정도 보이지 않고 무심히 있었다. 그래서 내일 제주대학 교수를 만나기로 했다. 그 대학에 연구교수 자리가 가능한지 물어보려고 한다. 또 준서 부모가 같이 있는 것을 허락할지도 미지수이고. 주미가 얼굴을 푹 숙이고 말했다. 준서 부모님은 허락하셨다고. 준서 부모님은 준서가 아들이니까, 그럴 수 있지만 우리는 그럴 수 없다. 주미는 우리가 함께 있는 것이 불편한 것은 아니지? 주미가 펄쩍 뛰며 자신은 대환영이라고 했다. 그러지 않아도 만난 지 이제 겨우 몇 달인데 헤어지는 것이 아버지에게 미안하게 생각했다. 그러면 저도 너무 기쁘죠. 이슬이는요? 그것도 상의해봐야지! 1년간 더 있어줄는지.

주미는 오늘 준서가 밤에 반딧불이 많이 모이는 곳에 데려주겠다고 만나기로 했다고 외출했다. 너무 늦었다고 하며, 밤에 외출 시간도 좀 자제해야 한다고 순국이 일렀다. 반딧불 나오는 시간이 있다고 오늘만 나가겠다고 했다. 주미는 갑자기 아버지가 너무 엄해지셔서 아버지가 아닌 것 같다며 농담처럼 말하고 달려 나갔다. 순국은 주미에게 제일 맞는 일을 찾았다고 생각했다. 자연 속에서 뒹굴던 주미라 실내에서 어떤 일도 싫증을 빨리 느낄 수 있다. 그러나 자연과 함께 하는 말 돌보기나 관광객 말 태우기는 자연과 할 수 있는 몇 안 되는 일 중 하나이다. 더군다나 천하의 멋진 가시리마을에서 할 수 있는 것은 은택을 받은 것이다. 1년간 옆에서 지켜보다 계속하겠다면 혼자 두고 서울로 갈 것이다. 그리고 대학을 그만두면 순국도 이쪽으로 옮겨올 생각이다.

다음 날 아침을 먹은 후 순국이 지연과 산보도 할 겸, 말 목장 쪽으로 갔다. 준서는 마유를 짜고 주미는 말을 한 마리씩 닦아주고 있었다. 두 사람이 움직이는 모습은 영화의 한 장면 같았다. 외면할 수 없었다. 창걸이 술 마실 때 말했다. 그 댁 따님이 아들의 아까운 청춘을 구원해줬다고. 그동안 젊음을 말에 보내고 있는 것을 보면 안쓰러웠다고. 그래서 그런지 창걸은 이제 순국에 대해 경계를 풀었다. 말이 열 마리 정도라 두 명이 돌보기에 딱 맞았다. 주미가 한 마리 한 마리 이름을 붙여주어 마치 가족 같았다. 좀 더 목장 쪽으로 가까이 갔다. 그러나 좀 거리를 두고 지켜보고 있었다. 아침이슬 때문인지 멀리 마른하늘에 무지개가 걸려 있다. 준서 어머니가 감자를 삶아왔다며 아이들과 같이 먹자고 한다. 순국과 지연은 손사래를 치며 그 자리를 물러났다.

"보기 좋수꽈?"

갑자기 준서 어머니가 물었다.

"목이 멜 정도로요."

지연은 진짜 목이 메었다.

제주대학에서는 프로젝트를 같이 하는 입장에서 그 대학에 오면 오히려 환영한다는 입장이었다. 1년 더 가시리마을에 있게 되었다는 말을 전하자 창걸이 더 좋아했다. 그날 자기네 집에 초대해 가족끼리 함께 모여 저녁을 거나하게 차렸다. 마침 결혼해서 제주시에 산다는 딸 가족까지 와서 마치 잔치 같았다. 창걸과 순국의 술상을 안방에 따로 차렸다. 창걸은 두 사람이 되자 그동안 순국에 대해 들을 것이 있는지

"북한에서 추방당하셨수꽈?"

했다. 순국은 순간 당황했지만

놀멍 쉬멍 걸멍

"아, 네."

라고 답했다.

"여기 남한은 북한보다 어떤 점이 좋수꽈?"

"차츰 이야기하죠."

이상하게 창걸을 만나면 항상 그가 이야기를 주도한다.

"저희 집안 쪽에서도 대학에 있는 분도 있고, 공무원 하는 분도 있고 다양한 분야에서 활동을 하고 있수다. 그중에 치열하게 좌파 진영에서 열심히 운동하던 조카가 언젠가 동독의 시인이라든가, 이름이 생각 안 나수다."

머리를 긁적였다.

"자신도 이제 운동 진영에서 빠져나오겠다며 그때 그 시인 이야기를 했는데 잊을 수가 없수다. 그 시인이 소년 시절 동독으로 건너갈 때 지녔던 꿈, 어머니가 그에게 이루어주기를 바랐던 소망이 실현 불가능하다는 걸 깨닫게 되었주마씀. 오히려 그는 사회적ㆍ정치적 이상이 남김없이 실현된 낙원을 억지로 건설하려는 것은 지옥으로 가는 지름길이 될 수도 있다는 생각을 하게 되었수다. 불의와 죄악에 대해 대항으로써 세계를 개선하도록 노력하는 일을 멈출 수는 없지만, 그것은 공산주의 사회에 말하는 낙원의 환상 때문이 아니라 현실 속에서 고통받는 사람들 편에 서기 위해서우다, 라고"

순국이 말했다.

"아, 그분 볼프 비어만요. 시인이면서 가수고 작곡가인 볼프 비어만 말씀하시는군요. 저도 엄청 존경하는 분이에요."

창걸이 볼프 비어만에 관해 아는 것이 신기했다.

"그도 결국 저처럼 동독에서 쫓겨났죠. 서독에 연주하러 간 사이 동독 시민권을 박탈당했죠. 그로 인해 많은 동독 지식인뿐만 아니라 서독 지식인까지 항의했고 그게 독일 통일의 신호탄이 된 것이죠. 저도 그분이 너무 매력적이라 시집과 책을 좀 읽었어요. 반갑네요. 창걸 씨한테 그의 이야기를 듣는 것이 뜻밖이네요."

그날 따라 술이 한정없이 들어갔다.

"창걸이 오늘 밤새낭 술을 마시당 아이들과 일출을 보는 게 어떵수꽈?"

"네? 밤새? 자신 없는데요."

"술 먹으멍 쉬멍 하당 보민 새벽은 오지 않겠수꽈?"

"흐흐, 그렇겠네요."

술이 아직 덜 깬 상태에서 일출이 잘 보인다는 오름을 올랐다. 이미 거기에는 일출을 보러 온 청춘 남녀 한 쌍의 뒷모습이 보였다. 발걸음 소리에도 꼼짝없이 방금 떠오르기 시작하는 해를 주시하고 있다. 그들과 조금 떨어진 곳에 자리를 잡았다. 불그스름한 수평선 위에 바늘구멍처럼 작은 점으로 태양이 떠오르다, 일순간에 보름달처럼 커졌다. 와 하는 소리와 함께 저쪽에서 아, 아버지 하는 주미 소리가 들린다. 순국은 얼른 돌아보았다. 창걸도 일어선다.

"아니 느네들은 밤새낭 여기 있어시냐?"

놀멍 쉬멍 걸멍

"별을 보다 시간이…… 이왕 일출도 보자고…….""

당황해서인지 주미의 말이 토막 난다.

"어떻수꽈?"

창걸이 순국을 끌고 내려간다. 붉게 타오르는 듯한 이글거림이 파도와 함께 출렁거린다. 두 사람은 앞서거니 뒤서거니 비탈길을 따라 아직 술이 덜 깼는지 갈지자를 그으며 걷는다.

"행복한 아침입니다. 흐흐."

"그렇수꽈? 흐흐."

등 뒤로 붉게 타오르는 태양이 자신들을 따라온다. 등으로 느껴지는 햇빛이 따뜻하다.

그럼에도 불구하고, '다음'을 사유한다는 것

임정연 (문학평론가)

1. 포스트-탈북 서사의 활로

먼저, 이 소설 『아웃사이더』가 탈북 서사로서 위치해 있는 좌표를 가늠해보는 데서부터 이야기를 풀어가보자. 주지하다시피 탈북 소재 소설은 민족과 분단, 사회주의와 자본주의, 디아스포라 등의 문제틀이 교차하는 지점에 놓여 있다. 민족과 이념, 탈경계와 같은 거시적 담론을 씨줄로 하고 타자와 소수자로서 탈북민의 삶에 대한 미시적 재현을 날줄로 엮어내는 탈북 서사의 범주에서 보자면, 『아웃사이더』는 후자 쪽에 무게추를 기울이고 있는 소설이라고 볼 수 있다.

후자라 하면 대부분 탈북민들의 목숨을 건 탈북 과정과 한국 사회에 정착하는 과정에서 겪는 차별과 배제, 경제적 곤경과 같은 고통과 박탈의 경험을 전경화하거나, 어디에도 귀속되지 못한 이방인과 소수자로서 탈북민의 존재 방식을 통해 타자성을 성찰하는 경향을 의미한다. 물론 이 소설도 한 개인의 비극을 만들어내는 문제의 근원에 거시 권력의 가시적, 비가시적 폭력이 작용하고 있다는 문제의식을 마땅한 전제로 삼고 있긴 하지만, 그보다는 이로 인해 훼손된 미시적 삶의 조건들에 좀 더 관심을 기울인다는 점에서 그렇다는 것이다.

그럼에도 불구하고 이 소설『아웃사이더』는 여느 탈북 소설과 다른 질감을 지니고 있다. 그동안 탈북 소재 소설이 불가피하게 사로잡혀 있을 수밖에 없었던 시대적 비극이라든지 정치적 도그마와 같은 관습적인 프레임에서 벗어나 모든 문제를 '인간의 조건'이라는 맥락 안에 재배치해서 사유하고자 한다는 점에서이다. 적어도 이 소설의 관심사가 탈북민의 삶을 전형적인 방식으로 전시한다거나 비극적으로 현시하는 데 있지 않다는 점만은 분명해 보인다. 이 소설의 시선은 한 사람의 슬픔을 투시하고 입체적으로 조감한 뒤, 당연한 일상이 무너진 자리에 있어야 할 다면적인 삶의 풍경에 대한 상상을 통해 인간을 인간답게 만드는 보편적 조건을 탐문하는 데까지 이르고 있다.

이 소설이 과잉된 감정으로 성찰을 강요하는 정형화된 서사 관습에서 벗어날 수 있었던 데에는 이야기를 이끌어가는 중심인물이 공순국이라는 엘리트 지식인이란 사실이 주효하게 작용했다. 대부분의 시퀀스에서 초점화자를 맡고 있는 공순국은 북경대학을 졸업

한 뒤 김일성대학 연구원을 거쳐 교수로 임용된 북한의 엘리트 경제학자로서, 북한에서 대거 탈북민이 발생했던 90년대 말 소위 '고난의 행군' 시기에 남한에 온 것으로 설정되어 있다.

탈북민들은 기본적으로 남한과 북한 체제에 이중으로 걸쳐 있는 동시에 양쪽 모두에서 배척당한, 즉 타의에 의해 '외부인'의 정체성을 갖게 된 이들이다. 그런데 공순국의 경우, 탈북 후 20여 년 동안 이주민/망명자로서의 감각을 유지하면서 어느 쪽에도 귀속되지 않는 복수의 정체성을 능동적으로 획득해간 인물이라는 점에서 차이가 있다.

소위 '인텔리' 계층으로서 그는 북한 체제의 무해한 수혜자도 무고한 피해자도 아닌 잠재적 저항 세력으로 취급받아 북에서의 거주 자격을 박탈당했다. 그러나 그 이후에도 스스로 남한 사회에 귀속되기를 거부하고 동정과 멸시, 호의와 차별 그 어떤 시선에도 포착되지 않는 주체적이고 자발적인 아웃사이더로 존재해왔다. 이는 순국이 북한의 전체주의식 통제와 남한 자본주의의 모순에 대한 비판을 동시에 수행하기에 적합한 위치를 점하고 있음을 보여준다. 이런 순국의 복합적인 위상은 외부적 압력들로부터 상대적인 독립성을 유지하며 양심과 신념에 따라 자신의 위치를 설정하는 지식인의 존재 방식을 표상한다.

이렇게 특수한 위치에 놓인 '인텔리'를 주인공으로 내세운 것은 이 소설이 탈북민을 단순히 대상화된 이미지로만 소비하지 않고 탈북민의 다양한 층위와 은폐된 진실들에 입체적으로 다가서려 했음을 짐작하게 한다. 실존적 지식인으로서 순국의 내면을 부각시키는 데 초점을 맞춘 섬세한 접근법으로 이 소설은 '탈북'이라는 프리즘으로만 바라볼 때 분산되고 굴절되기 쉬운 한 사람의 마음의 무늬들을 기민하게 포착하는 데 성공하고 있다. 이 같은 서사적 성취는 모든 정치적·역사적 사건이란 결국 평범한 사람의 일상이 무너지는 사건이라는 작가적 통찰의 결과임은 물론이다.

나아가 이런 시각은 이 소설의 서사 윤리가 어디에 입각해 있는지를 짐작하게 한다. 탈북민을 소설로 형상화하는 재현의 윤리는 그들이 겪은 고통의 강약을 조절해서 보여주는 데 있지 않다. 언어로 형용하기에 간명치 않은 삶의 질곡을 전달하는 데 더 이상 비참함의 내용이 핍진함의 척도가 되거나 이방인·소수자의 정체성을 강제하는 기준이 되어서는 안 된다는 말이다.

그런 점에서 보자면 이 소설이 장착한 긍정과 낙관의 표정은 이 이야기가 결이 다른 이야기임을 표방하는 중요한 표지라 할 수 있겠다. 기존 탈북 서사가 갖지 못한 이 긍정과 낙관의 표정은 서사의 숨길을 다른 방향으로 내어 새로운 활기를 불어넣는 데 기여한다. 이런 긍정과 낙관의 말하기는 『아웃사이더』가 단절이 아닌 연속성의 감각에 바탕하고 있기에 가능하다. 여기에는 단절과 차단의 대상으로서의 과거, 부정과 비판의 대상으로서의 현재를 모두 끌어안고 그 '다음'의 시간으로 옮겨가려는 삶에 대한 희구가 담겨 있다.

그래서 나는 이 소설을 레가토 독법으로 읽기를 권한다. 음악에서 음과 음 사이를 끊김 없이 부드럽게 연결하라는 기호인 레가토(legato)처럼 이 소설은 한 세계의 닫힘과 열림, 소멸되는 시간과 개시되는 시간 사이에서 이 둘을 이어가고자 하는 열망으로 쓰였다고 믿기 때문이다.

2. 레가토(legato)로 읽는 세 겹의 서사

『아웃사이더』가 연속성의 감각을 바탕으로 '다음'의 시간을 가능하게 하는 삶의 조건들을 탐색하는 이야기라 한다면, '음악'은 이를 미학적으로 실현시켜 주는 중요한 장치이다. 대중가요 〈환생〉과 〈길〉을 통해 서사의 핵심을 압축하는 낯익은 활용법은 차치하고 보더라도, 이 소설에서 음악은 긴 호흡으로 엮인 열한 개의 시퀀스들을 서로 공명하게 만드는 효과적인 서사 전략으로 기능함을 알 수 있다.

쇼팽의 〈녹턴〉, 슈베르트의 〈겨울 나그네〉, 〈미완성 교향곡〉, 베토벤의 〈월광〉 등 북에서 순국의 삶에 "숨통"이 되어주었던 음악은 주미에게 "피"와 "살"이 되어 고단한 삶의 험로를 견디고 "생명"을 이어가게 해준 "희망"의 "빛"이 되었다. 그리고 오랜 세월 떨어져 있던 순국과 주미를 이어주는 정서적 매개였다가 서로의 존재를 확인시키는 결정적인 단서로 작용하기도 한다.

아바이 동무가 사라진 이후에도 그가 들려준 음악은 언제나 주미에게 흐르고 있었다. 그 곡들이 어떤 곡인지, 누구 것인지 모르지만 주미 몸속을 흐르고 흘러 피와 살이 되어 있다.

"어릴 때 아버지가 들려준 음악이 없었다면 아마 전 이미 이 세상 사람이 아니었을 거예요. 몸에서부터 울려 나오는 그 음악 소리를 들으면 전 아버지를 만나야지 하는 생각으로 새로운 용기가 났어요. 저에게 음악은 빛이고 희망이었어요. 아버지를 만나면 이렇게 꼭 안기고 싶었어요."

음악은 여기서 감춰진 사연과 못다 한 말들을 풍성하게 부조해내면서 이야기의 농도와 질감을 조율하는 미학적 장치이자, 과거와 현재의 시간을 연결하고 사람과 사람, 마음과 마음 사이를 이어주는 이음새로 효력을 발휘한다.

특히 서사적 결절점이 되는 8장 음악회 에피소드에는 세 곡의 클래식 음악이 삽입되어 있는데, 이 소설의 음악 활용법을 고려해보면 이 곡들 역시 각각 나름대로 서사와 환유 관계를 맺고 있다는 생각을 하게 된다. 다소 작위적일 수 있는 위험을 감수하고서라도 이 소설을 세 개의 음악 이야기로 환원해서 읽어보고 싶은 이유는 이 때문이다. 이 세 곡에 포개지는 세 겹의 서사는 각각 순국과 주미, 그리고 '그들'의 이야기지만, 이 이야기들은 '음과 음 사이를 부드럽게 이어서 연주'하는 레가토 주법으로 서로 연결된다. 『아웃사이더』는 결국 이 세 겹의 서사가 환유적으로 통합되고 확장되면서 만들어낸 시간과 공간의 하모니에 관한 이야기라 할 수 있을 것이다.

애도의 서사
— Jacques Offenbach : Les Larmes de Jacqueline Op.76–2

세상에서 가장 슬픈 첼로곡으로 알려진 오펜바흐의 〈재클린의 눈물〉이 실제로 연주된 것은 작곡된 지 100여 년이 지난 후였다. 무명의 미발표 작품이었던 이 연주곡을 발굴해 '재클린의 눈물'이라는 낭만적인 곡명을 붙인 사람은 독일 출신의 첼리스트 베르너 토마스였다. 그러니까 한 세기가 지나서야 이 곡은 요절한 천재 첼리스트 재클린 뒤 프레(Jacqueline Mary Du Pre)의 비운의 삶을 기억하려는 베르너에 의해 추모와 애도의 노래로 재탄생한 것이다. 뒤늦은 슬픔이면 어떠랴. 오래 기억하기 위해서는 늦더라도 깊은 애도가 필요한 법이다.

순국은 지식인으로서의 균형 잡힌 시각을 갖춘 이성적이고 상식적인 인물이다. 혁명가 기질을 타고난 아내 순녀나 큰딸 영미와 달리 클래식 음악을 즐겨 듣고 동네에서 제일 먼저 퇴근해 아이들에게 김치볶음밥과 계란말이로 저녁을 차려주는 다정하고 따뜻한 감성의 소유자이기도 하다. 북한 내 권력 서열이 높은 처가의 '입김'으로 김일성대학 교수까지 되긴 했지만 "학문 자체에 관심이 있지 권력

따위는 관심이 없"었던 데다 천성적으로 부르주아 자유주의자의 기질을 타고난 순국은 오로지 "공적인 인간만 필요한" 북한 사회와 체질적으로 "불협화음"을 일으킬 수밖에 없었다. 조국을 사랑했지만 "인민을 위한 국가가 아닌 김씨 일가를 위한 전제 정책"이 모든 것에 우선하는 북한 체제에 대한 회의, 핵무기 개발로 점점 더 열악해지는 북한의 경제 현실에 대한 절망감, 북한 경제를 살려야 한다는 절박함, 처참한 북한 주민들의 생활상을 목격하고 난 후 경제학자로서 느낀 참담함과 무력감…… 탈북을 결행할 무렵 순국의 내면은 조국에 대한 사랑과 학자로서의 양심이 부딪쳐 내는 파열음들로 이렇게 소란스러웠다.

　때마침 남한에 잠입해 향후 북한 경제 대책을 연구해 오라는 김민 대학위원장의 제안은 "탈출구 없는 현실을 탈출하고 싶은 마음"의 알리바이가 되었다. 즉 순국의 남한행은 생계나 이념이 아니라 엘리트 지식인으로서의 공적 책임감에서 비롯된 결과였다. 말레이시아인으로 신분 세탁까지 해가며 남한에 와 학자로서 임무에 충실했으나, 북으로 보내는 연구서마다 파기되고 당에서의 지원마저 끊긴 뒤에야 비로소 순국은 자신이 조국으로부터 "폐기처분"되었음을 알게 된다. 조국을 가난과 절망에서 구하기 위한 출구라 믿었던 남한행이 탈출이 아니라 '축출'이었고 남한은 자발적으로 선택한 망명지가 아니라 '유배지'였음을 깨달은 것이다.

　지연의 권유로 자수한 뒤 "체질적으로 더 잘 맞는" 남한에서 결혼도 하고 학자로서 안정된 삶을 살아왔지만, 순국은 아직도 남한 땅에 깊숙이 뿌리내리지 못하고 있다. 여전히 자신을 "북한 사람으로 대"하는 주변의 호기심 어린 시선은 그렇다 치더라도 더 큰 걸림돌은 가족을 지키지 못했다는 죄책감과 조국에 대한 배신감으로 무의식에 파인 깊은 상흔이라고 할 수 있다. 이로 인해 그는 20여 년의 세월 동안 망각과 회피와 부정으로 과거의 시간을 밀봉한 채 과거와 현재, 북한과 남한, 그 어느 시공간에도 온전히 속하지 못한 교착 상태에 빠져 있었다. 삶의 실체적 진실을 외면한 대가로 그가 선택한 것은 스스로를 유폐시켜버린 자발적인 아웃사이더의 삶이었다. 이런 순국에게 자신을 찾아 남한으로 온 주미의 존재는 사랑하는 딸이기 이전에 애써 봉인해둔 상처와 자신의 불안한 실존을 확인시켜주는 증거일 수밖에 없었다. 그토록 그리워했던 주미의 소식을 처음 접했을 때나 주미와 재회한 후에도 순국에게 그 상황을 납득하고 수용할 수 있는 시간이 필요했던 이유는 이 때문이다.

과거와 과거분사라는 단 두 개의 시간에 묶인 순국의 삶이 현재시제와 미래시제를 갖기 위해서 우선 필요한 것은 자기 애도의 시간이다. 가족과 조국, 이상과 이념, 양심과 신념처럼, 마음을 다했으나 끝내 지키지 못했던 대상과 불가피하게 감내해야 했던 시간들, 그 모든 상실에 대한 애도의 과정이 필요한 이유는 더 이상 슬픔과 분노로 삶을 소비하지 않고 그 다음의 시간으로 넘어가기 위해서이다.

그런 의미에서 다소 늦은 감이 있긴 해도 김민 위원장의 처제인 손정숙과의 만남은 정체되었던 순국의 삶이 다음 단계로 나아가는 중요한 전환의 계기가 되었다고 할 수 있다. 자신의 남한행을 둘러싼 계략과 음모, 큰딸 영미의 비참한 최후, 그 모든 진실과 대면하는 일은 그를 형용할 수 없는 고통과 비탄에 빠지게 했다. 그러나 애도가 생략된 채 상실의 기억에만 사로잡혀 있었던 순국에게 이 깊은 통증과 신음, 완전한 절망과 어두운 비탄은 자기 애도가 시작되었다는 역설적인 증거이기도 하다.

애도란 잊기 위해서가 아니라 기억하기 위한 것이며, 상실의 대상을 영원히 내면에 남긴 채 계속 살아가기 위한 과정이다. 그런 후에라야 마비된 '지금'의 시간을 복구하고 '다음'의 시간을 사유할 수 있기 때문이다. 역설적이지만 그것만이 감당할 수 없는 운명을 견뎌온 이가 자신의 운명을 이해하고 받아들일 수 있는 유일한 방법이다.

희망의 서사
— Tchaikovsky : String Quartet NO.1 in D Major, Op. 11–II. Andante Cantabile

이제 주미의 이야기를 해볼까.

이 소설은 코로나 바이러스에 감염되어 병원에 입원했던 주미가 TV 뉴스를 통해 중증 코로나로 입원 중인 순국의 소식을 접하면서 시작된다. 이후 주미의 회상을 통해 "달리고 도망다니는 것만이 주미의 삶의 모든 것"이었던 험난했던 탈북 과정과 녹록지 않았던 남한에서의 정착 과정이 소환된다. 아버지의 남한행으로 가족이 뿔뿔이 흩어진 후 언니와 꽃제비로 벌어먹고 살던 일, 중국 창녀촌에서 태국 창녀굴로 팔려가던 중 탈출한 일, 죽을 고비를 넘기며 우여곡절 끝에 남한에 도착한 후 하나원에서 겪은 특권층 자녀들의 '갑질', 그리고 브로커에게 정착금을 다 빼앗긴 뒤 병원 간병인으로 밤낮없이 일만 하던 시간들.

그런데 작가는 이 과정에서 탈북 여성으로 주미가 겪은 고통스런 경험에 대해서는 가능한 말을 아껴 압축하거나 생략하는 방식을 취하고 있다. 이것은 독자로 하여금 주미가 어떤 경험을 했는가에 자극되기보다 그 내상의 깊이가 어느 정도인지에 반응하게 하려는 세심한 배려의 결과로 보인다. 덕분에 독자는 주미가 상처를 치유하면서 세상과 접촉해가는 과정에 더 관심을 기울일 수 있게 된다.

주미는 그토록 그리워하던 아버지를 만났지만 마음을 쉽게 열지 않았다. 순국의 조급함과 달리 주미는 집에 들어와 같이 살자는 제안을 받아들이지도 않고 데이트 요청도 거절하기 일쑤이며, 저녁 식사 자리에서도 잔뜩 주눅이 들어 있다. 다섯 살 이후 겪은 일들에 대한 트라우마로 사람에 대한 두려움과 피해의식을 가지게 된 "주미의 생활을 정상화"시키는 것은 떨어져 있던 세월의 간극을 메우는 일만큼 요원해 보인다.

"여기 온 이후 지금까지 경험해보지 못했던 것뿐이잖아요. 꽃제비 생활할 때 무슨 소리만 나면 도망갈 때 둥둥거리는 가슴의 고동 소리가, 여기서는 도망도 다니지 않는데, 낯설고 모르는 것을 만나면 가슴이 둥둥거려요."

그러나 순국과 지연은 주미가 "흘러가는 시간에 자신을 맡기고 주어지는 대로 삶을 받아들이고 편히 지내는 법을 배"울 때까지 기다려주기로 한다. 오랜 세월 갖은 폭력에 노출되어 의식 속에 늘 "공포가 도사리고 있"는 주미가 새로운 삶을 살기 위해서는 적응 기간이 필요하다는 것을 알기 때문이다. 두 사람은 꽃제비 때의 트라우마로 사람을 두려워하고 장기간 불결한 환경에 살다 위염과 피부병을 앓게 된 주미가 "조용한 숲속에서 살면서 자연과 함께 교감"할 수 있도록 이주 계획까지 세운다.

이런 지연과 순국의 정성 덕분에 주미는 서서히 마음을 열고 몸을 회복해가면서 자신의 몸이 내는 소리를 듣고 내 몸을 "나 스스로도 소중하게 생각"하는 법을 배워간다. 이런 와중에 산속 웅덩이에서 탈의를 하고 일광욕을 하던 주미가 풍기문란죄로 경찰서에 잡혀가는 해프닝이 벌어지는데, 이 사건은 주미가 지난 시간으로부터의 탈각을 위해 과거와 고투를 벌이고 있다는 증거로 해석해볼 수 있다.

무엇보다 가장 큰 변화는 주미가 자신의 욕망을 발견하기 시작했다는 점이다. 영화 〈내 사랑〉을 보던 주미는 영화의 배경이 되는

캐나다의 시골 풍경을 보며 "지금껏 보지 못한 꿈을 꾸는 듯한 아련한 표정"으로 "저런 데 가고 싶"다고 말한다. 이 장면은 주미 스스로도 알지 못했던 자기 내면에 있는 욕망의 존재를 처음으로 확인하는 순간이라는 점에서 의미가 있다.

조심스럽지만 이를 '희망'이라 할 수 있다면, 희망이란 다름 아닌 욕망의 발견이라 할 수 있을 것이다. 애초에 어떤 선택도 허락되지 않았던 사람에게 희망이란 일상을 발견하는 일과 다르지 않으며 자신의 의지로 인간답게 살기로 하는 결단을 일컫는 다른 말이다. 희망은 가능성을 확신한 결과가 아니라 불확실성과 불가능성에도 불구하고 이루어지는 선택과 결단의 문제라는 의미이다.

주미의 서사는 주미가 검정고시 학원을 다니면서 앞으로 어떻게 살아야 할지, 새롭게 '길'을 모색하는 데서 끝난다. 내비게이션도 가로등도 없이 숨 가쁘게 달려온 그 길이 끝나는 곳이 아니라 여전히 어디로 나 있는지 그 끝에 무엇이 있는지 막막하기만 길 위에, 주미는 서 있다. 그러나 희망을 선택한 주미의 의지가 주미를 살게 할 것이라 믿기로 하자.

차이콥스키의 현악 4중주곡 중 제1번 D장조 2악장은 러시아 시골 마을 페치카 수리공이 휘파람으로 불었던 러시아 민요를 바탕으로 만들어진 곡이라 전해진다. 애잔한 선율 사이로 아련한 슬픔이 느릿느릿 흘러가는 이 우아하고 아름다운 현악곡에 붙여진 별칭은 〈안단테 칸타빌레〉이다. 안단테 칸타빌레는 보통 4악장으로 구성

된 곡의 두 번째 장에서 사용되는 음악 기호로 '노래하듯이 천천히'라는 의미를 지니고 있다. 안단테 칸타빌레로 연주되는 2악장은 뒤이어 빠른 템포로 펼쳐질 3악장과 4악장을 위해 느릿느릿 숨을 고르는 쉼표의 의미가 있다.

그러고 보니 '안단테 칸타빌레'는 인생의 다음 장을 향해 가는 주미에게 건네는 작가의 주문이자 당부인 것만 같다. 다소 느린 속도라도, 오랫동안 천천히 노래하듯이, 그러나 멈추지만 말고, "놀멍 쉬멍 걸멍"하면서 계속 "길의 도중"에만 있으라는.

공생의 서사
— Liszt : Consolation, S.172 : No.3 Lento placido in D Flat Major

『아웃사이더』에서 희망은 추상적인 관념이 아니라 세상과의 접촉면에서 생성되는 실감으로 현시된다. 그런 의미에서 8장의 정원 음악회 에피소드는 주미가 자신의 껍질을 깨고 타인과 교감하는 '공생(共生)'의 가능성을 보여준다는 상징성을 지닌다.

이 음악회에서 연주된 세 곡의 클래식 음악 가운데 마지막은 낭만주의 작곡가 프란츠 리스트의 〈위로〉 시리즈 중 제3번에 해당하는 곡이다. 부드러움과 따뜻함에 둘러싸인 이 피아노곡은 아르페지오(arpeggio)로 연주된다. 아르페지오는 피아노가 하프나 기타처럼 음을 펼쳐 몇 개의 음으로 나누어 화음을 넣는 '펼침 주법'을 일컫는다.

이 주법에서 돋보이는 것은 최종적으로 만들어진 하나의 화음이 아니라 제각각의 음들이 하모니를 이루기까지 다양한 유형의 화성과 결합하는 순간들이다. 피아노 건반 위를 스치는 개개의 음들이 내는 소리가 공존하는 시간을 지나 비로소 증폭되는 하모니, 진정한 공생의 의미란 이런 게 아닐까 싶다.

우리가 이 소설을 '어비'의 이야기로 다시 읽어볼 필요가 있는 이유도 여기에 있다. 어비는 어린 시절 자신의 말 한마디 때문에 부모가 탄광촌에 끌려가 죽음을 당했던 불우한 기억을 지닌 채 탈북해서 갖은 고생을 하다 코로나로 남편까지 잃고 홀로 식당을 운영하고 있는 인물이다. 어비식당은 낯선 땅에서 정붙일 곳 없는 탈북민들이 모여드는 사랑방 같은 곳이다. 기구한 사연 하나 없는 탈북민이 어디 있겠냐만도, 어비는 유독 한 탈북 남성의 사연을 외면하지 못한다. 그는 한때 남한 여자와 결혼해 행복한 미래를 꿈꾸었으나 지금은 아이를 두고 가출해버린 아내를 찾아 헤매는 신세가 되었다. 어비는 홀아비 처지에 놓인 남자의 딱한 사정을 듣고 자진해서 그의 어린 딸을 맡아준다. 오갈 데 없는 아이를 돌보는 일에 어비의 식당일을 도와주러 온 주미가 합세하고, 나중엔 살인미수 사건으로 체포된 남자 대신 주미의 가족까지 나서 어린 이슬이를 가족처럼 보살핀다.

이슬이를 돌보는 어비와 주미의 마음은 탈북자들의 끼니 값과 가게 임대료를 걱정해 아무 연고도 없는 어비에게 큰돈을 선뜻 내놓았던 순국의 마음과 닮아 있다. 그리고 그 마음은 순국이 새 삶을 살 수 있도록 헌신적으로 도와주고 상처받은 주미를 정성껏 보살폈던 지연에게서 흘러들어 온 바로 그 마음이기도 하다. 날갯죽지를 다친 까치의 상처를 밤새 품어준 주미의 마음도 다르지 않을 터, 그건 타인의 결핍에 공명해 서로의 존재를 연민하다 대가 없이 베풀고 품는 그런 마음이다. 그렇게 흘러든 마음들이 모여 나눔의 연쇄와 돌봄의 연대를 가능하게 한 것이다.

공생이란 이렇게 공명하는 마음과 조건 없는 환대에서 시작된다. 이 소설의 마지막 장에는 이 공명하는 마음과 조건 없는 환대가 만들어내는 아름다운 풍경들이 제주도를 배경으로 펼쳐져 있다. 제주대학에서 진행하는 제주도 4·3사건 심포지엄 연구팀의 일원으로 가족들과 함께 제주도에 머물게 된 순국은 이곳에서 4·3사건 희생자 가족인 창걸을 만나게 된다. 창걸은 말과 목초지를 관리하는 60대 초반의 테우리인데, 당시 그의 아버지는 무고하게 경찰의 총에 맞아 평생 불구로 살다 사망했다. 피해자 가족이라는 꼬리표는 오히려 낙인이 되어 그의 삶을 짓눌러 왔고, 정치판의 논리에 따라 장기 말처럼 취급받고 취재라는 명분으로 호기심 어린 시선에 시달리는 동안 창걸은 외부인에 대해 심한 피로감과 거부감을 갖게 되었다.

순국은 "이쪽저쪽"의 양쪽 진영에서 모두 소외당하고 이용당해 온 창걸의 고통을 먼저 헤아리고 창걸의 삶 그대로를 인정하고 존중하고자 했다. "과거의 사건에 대해서 무엇이 옳고 그르냐"가 아니라 "그가 원하는 대로 편안하게 살게 내버려두는" 것이 역사의 중력을 오랫동안 견뎌온 한 사람의 삶에 대한 존중의 자세임을 순국은 알고 있기 때문이다.

본능적인 적의로 순국을 대하던 창걸도 순국의 이런 태도 앞에서 조금씩 마음의 빗장을 풀어낸다. 두 사람 사이에는 이념과 역사를 넘어 서로의 통증에 대해 공감하고 서로의 시간을 용인하는 우정의 연대가 형성되고 있었던 것이다. 우정이란 이렇게 상호 의존할 수밖에 없는 인간 존재의 취약함을 인정하는 겸허한 마음들 사이에서 피어난다. 다음 장면은 두 사람의 우정이 빚어낸 가장 저릿하고 선연한 감동의 순간을 포착하고 있다.

"고향이 어디우꽈."

하고 물었다.

"아, 저는 이북 출신입니다."

"38선 넘어왔수꽈?"

"아니에요. 20년 전에!"

"그럼 탈북민?"

"그것도 아니고."

"아멩허믄 어떻허우꽈. 됐수다."

조건 없는 환대란 이런 것이어야 한다. 선의와 시혜로 가장한 호기심이나 편견이 아니라 그가 누구이든 어디서 왔든 어떤 과거를 가졌든 묻지 않는, 미지의 타인과 이방인을 향한 절대적인 수용과 조건 없는 베풂이어야 하는 것이다.

주미와 준서의 경우도 마찬가지이다. 제주도에 내려와 머무는 동안 주미는 창걸의 아들 준서와 친분을 쌓고 준서를 도와 말을 돌보며 몸과 마음을 회복해갔다. 새벽이슬 속에서 잠을 깬 순간의 기쁨과 별이 주는 황홀감을 공유하고 자연에 대한 공감력으로 상호교감하는 두 사람의 모습은 말로 다 할 수 없는 위로가 어떤 것인지를 보여준다. 그래서일까. 두 사람의 모습을 보다 보면, 한 사람에게 향하는 연민과 공감은 정치 이데올로기 같은 외부에서 오는 게 아니라 사람과 사람 사이에서 생겨나 다시 사람에게로 흘러들어 가는 것이란 사실을 오래 기억하고 싶어진다.

이처럼 이질성들이 공존하는 혼종적 공간으로의 제주도를 배경 삼아 작가는 역사와 개인, 남과 북, 세대와 세대, 사람과 사람, 이쪽 저쪽이 반목하지 않고 서로를 수용하며 공존하는 공생의 가능성을 타진하고자 한다. 그래서 '그들'의 이야기는 결국 '우리' 모두의 이야기이기도 한 것이다.

3. 그럼에도 불구하고, 다시

이렇게 요약해보면 어떨까. 이덕화의 『아웃사이더』는 북한에서 불협화음 취급을 받던 이들이 남한에서 새로운 상생음을 찾아나서는 이야기라고 말이다. 이 소설은 현대사의 구조적 모순이나 세계와의 불화를 과대 포장해 개인의 비극의 원인을 부당한 생의 조건으로 돌리지 않는다. 오히려 새로운 세상의 풍경 속으로 다시 걸어 들어가는 개인들의 의연한 뒷모습을 조명하며 그들이 새로운 세계에 뿌리내리기 위해 어떻게 삶의 기반을 다져가는지를 세심히 살핀다.

『아웃사이더』는 COVID-19라는 재난 상황에서 코로나 바이러스에 감염된 순국과 주미의 이야기에서 시작해 4·3사건 희생자 가족인 창걸 부자와 함께 이른 새벽 제주도 오름을 오르는 장면에서 끝이 난다. 현재의 고통이 과거의 기억을 끌어안고 미래 지향적인 시간을 모색하는 구조인 것이다. 따지고 보면 거대한 역사의 지류로서 개인의 삶은 처음부터 어떤 선택권도 없이 거대한 물줄기의 흐름에 무방비 상태로 던져져 있었다. 개인의 삶을 전염시키는 거대한 비극과 불행 앞에 인간은 늘 속수무책이었지만, 그래도 기억해보자. 세계의 돌연한 붕괴에 직면해 인간은 언제나 스스로의 의지로 각자의 삶을 복구해왔다는 사실을. 대물림되는 폭력과 여전한 불확실성에도 불구하고 다시 세워지고 계속 이어지는 이 세계가 바로 그 증거일 것이다.

그러니 다시 말해볼까. 『아웃사이더』는 하나의 세계가 불현듯 붕괴된 뒤, 그 무너진 세계 위에 다시 자기 삶의 서사를 써내려 가는 개인들의 이야기라 할 수 있다. 『아웃사이더』의 핵심은 실존의 부정성을 딛고 삶의 '다음'을 사유해왔던 인간의 품위와 존엄, 바로 그 인간다움의 조건을 환기하는 데 있다. 그런 의미에서 순국과 주미는 탈북민이라는 특수한 상황에 갇힌 존재가 아니라 개인의 운명을 부당하게 장악한 폭력적인 세계에 대항해 자기 삶의 존엄을 지켜낸 보편적 인간의 표본으로 볼 수 있을 것이다.

그렇다면 세계의 부정성 앞에 인간답게 존재하는 일은 어떻게 가능한가.

적어도 이 소설로 미루어볼 때 그 가능성은 '그럼에도 불구하고'의 태도에서 연원하고 있는 듯하다. 앞절과 뒤절의 관계를 결정짓는 접속사 '그럼에도 불구하고'는 앞에 대한 부정이 아닌 인정을 전제로 하고 있다. 여기에는 비록 앞의 사실은 바뀔 수 없지만 상관하지 않겠다는 긍정과 낙관이 담겨 있다. 고통과 절망의 시간에 종속되지 않고 대등하게 삶을 계속 이어가려는 사람에게만 허락된 긍정과 낙관의 언사가 '그럼에도 불구하고'인 것이다. 그럼에도 불구하고 '다음'을 사유한다는 것, 그것은 바로 인간의 인간다움을 증명하는 증거가 아닐 수 없다.

또한 '그럼에도 불구하고'의 태도는 부정과 삭제 없이 자기동일적인 삶의 서사를 완성시키는 전제 조건이 된다. 『아웃사이더』는 순국과 주미가 세상과 접촉하며 자기동일성의 서사를 써나가는 과정을 통해 애도와 희망과 공생의 원리를 말하고자 했다. 자기 애도는 무엇보다 실존의 부정성에 바탕을 둔 생을 긍정하는 데서 시작된다. 상실의 대상을 기억하고 그 기억과 더불어 은폐되거나 망각해버린 생의 조각들을 복구할 때만이 '다음'에 올 시간에 대해 희망을 말할 수 있기 때문이다. 이때 희망이란 피투성의 존재로 이 세계에 떠맡겨진 인간이 계속 살기를 선택하는 일에 다름없으며, 아득한 폐허 앞에서 다시 꿈꾸고 갈망하던 것을 찾아 나서는 절박한 의지와 결단을 일컫는 또 다른 말이다. 가망 없는 세계에서 희망을 수집해 새로운 삶의 가능성을 상상하는 일은 고립된 개인이 아닌 상호 의존하는 개인들 '사이'에서만 가능하다. "인간에게 생명이란 사람들 사이에 머문다는 것을 의미하며 죽음은 사람들 사이에 머물기를 중단하는 것을 의미한다"는 한나 아렌트의 말은 공생의 원리가 무엇인지를 새삼 상기시킨다.

그러므로 『아웃사이더』를 읽는다는 것은, 한나 아렌트가 『인간의 조건』 서문에서 강조했듯 "우리가 가장 최근에 겪은 경험과 공포를 고려하여 인간의 조건을 다시 사유"하는 것의 필연성을 되새겨보는 일이다. 이 소설의 울림과 파장이 유독 크게 느껴지는 이유는 팬데믹 이후 어떻게 다시 인간다움의 품위와 존엄을 지켜갈 것인가를 묻는 우리 모두의 긴요하고 절박한 물음에 답하고 있기 때문일 것이다.

사려 깊게 타인의 고통을 살펴가며 한 세계의 재현에 예의를 다하는 이런 소설을 읽고 나면, 문득 우리의 삶을 조금 더 애도할 자격과 조금 더 낙관할 수 있는 능력을 갖추게 되었다고 믿고 싶어진다. 이제 알겠다. 『아웃사이더』는 이제 막 한 세계의 끝을 통과하고 있는 우리 모두에게 작가가 건네는 위로와 격려의 서사였음을.